書下ろし

凪

蛇杖院《じやじよういん》かけだし診療録

駲月《はせつき》基矢《もとや》

祥伝社文庫

目次

押上村
荒れ寺
駒形長屋
浅草寺
東本願寺
源森川
小梅村
青文寺
吾妻橋
業平橋
蛇杖院
浅草見附
（浅草御門）
本所吉岡町
片葉庵
中之郷
三笠町
馬喰町
回向院
両国広小路
竪川
横川
織姫屋
小名木川
佐賀町
大川
深川
深川西永町
光鱗寺
鉄砲洲稲荷
北
西
東
南

『風』の舞台
根津
不忍池
神田佐久間町
新李朱堂
神田川
麹町
長山家
坂本家
通旅籠町
雲母橋
日本橋
江戸城
北町奉行所
南町奉行所
日本橋瀬戸物町
唐物問屋　烏丸屋

『風』主な登場人物

長山瑞之助……二十三歳。新米の医者。もとは旗本の次男坊で、何者にもなれない自分に悩んでいた。特に小児の命を救える医者になりたいと考えている。

堀川真樹次郎……二十八歳。蛇杖院の漢方医。気難しいが、面倒見はよい。瑞之助の指導を任されている。江戸最大の医塾である実家との不和は未解決。

鶴谷登志蔵……二十九歳。蛇杖院の蘭方医。肥後、熊本藩お抱えの医師の家系ながら、勘当の身。剣の腕前も相当で、毎朝、瑞之助を稽古に駆り出す。

玉石……三十六歳。蛇杖院の女主人。長崎の唐物問屋・烏丸屋の娘。蘭癖（オランダかぶれ）で、蛇杖院も、道楽でやっていると思われている。

泰造　　……十三歳。蛇杖院の下男。下総の農村出身だが、人買いに江戸に連れてこられた所を、登志蔵らに救われた。

相馬喜美　……十二歳。旗本相馬家の長女。瑞之助の姪。負けん気が強く、きちんと自己主張する。駒千代を蛇杖院に託すことを提案した。

沖野駒千代　……十二歳。小児喘息を患う旗本の少年。喜美の許婚。沖野家でいないもののように扱われてきたせいか、誰にも心を開かない。坂本陣平は母方の従兄。

坂本陣平　……二十三歳。瑞之助の幼馴染みだが、今は折り合いが悪い。母や兄や義姉に命じられるがままに始末屋として動いている。

地図作成／三潮社

序

「初めまして、駒千代《こまちよ》さま。わたし、相馬《そうま》家の長女で、喜美《きみ》と申します」

背筋をしゃんと伸ばして凛々《りり》しく。口元には笑みを忘れずに。

年明けに十二になる喜美は、同い年だと紹介された沖野《おきの》家三男の駒千代にあいさつをした。名乗って、よろしくお頼み申し上げます、と頭を下げる。面《おもて》を上げて、今度はえくぼができるくらいにはっきりと微笑《ほほえ》んでみせる。

間《ま》が落ちた。

駒千代は頑《かたく》なにうつむいたまま動かない。一声も発することなく、ただじっと畳に目を落としている。

喜美は眉《まゆ》をひそめた。目の端で、喜美の父が駒千代の様子をうかがうように身を乗り出した。母が首をかしげた。

「駒千代さま？」

呼びかけてみるが、駒千代はやはり動かない。

またしても妙な間が落ちる。

ふと気がついた。うつむいた駒千代の肩が妙に速く上下している。隙間風のような音がする。呼吸のたびに喉《のど》が壊れた笛のように鳴っているのだ。

喜美は、とっさに腰を浮かしかけた。

しかし、大音声《だいおんじょう》で笑いだした者がいた。駒千代のすぐ上の兄、鎧二郎《がいじろう》である。年明けに十六になるというが、上背《うわぜい》があって体も分厚く、四角い顎《あご》には鬚《ひげ》の剃《そ》り跡まであって、もっと年上に見える。

鎧二郎は、犬を追い払うときのように、駒千代に手を振ってみせた。

「せっかく喜美どのが声を掛けてくれているのに、惰弱《だじゃく》な弟めは、まったく情けない。さっさと部屋に戻って寝ていろ」

喜美は驚いたし、かちんと来た。

「やっぱり駒千代さまはお加減が悪いのですね。労《いたわ》るべき病者に向かって、そのような言い方をなさらなくてもよいのではありません？」

「我が沖野家では、そんな甘えを許してはおらんのです」

鎧二郎は堂々と言い放った。その父である沖野家当主も母である奥方も、鎧二郎を咎《とが》めない。座敷の隅に控えている用人や奉公人も表情を変えずにいる。

「まあ。何てことかしら」

喜美は、父の薦《すす》めで沖野家の次男と三男に会うことになった。いわば、見合いである。どちらか気に入ったほうを喜美が選ぶ運びだ。

その席で、喜美は、つい今しがたまで許婚《いいなずけ》として選ぶつもりでいた四つ年上の男を、真正面から睨《にら》みつけている。

相馬家の子は喜美ひとりだ。家を継ぐ男児がいないわけだが、母は喜美を産んで以来、子をなしていない。父は母を大事にしており、「妾《めかけ》を持つような面倒はごめんだ」と言っている。それで、喜美の婿を他家から迎えるのがよかろうという話になった。

父竜之進《たつのしん》と沖野家の当主槍九郎《そうくろう》は同じお役に就いているのみならず、かつて手習いの同門でもあったらしい。取り立てて馬が合うとは言えないが、古馴染《ふるなじ》みではあるので、ほかの者よりは気安く婿《むこ》の相談もできたようだ。

堅苦しい話は抜きにして子らをいきなり会わせてみよう、ということになったのも、父同士がもともと相手をよく知っていたからだ。竜之進は無駄に格式ばったことを嫌うし、槍九郎は豪快な人柄で、細かいことを気にしないらしい。

喜美が両親とともに沖野家の屋敷に招かれたのは、文政《ぶんせい》五年（一八二二）も終わりに近づいた、師走《しわす》下旬の雪の日のことだった。

庭に臨《のぞ》んだ座敷はしんしんと冷えていた。

だが、上は当主、下は小者や下男に至るまで、実に屈強な体軀《たいく》をした沖野家の人々は、寒さを微塵《みじん》も感じていない様子だった。奥方も武家の息女たちに薙刀《なぎなた》を指南しているとかで、わりと骨太な喜美や母でも比べものにならないほど、どっしりとしている。

喜美は沖野家の人々に気に入られた。物怖《ものお》じせずに何でもはっきりと言葉にするのが、生意気と受け取られることも多いのだが、沖野家では好ましく感じてもらえたらしい。

ほかの誰よりも喜美を気に入った様子なのが、鎧二郎である。

「相馬さまからは、うちの娘の顔は十人並みだと聞いていましたが、謙遜《けんそん》だったんですね！　こうして会ってみれば、思っていたよりずっとかわいいじゃないですか。肉づきもよさそうだし、いかにも健《すこ》やかそうだ」

絶妙に失礼な言い方をされた気がした。やり返したい気持ちが芽生えたが、ここは我慢だ。喜美はかわいらしく微笑んで聞き流しておいた。

鎧二郎はまあまあの男前で、それなりに剣の腕も立つらしい。好みかと問われれば、まったくそんなことはないが、話しやすいところは悪くないと思った。

そう、鎧二郎さまなら悪くない、と一度は思ったのだ。

三男坊、駒千代の紹介がなされるまでは。

駒千代は座敷の隅に座らされていた。紹介されるのもずいぶん遅かった。駒千代を除く全員が名乗ってあいさつをし、鎧二郎を中心にひとしきり盛り上がってから、思い出したかのように、ようやく駒千代のことに話題が移ったのだ。

駒千代が頑なにうつむいていたのは、具合が悪いせいだろうと思われた。動きたくとも動けないのだ。

それなのに、鎧二郎は駒千代を見下して、邪魔っけな野良犬のように追い払おうとした。喜美が睨んでも、鎧二郎は悪びれるふうでもない。

ありえないわ、と喜美は思った。

こんな人との縁組だなんて、絶対に願い下げよ！

喜美は鎧二郎に言い放った。

「沖野さまのお家の気風が雄々しく武者らしいものだというのは、今日ここでお話ししていて、わたしもよくわかったつもりです。でも、そのお強さゆえに病者を惰弱と見下すだなんて、わたし、そういうのは悲しいと思います」

「悲しい？　どういう意味ですか、喜美どの」

鎧二郎は、喜美を試すような口ぶりで言った。自分のほうが立場が上だと信じ込んでいるふうだ。さっきからずっとこんな顔で笑っていたのだろう。今さら気がついたけれど。

気づいてしまったからには、もう我慢してなどいられない。喜美の負けん気に火がついた。四角い顎の出っ張った鎧二郎の顔を、ひたと見据えて答える。

「病を持つ人を嘲《あざけ》るのは、今たまたま健やかな体で過ごしている幸運な人の驕《おご》りです。鎧二郎さまだって、いつ急な病に倒れるかもしれないし、大けがをして動けなくなるかもしれない。それを思い描くこともなく、駒千代さまを侮辱《ぶじょく》するものではないと思います」

「もしも俺がそんな情けない病人、けが人になって寝ついてしまったら、生き恥をさらすより潔《いさぎよ》く腹を切りたいところだ」

「何てことを言うんですか！　もしもあなたの御内儀《おないぎ》さまになる人が赤子を産んで、産後の肥立ちの間、しばらく寝ついていても、あなたは同じことを言うの？　生き恥をさらすくらいなら死んでしまうほうがいいって」

「喜美どのは大丈夫そうだがなあ。年明けにやっと十二になる娘には見えないくらい、尻が丸くて腰がしっかりしてそうだし」

鎧二郎はなおも機嫌よく笑いながら喜美の体に目を向けている。

かちんと来た、どころではなかった。

喜美はとっさに左胸に手を触れた。そこに、帯から突き出した守り刀の柄がある。儀礼のために差してきたものだが、むろん本身の短刀だ。喜美は守り刀の柄を握った。

「不愉快です！　いい加減になさって！」

さすがに両親が動いた。喜美の手を母が押さえ、父が喜美と鎧二郎の間に割って入る。

しかし、鎧二郎はまだわかっていないようだ。度量の広さを示すかのごとく、悠々と両腕を広げてみせた。

「飛びかかってきてもらってかまいませんよ、喜美どの。お手並み拝見といきましょう」

喜美は考えを巡らせた。鎧二郎のにやついた顔を歪《ゆが》めてやるには、どうすればいちばん効くのか。

答えは瞬時に出た。

母の手を振り切って立ち上がる。鎧二郎には目もくれず、隅に座ったきり顔も上げない駒千代のほうへ、まっすぐ歩んでいく。

喜美は駒千代の真正面で足を止め、さっと裾を整えながら座った。座敷じゅうに聞こえるように、声を張り上げる。

「わたし、決めました。駒千代さまに許婚になっていただきます！」

一瞬、しんとした。

そして、座敷にいる者のうち、喜美を除く全員が声を上げた。

喜美の目の前にいる駒千代もだ。息切れを起こした中で、苦しそうなささやきではあったが、「えっ」と言った。まだ声変わりの気配もない、か細い声だ。

駒千代が初めて喜美のほうへ顔を向けた。

肌が抜けるように白い。大きな目が潤《うる》んでいるのが、駒千代という名のとおり、まるで子馬のようだ。父親そっくりな鎧二郎がどぎつい顔立ちであるのに比べ、駒千代の顔は母親似の面長で、のっぺりと整っている。

駒千代と目が合った途端、喜美の胸が高鳴った。駒千代の黒い目に吸い込まれてしまいそうに感じた。

やっぱり駒千代さまのほうが断然いいわ、と思った。だって、色白で上品そうな美男子ですもの。

喜美の初恋の人は、叔父《おじ》だ。母の弟で、喜美より十一歳年上で、優しいかと思えば頑固なところがあり、何でもできるわりに立ち回りが不器用で、どうにも放っておけない。駒千代の白く整った顔は、どことなく叔父を彷彿《ほうふつ》させた。

胸の高鳴りが喜美に告げている。駒千代こそが喜美の運命の人だ。きっと出会うべくして出会ったのだ。喜美が駒千代を守らねばならない。

喜美と駒千代は、ほんのわずかな間だが、まっすぐに見つめ合っていた。それを邪魔したのは、鎧二郎のがなり立てる声だ。

「そんな出来損ないに負けるなど、俺は認めんぞ！　そいつに情けをかけても、喜美どののためにならん。喜美どの、俺を選べ！」

鎧二郎はどすどすと畳を踏み慣らしてこちらへ迫ってくる。

わざわざ大きな足音を立てるのは、どうにかして相手を脅《おど》しつけようと目論《もくろ》む者のすることだ。必要以上の大声を発してみせるのもそう。何て無様《ぶざま》な振る舞いだろう。

喜美は立ち上がり、鎧二郎に向き直った。

今日おろしたばかりの着物は、藍《あい》色の地に、小雪のちらつくさまを白染めで表し、袖と裾には雪をかぶった松竹梅が鮮やかに刺繡《ししゅう》されている。きりりとした意匠の一張羅《いっちょうら》だ。おのずと背筋が伸びる。

足を止めた鎧二郎が喜美を見下ろす。喜美は正面から見つめ返した。

「わたしは、あなたを選びません。駒千代さまとの縁談を進めていただくよう、両家の父上さま、母上さまにお願い申し上げます！」

第一話 喘病《ぜんびょう》の少年

一

朝、長屋の部屋を出た途端、一歩目を迷う。井戸があるのが右だったか左だったか、とっさにわからない。

瑞之助《みずのすけ》は苦笑を漏らした。白いかたまりとなった息は、たちまちほどけて朝の光に溶ける。

「まだ慣れないな」

向かい合わせに建つ二棟の長屋のうち、こちらは一の長屋だ。瑞之助が二の長屋からこちらへ移ってきて、今日で四日目である。

新しい部屋も、もとの部屋と造りが同じだ。刀掛けや文机《ふづくえ》や書棚や長持《ながもち》を置く場所も、今までどおりにした。おかげで部屋の中で戸惑うことはない。ただ、何気なく一歩外に踏み出したとき、右と左を間違えてしまうのだ。

「いっそ、部屋の中もすっかり変えてしまうほうがよかったのかな」

文政六年（一八二三）、正月五日。会う人ごとに新年のあいさつを交わすのも、そろそろ一巡しただろうか。

去年も大騒動がいくつも起こったものだが、今年もまた年明け早々、特別な患者を迎える運びとなっている。

瑞之助は気合いを入れるべく、両手で己《おのれ》の頰を挟むように、ぱちんと叩いた。

江戸の町の北東の外れ、小梅村《こうめむら》に広い敷地を持つ蛇杖院は、はぐれ者の名医が集《つど》う診療所として知られている。病者の世話に長《た》けた女中や下男も揃《そろ》っているが、こちらも訳ありの難物《なんぶつ》ばかりと噂されている。

世間の噂は間違いともいえない。まさしく曲者《くせもの》揃いであると、蛇杖院に身を置く瑞之助も感じている。

一の長屋には医者が、二の長屋には女中や下男が住まっている。このたび瑞之助が一の長屋に移ることになったのは、新米とはいえ医者と名乗ることを認められたからでもあった。

始めは下男として仕事をこなしながら、医書を一から学んでいた。蛇杖院の主《あるじ》、玉石《ぎょくせき》に課された試験に及第し、医者見習いとして場に臨んで修業することを許されたのが、ちょうど一年前、文政五年（一八二二）の正月だ。二十二になった年である。

それから一年を経て、師匠の堀川真樹次郎《ほりかわまきじろう》が瑞之助に告げた。

「おまえもそろそろ新米の医者を名乗っていい頃だ。二の長屋の部屋を空けて、こっちに移ってこい」

まったくもって突然のことだった。幼いながらも女中として働く姉妹、十四のおふうと八つのおうたが蛇杖院に越してくる日の朝のことだ。瑞之助は大急ぎで、向かいに建つ一の長屋の空き部屋に荷を移した。

二棟の長屋は、九尺二間のありふれた間取りで、それぞれ六部屋が並んでいる。ただし、天井が高く中二階があって、そのぶん広く使える。

瑞之助が暮らしていた部屋は、二の長屋の西の端にあった。そこに入れ替わりで、おふうとおうたが住むことになった。

姉妹の部屋の隣には、下男の朝助《あさすけ》が住んでいる。その隣が十三になった泰造《たいぞう》の部屋で、女中頭のおけいの部屋、巴《ともえ》の部屋と続き、東の端の部屋には満江《みつえ》とおとらが二人で住んでいる。

一の長屋も、瑞之助が移ったことで部屋がすべて埋まった。西の端が漢方医の堀川真樹次郎、その隣が瑞之助、蘭方医の鶴谷登志蔵、産科医の船津初菜、拝み屋の桜丸《さくらまる》、東の端が僧医の岩慶《がんけい》である。

朝餉《あさげ》の後、瑞之助は沐浴《もくよく》をして身を清め、久しぶりにきちんとした格好に着替えた。紋こそついていないが、羽織袴《はおりはかま》の装いである。小さ刀の 拵《こしらえ》は殿中差《でんちゅうざ》しに取り替え、髷《まげ》も女中のおとらに結い直してもらった。

「月代《さかやき》の痕がすっかりわからなくなりましたね。お医者さまらしくなったこと」

医者には剃髪《ていはつ》の者も多いが、蛇杖院では真樹次郎も登志蔵も月代を剃らない儒《じゅ》者髷《しゃ》だ。瑞之助もそれに憧れて真似《まね》をした次第だった。

「ようやく形だけは、それらしくなってきました」

瑞之助は、二年前の晩春に医者の道を志した頃から、月代を剃っていない。

いや、それよりさらに二月《ふたつき》ほど前に厄介な流行《はや》り病のダンホウかぜにかかって寝ついて以来、というのが正確だ。

ダンホウかぜ騒動の折、瑞之助は大八車《だいはちぐるま》で蛇杖院まで運ばれた。蛇杖院で身をもって医術の本質に触れたことで、心を動かされた。医者になりたいと思った。ゆえに、本復してもそのまま蛇杖院に居着いて働き、ついには新米の医者と認められるに至ったのだ。

おとらは瑞之助の身支度を手伝いながら、何だか楽しそうだ。

「瑞之助さんは武士らしい装いをすると、男ぶりが上がりますね。お姉上さまや姪御さまも、久しぶりに瑞之助さんに会えるのを楽しみにしておられるでしょう」

「そうだといいのですが、どう思われていることやら」

年の瀬に、姉の和恵《かずえ》から手紙をもらっていた。じかに相談したいことがあるので年明けに蛇杖院を訪れたい、というのだ。

和恵との手紙のやり取りは、しばらくぶりのことだった。というのも、去年の後半には「蛇杖院から致死の疫病《えきびょう》が流行《はや》る」という噂が立って、身内すらも近寄れなくなっていたからだ。

疫病流行の噂は、十年前に端を発する疫病神《やくびょうがみ》強盗の凶事もろとも、瑞之助たちの手で解決してのけた。おかげで世間はすっかり掌《てのひら》を返して、蛇杖院の手柄話を楽しんでいるらしい。

正月五日の本日が、和恵と手紙で約したその日だ。

和恵の夫の竜之進は、御徒組頭《おかちぐみがしら》を務める旗本、相馬家の当主だ。気さくな義兄は、能吏との評判が高いらしい。直属の上役である御徒頭に気に入られ、さらに、御徒組を配下に置く若年寄《わかどしより》の誰某《たれがし》にも目を掛けられているという。

お城勤めの武家の間では、相馬家の出世は間違いない、いずれ長崎《ながさき》で異国との折衝《せっしょう》を担《にな》うだろう、と噂されているそうだ。すり寄ってくる者も多く、付け届けが絶えない。おかげで姉も姪も、御徒組頭の百五十俵という役高以上に裕福な暮らしを送っている。

瑞之助はもとより次男で厄介の身であったし、医者と認められた今となっては、旗本の出世事情など、わざわざ首を突っ込むべき事柄でもない。

「堅苦《かたくる》しくて面倒だなあ」

きっちりした襟元《えりもと》をいじりながら愚痴をこぼせば、おとらが眉《まゆ》尻を下げて苦笑した。

「堅苦しかろうが何だろうが、締めるべきところは締めなければ。お姉上さまをがっかりさせるようなことを口にしてはいけませんよ」

おとらの年頃は三十をいくつか過ぎたあたりだ。和恵とも歳が近い。

瑞之助は姉にたしなめられたような気になって、はい、と首をすくめて返事をした。

約束の刻限である昼四つ（午前十時）頃になって、きちんとした造りの駕籠《かご》が三つ、ぞろぞろと従者に囲まれて到着した。

瑞之助が門前で出迎えに当たった。傍《かたわ》らには、泰造が小者のごとく付き従っている。

泰造は下総《しもうさ》の農村育ちだが、江戸に出てきて一年半ほどになる。武家の物々しいお出掛けの様子も、もうすっかり見慣れたらしい。だからこそ、おどけた調子で怯《おび》えるふりなどしてみせるのだ。

「うひゃあ、思ってた以上の行列だな！　ちょっとおっかねえや」

泰造のほかには、満江とおとらが案内役として控えている。

満江は年の頃四十ほどで、かつて名のある武家の奥方であったらしい。おとらはその側仕えだ。武家の礼儀をよく知る二人の存在は頼もしい。家格が高い武士が身分を隠して訪れたときでも、落ち着き払って対応に当たってくれる。

従者の手を借りて駕籠を降りた和恵と喜美は、瑞之助の姿を認めてぱっと顔を明るくした。だが、すぐにその表情が驚きに変わった。喜美は、悲鳴を呑《の》み込んだ様子で固まってしまった。

あいさつよりも先に、和恵が瑞之助に詰め寄った。

「瑞之助、その髪の色は……あれこれと噂を聞いて、ずいぶん苦労をしているようだとは思っていたけれど、その髪は一体どうしたのです？　それに痩せたわ。もう、もう……何てことかしら」

姉は齢《よわい》を重ねてますます母に似てきたようだ。しかし、厳しい母がこんなに心配げな顔を見せることはない。もしも母であれば、おまえの心がひ弱だからだ、と瑞之助を叱咤《しった》するのではないか。

瑞之助は、目を潤ませてしまった和恵に柔らかく笑ってみせた。

「いつの間にか、妙に白髪が増えてしまって。でも、何も障《さわ》りはありませんから、そう心配しないでください」

髷にした毛先のほうは黒いが、生え際から一、二寸（約三〜六センチメートル）のところまでは白髪交じりだ。白いものがちらほらという程度ではなく、半白と言ってよい。

姉の手前、平気なふりをしてみせているが、瑞之助自身、本当は驚いている。気づいたのは先月だ。蛇杖院の皆は、むろんもっと前から半白の髪を見ていたわけだが、瑞之助のためを慮《おもんぱか》って黙っていてくれたらしい。

瑞之助は、和恵と同じように顔を曇らせている姪の喜美に笑顔を向けた。十二になった喜美は、瑞之助の記憶より背が伸びている。顔つきも何だか大人びた。きりりと深い紫色の振袖がよく似合っている。

「喜美、縁談がまとまったそうだね。おめでとう」

「ありがとうございます。でも、瑞之助さまにそう言われるのは、ちょっと変な気分だわ」

唇《くちびる》を尖《とが》らせてみせるのが、すっかり年頃の娘といった風情《ふぜい》である。

「あちらが喜美の許婚《いいなずけ》どのなんだね？」

瑞之助が指し示した。

喜美は三つ目の駕籠を振り向くと、裾を翻《ひるがえ》してそちらへ飛んでいった。

「駒千代さま、大丈夫ですか？　駕籠がなるたけ揺れないようお願いしていたのだけれど」

駕籠に寄りかかって何とか立っているのが、沖野家の三男坊にして喜美の許婚の駒千代である。歳は十二。

旗本の男児で十二ならば、大人に迫るほどに背丈が伸びていることもある。ところが、駒千代は極端に瘦せていて小柄だ。同い年の喜美より五、六寸（約一五～一八センチメートル）も背が低い。目方も三貫（約一一キログラム）ほど差があるのではないか。

ひゅう、ひゅう、と音が聞こえる。隙間風のようなそれは、駒千代の喉が立てる喘鳴《ぜんめい》だ。

瑞之助は刀を鞘《さや》ごと抜いて、泰造に差し出した。

「持っていてくれるかな？　私が駒千代さんを負ぶって、中へお連れする」

刀を腰に差しまたまま人を負ぶうと、その足が刀の柄に触れてしまう。瑞之助は気に留めなかったが、大切なお刀なのに、と恐縮してしまった人がいた。

泰造に刀を預けた瑞之助は、駒千代のほうへ近づいた。

幼いながらに美しい瓜実顔《うりざね》の少年は、やはり痩せている。骨の上に皮が張っているだけと言えるほどで、肌の色つやも悪い。ろくに食べていないのではないか、とさえ疑ってしまう。

瑞之助は駒千代の前に屈《かが》んだ。

「私の背に。喘病に冷たい風は障るでしょう」

駒千代は苦しげに目元をしかめて黙ったまま、ぷいとそっぽを向いた。

「お願いします、駒千代さま。叔父の言うことに従ってください」

喜美が大人びた口調で促《うなが》す。だが、駒千代は応じない。

駒千代の緊張が高まっていくのがはっきりと伝わってきた。ひゅうひゅうという喘鳴が大きく速くなっていく。どうしたものか、と瑞之助は迷った。

動きを起こしたのは、泰造とおとらだった。満江が指図をしたのだろう。泰造が、いかにも子供っぽく無遠慮な口調で言ってのけた。

「ちょいと失礼、坊ちゃま。お手伝いしますよ」

泰造とおとらは二人がかりで、有無を言わさず駒千代を瑞之助の背中に押しつけてしまった。

ぜろぜろという不穏な喘鳴を肩のあたりに感じながら、瑞之助は駒千代を負ぶって立ち上がった。思い描いていた以上に軽く、やはりずいぶんと骨っぽい。我知らず、ぞっとして立ち尽くした。病のために痩せ衰えていたあの人を最期に抱えたときのことを、唐突に思い出したのだ。

「……瑞之助さん？　どうかした？」

泰造がすぐ隣で瑞之助の顔をのぞき込んでいる。

「あ、いや……何でもない。さあ、中へ行こうか」

ごまかし笑いをして、思い出を頭から追い払う。

満江が和恵と喜美の案内をし、おとらが従者たちを控えの場に導いた。

二

日が当たって暖かい北棟の一室が、応接の場として整えられていた。

待っていたのは玉石だ。みずから茶を点《た》てる支度をしていた。

「お待ちしておりましたよ。相馬家の奥方、和恵さまと、お嬢さまの喜美さま。そして、沖野家の駒千代さま」

主の玉石は三十六。すらりと長身の美人だが、風変わりな道楽者として知られている。実家は、長崎に本店のある唐物問屋の大店《おおだな》、烏丸屋《からすまや》だ。江戸の支店は日本橋《にほんばし》の瀬戸物町《せとものちょう》に構えてあって、日頃はそちらと頻繁にやり取りがある。

瑞之助の背中で駒千代が困惑げに何事かをささやいた。喘鳴にまぎれてはいたが、何だあいつは、と言ったようにも聞こえた。玉石の出で立ちに面食らったようだ。

今日の玉石は、髪こそ女の結い方をしているものの、三つ紋の入った羽織は男物の仕立てだ。帯も男物の、幅の細いものを締めている。

瑞之助は、玉石が上から下まで女の装いで固めているのを見たことがない。背が高く、話し言葉も男っぽいので、おなごの中には玉石を二枚目と呼んで贔屓《ひいき》にする者もいるのだとか。

和恵と喜美は、武家の礼節に則《のっと》ったお辞儀をし、おとないの口上と新年のあいさつ、歓待への礼を述べた。

それを聞きながら、瑞之助は、具合の悪そうな駒千代を座らせ、手首の脈を診《み》た。体がすっかり冷えて、脈を捜すのに手間取った。ようやく見つけて脈を測れば、やはり速い。ひゅうひゅうと、壊れた笛のような喘鳴が続いている。

「息が苦しいでしょう？　頭も痛むのではないですか？」

いたちのようだ。

小声で駒千代に問いかけてみる。駒千代はそっぽを向いていた。どうも気難し

泰造がそばに付き添って、心配げに眉をひそめている。駒千代は十二、泰造は十三だ。歳は一つしか違わないのに、体つきには大きな差がある。泰造の声がほとんど大人のものに近いのに比べて、先ほど吐息に交じっていた駒千代の声はまだまだか細かった。

仰々《ぎょうぎょう》しいあいさつは手短だった。和恵があっさりと切り上げたのだ。

「玉石さん、堅苦しいのは抜きにして、話をどんどん進めてまいりましょう」

ふふんと笑った玉石は、普段の口ぶりになった。

「では、そうさせてもらおう。病を前にしては、武家も町人もないのだからな。治療の約束はすでに書面で交わしたものと考えている。今からその確認をしたいが、やはり沖野家からは誰も付き添いには来なかったのか」

「仕方ありません。奥方さまもお忙しそうですもの」

「旗本にもいろんな人がいるものだ。瑞之助をここで預かると決めたとき、長山《ながやま》家の母上と兄上はたいそう粘って抗《あらが》っておられた。毎日、用人や使いの者が差し向けられて、瑞之助坊ちゃまをお返しくださいと、それはもうしつこかったぞ」

駒千代がわずかに反応し、瑞之助も目を見張った。

「家の者が来ていたのですか？」

「ああ。母上から瑞之助への手紙を届けるついでに、わたしや烏丸屋に対しては、坊ちゃまを返してくれという説得、直訴《じきそ》、泣き落とし、付け届けと、いろんな手を使ってきたものだ。ゆすりや脅《おど》しがなかったのは、さすがだがな。きちんとした武家は品がいい」

瑞之助は、駒千代の鋭いまなざしが頬に刺さるのを感じた。思わずそちらを見たが、目が合う前に駒千代は顔を伏せていた。

和恵は頬に手を当てて嘆息《たんそく》した。

「家それぞれに事情があると言っておきます。とにかく、駒千代さんのことは沖野家から一任されています。きちんとした書面も作りました。瑞之助のときのようなことは起こりません」

喜美が憤慨した顔で口を開いた。

「沖野さまは先祖代々、武芸に秀《ひい》でておられるんですって。確かに殿さまを筆頭に、とぉってもお強そうな殿方揃いでしたわ。でも、だからといって、体の弱い駒千代さまを蔑《ないがし》ろにするのはあんまりだと思うんです！　わたし、もう腹が立ってしまって！」

喜美、と和恵が名を呼んでたしなめた。

和恵からの手紙で、喜美が沖野家との見合いの席で演じた大立ち回りについて知らされている。恐ろしいことをしてくれるものだ。沖野家の人々は、喜美に振られた次男坊を除いては、思いのほか平然としていたというが。

駒千代は深くうつむいたままだ。同い年の許婚に庇《かば》われるのはきまりが悪かろう。十二ともなれば、武士の矜持《きょうじ》だとか男の見栄だとか、そういったものも心に宿っているはずだ。

玉石は茶を点《た》てながら、駒千代の療養に関する約束事を確かめた。

「本日より、駒千代どのを蛇杖院で療養させる。期間は半年、治療すべきは生まれついての喘病。この病は、十を数える頃には次第に治まる者も多いが、駒千代どのにおいては、むしろ年々、体の弱さが際立ってきたように見受けられる」

流れるような点前《てまえ》で点てた茶を、玉石はまず駒千代のもとに持ってきた。

「いかが？」

玉石が茶碗を差し出すが、駒千代はうつむいて黙っている。喘鳴だけがいくらか速くなった。

根比べのような沈黙がしばらく続く。

「あの、玉石さま」

喜美が声を上げた。

「お抹茶は、粉が喉に張りつくから、駒千代さまはお好きではないみたいです。選べるときは、いつも白湯《さゆ》を選んでいます」

「なるほど、確かにな。抹茶の細かな粉が息の通り道に張りついたり、何かのはずみでおかしなところに入り込んだりすれば、発作が起こって苦しむことになる。では、駒千代どのには白湯を出そう」

玉石が目で合図をすると、控えていた満江が駒千代に白湯を運んできた。声を掛けられても湯呑を差し出されても動かない駒千代の代わりに、泰造が湯呑を受け取って、駒千代の手元に置いてやった。

喜美が玉石に言った。

「駒千代さまのお茶はわたしがいただきます」

おや、と瑞之助は思った。実際に口をつけていないとはいえ、他人の飲み物や食べ物をもらい受けるというのは、親しい間柄でなければできない。少なくとも武家の娘においては、はしたない振る舞いとみなされるだろう。

きっと、喜美の心にはもう駒千代がいるのだ。和恵もそれを咎《とが》めないのだから、駒千代は相馬家に受け入れられているということか。

玉石は喜美の前に茶碗を置いた。喜美は作法に従って茶を口に含む。苦さをものともせずに涼しい顔をして、「けっこうなお点前でございます」と微笑んだ。

「ところで、駒千代どのの療養について蛇杖院を推したのは、喜美どのであったとか」

「はい、わたしが最初にこのお話を持ち出しました。だって、ほかの医者が匙《さじ》を投げるようなことでも、蛇杖院ではうまくいくのでしょう？」

「すべての病を治してやれるわけではないよ。現に、去年ここで養生していた者は、不治の病と診立てていたとおり、治してやれずに看取《みと》ることとなった」

「疫病神強盗への仇討《あだう》ちを果たした、勇敢な女の人のことですね」

瑞之助はどきりとした。

「市谷《いちがや》の旗本屋敷にも噂が届いていたの？」

「ええ。おかしな噂も、ちゃんとした話も、いろいろ聞こえてきました。だから、わたしと母は、長山の伯父《おじ》上さまやお祖母《ばあ》さまと一緒に、片っ端から調べて裏を取って、きちんと知ることにしたのです。事情通なんですよ、わたし」

思いがけないことだ。まるで興味を失ったかのように手紙を寄越さなくなった母や、同じ屋敷で暮らしていながら会話のなかった兄が、かわいい喜美の頼みとはいえ、瑞之助のために骨を折るなど。

玉石が和恵のぶんの茶を点て、差し出した。

和恵は茶を一口飲み、気遣わしげに駒千代を見やった。

「駒千代さんは今、冬を乗り越えて、少し体調が落ち着いたところです。蛇杖院で療養して体が強くなれば、手習いや剣術のお稽古にも打ち込めるようになるでしょう。そうしたら、なるたけ早く相馬家に入って、夫の見習いとしてお勤めに出てもらいたいと思っております」

喜美が勢い込んだ。

「そうよ、養子入りはどんなに早くったってかまいません！　もちろん、祝言《しゅうげん》を挙げるのは、もっと大人になってからですけれど。わたし、駒千代さまは早く沖野さまのお屋敷から離れたほうがいいと思うんです。駒千代さまの兄上さまが、本当にもう意地悪野郎で！」

玉石が笑ってうなずいた。

「話はよくわかった。まずは蛇杖院で療養というのも、意地悪野郎から駒千代どのを引き離す口実なのだな」

「駒千代さまの体がよくなったら、相馬家が迎えに上がります。父やその上役のおじさまたちにも、縁組の手続きをどんどん進めておいてほしいとお願いしました。だから、玉石さま、瑞之助さま、お力添えをお願いいたします！」

喜美は勢いよく頭を下げた。

薬代として、沖野家からも相馬家からも十分な金子《きんす》がすでに贈られている。額を聞いて、瑞之助は目が回る思いがした。玉石としても不都合はないようだ。

「承知した。駒千代どのを診る役目は、主として瑞之助に任せる。瑞之助は、幼子の病を治せる医者になりたいと志して、この蛇杖院に身を置いている」

玉石に告げられ、瑞之助は居住まいを正した。

「お役目、謹《つつし》んでお受けします」

「瑞之助の補佐として、泰造、おまえにも頼んでおきたい。下男としての働きに加え、登志蔵の診療を手伝ってきた泰造なら、瑞之助にとっても駒千代どのにとっても、よい助けになれるはずだ」

おとなしく控えていた泰造は、ここぞとばかりに元気よく返事をした。

「はい！　頑張ります！」

瑞之助は、どうぞよろしくと駒千代に告げた。

しかし、駒千代はついぞ顔を上げず、誰の言葉にも応《こた》えようとしなかった。

和恵と喜美は、昼時に差しかかる頃に蛇杖院を辞した。

駕籠に乗り込む間際、喜美が心配そうに瑞之助に言った。

「おふうちゃんの元気がないみたいだったわ。久しぶりに会えたから、さっきちょっとお庭でお話ししてきたんだけれど、無理をしているように見えた」

「うん。無理をしているのは、仕方がないね」

　喜美は目を伏せた。

「おふうちゃんのお母さん、亡くなったばかりなのよね？」

「年を越せなかったそうだ。弔《とむら》いは、長屋の人たちが面倒を見てくれたらしい。ひと区切りついたところで、年が明けてから、おふうちゃんとおうたちゃんがこちらに引っ越してきた」

「新しい部屋にまだ慣れないと言っていたわ。慣れない場所に身を置くのは、それだけで疲れてしまうでしょう？　瑞之助さま、駒千代さまのことはもちろんだけれど、おふうちゃんのこともよく見ていてあげて」

　瑞之助は屈んで喜美と目の高さを合わせ、微笑んでみせた。

「わかった。喜美が心配していたと、おふうちゃんにも伝えておくよ」

「よろしくね。駒千代さまには、喜美がたくさん手紙を書くと伝えておいて。お会いするのは療養が終わってからという約束なの。そのぶん手紙を送るから」

　喜美は大人びた仕草で礼をして、駕籠に乗って帰っていった。

三

久方ぶりに屋敷で父と鉢合わせてしまった。

坂本陣平《さかもとじんぺい》は身を硬くし、廊下の隅に下がって平伏《へいふく》した。

正月七日の、そろそろ朝五つ（午前八時頃）になろうかという刻限である。父は今から出仕なのだろう。城勤めの旗本に、ゆっくり休める正月というものはない。むしろ正月こそ、あいさつ回りや付き合いの宴《うたげ》のため、屋敷に帰る暇《いとま》もないほどだ。

陣平は兄に呼び出され、ねぐらにしている深川猿江町《ふかがわさるえちよう》の船宿から戻ったところだった。

父に付き従う用人は陣平に目を向けたが、父は一瞥《いちべつ》もくれなかった。父と最後に言葉を交わしたのは、六、七年も前になるだろうか。陣平が落ちこぼれて以来、父の目にこの身が映らなくなったかのようだ。

陣平は息をひそめて、父がいなくなるのを待った。妙に長い時がかかったように感じられた。それからようやく、兄の書斎へ赴いた。

「遅い」

坂本家嫡男で陣平の兄の将之進《まさのしん》は、冷たく吐き捨てた。

「朝五つと知らせを受け、従いましたが」

「しかし、私は待たされたのだぞ。厄介の身で嫡男の私に逆らうな」

「面目《めんぼく》次第もございません」

兄弟どちらの声にも、熱も情も込められていない。お決まりのやり取りだ。

将之進にとってこれは儀式なのだろう、と陣平は思う。昔は優しい兄だった。あの頃のような接し方をしないために、あえて言葉を刃《やいば》にして陣平を斬りつけるのだ。

閉ざした襖《ふすま》の向こうから、物音が聞こえた。立ち去っていく足音と衣擦《きぬず》れの音だ。

毎度のことだが、母が聞き耳を立てていたらしい。兄との儀式めいたやり取りに、今日も二人は正しい主従の間柄にあるとでも安心したのだろう。短気な母が本題まで聞かず、さっさと離れてしまうのも、毎度のことだ。

だが、もう一つ、陣平と将之進のほかに気配がある。この書斎から続きの寝室のほうだ。

義姉《あね》上が、そこにおられるのか……。

陣平は嫌な具合に鼓動が高鳴るのを感じた。

将之進が小さなため息をついた。陣平は顔を上げて兄の表情を探る。疲れている。その表情を隠さないまま、将之進は陣平に告げた。

「母上が、蛇杖院を探れとおっしゃっている。粗《あら》を見つけ、それを口実に潰《つぶ》してしまえ、と」

陣平は眉をひそめた。

「今さら？　まことに母上がそうおっしゃったのか？」

去年の春、陣平は母に「何とかせよ」と命じられて、蛇杖院と初めて関わった。兄嫁が難産で苦しんでいた折、蛇杖院の女医者、船津初菜を連れてきたのだ。

初菜は産科の医者だ。腕は確かで、兄嫁の命を無事に救ってのけた。赤子のほうはどうしようもなかった。初菜が到着したときにはすでに死んでいたのだ。

だが、坂本家が待望の男児を喪《うしな》ったことは事実だった。誰にもぶつけようのない憎しみを、兄嫁と母は蛇杖院と初菜に向けた。二人に頭の上がらない将之進は、言われるがままに蛇杖院を憎まねばならない立場だ。陣平もまた、命じられたとおりに初菜を殺そうとしたことがある。

将之進は淡々と告げた。

「去年の件とはまた別だ。母方の従弟《いとこ》の、沖野家の駒千代が、蛇杖院に入ったそうだ。喘病の療養のため、許婚の叔父を頼って、蛇杖院で過ごすという。許婚の叔父というのが、おまえもよく知る長山瑞之助だ」

陣平は息を呑んだ。ひゅっと喉が鳴った。

「駒千代が瑞之助のもとで療養するだと？」

「ああ。ゆえに、母上がご機嫌斜めだ。蛇杖院憎しが再燃した」

駒千代の母は、陣平の母の妹だ。仲の良い姉妹で、今でもたびたび一緒に茶など飲んでいるらしい。

陣平も、駒千代が赤子だった頃からよく知っている。体の弱い駒千代は、沖野家のはみだし者で、みそっかすだった。

みそっかす仲間の駒千代を、陣平は放っておけなかった。悪い遊びを覚え、旗本屋敷の立ち並ぶ麴町《こうじまち》を歩くのを避けるようになってからでさえ、駒千代に呼ばれれば会いに行き、そのときだけは優しい従兄《いとこ》の役に徹した。

気難しい駒千代は、陣平にしか懐《なつ》かない。涼しい顔で何でもやってのける瑞之助も、駒千代には手を焼くことだろう。ざまあみろ、と思わなくもない。

将之進は、記憶をたどるように少し遠い目をした。

「私は従弟たちとも久しく会っていないな。あの幼かった駒千代も、もう十二だそうだ。喘病の治療がうまくいったあかつきには、相馬家に婿養子として入ることが決まっているらしい」

「沖野家には帰ってこない？　叔母上は駒千代を捨てたということか？」

「そのあたりはわからん。いずれにせよ、駒千代の療養については、六月の終わりまでに喘病を改善するという約束だそうだ。その約を違《たが》えるようなら、蛇杖院の落ち度を責めて潰しに行け。母上がそうおっしゃっていた」

「だが、わざわざ蛇杖院にこだわっても、坂本家の益になることではあるまい」

思わず反論した。

将之進はそれを封じた。

「おまえの考えを聞いてはおらん。この部屋で余計な口応《ごた》えをするな。巡り巡って、母上の耳に届いてしまうぞ」

「しかし……」

再びの反論は、兄ではない人によって封じられた。

かつては何よりも慕《した》わしいと感じていた声が、陣平を鋭くはたいた。

「黙りゃ！　口応えは許さぬと言っておるのだ」

陣平のみならず、将之進までもが身を硬くした。

寝室の戸が静かに開いた。みずからの手で戸を開けたのは、やつれてなお美しく咲く花のような女だ。兄嫁である。名は、香寿《かず》という。

香寿に一瞥され、陣平は顔を伏せた。ばくばくと心ノ臓が高鳴っている。いかなる強敵によって刃を首筋に突きつけられても、これほど鼓動が走ることなどあるまい。

兄嫁は、香寿は、陣平の初恋の人だった。その目を向けられるだけで、陣平は呪縛にとらわれる。頭も体も、まるで毒に冒されたかのように、まともに動かなくなる。

香寿は忌々《いまいま》しげに吐き捨てた。

「蛇杖院の主、烏丸屋の玉石といったか。腹立たしいほどのやり手だ。我が子の命を救えなんだ藪《やぶ》医者どもは、軒並み江戸から追い払った。唯一、蛇杖院だけは手に負えぬ。北町、南町の両奉行所も、蛇杖院には一向に触れたがらぬ」

香寿は、もとから気性の烈しい人だった。怒った香寿の双眸《そうぼう》は、炎に照らされるかのごとくきらめいて、恐ろしくも美しかった。

その怒りに理不尽な憎しみが混じるようになったのは、去年、赤子を死産した頃からだ。

陣平は顔を伏せたまま、上目遣いに将之進の様子をうかがった。将之進は目を閉じ、陣平に横顔を向けている。

香寿の尻に敷かれている将之進とて、本当はわかっているはずだ。今の香寿は、まともではない。だから、陣平はあえて口を開く。回らない頭を懸命に働かせて、兄の代わりに、出来損ないの厄介がわからず屋の口を利くのだ。

「蛇杖院の罪をでっちあげて奉行所にしょっ引かせるというのは、そもそも無理筋でしょう。疫病神強盗の凶賊を十年越しで捕らえる大手柄を上げて評判が高まっている今、蛇杖院に手出しをすれば、江戸じゅうを敵に回すことになります」

香寿は厳然と告げた。

「わたくしがそなたに命じているのだ。そなたは黙って聞けばよい。隙を見て蛇杖院を潰せ」

「お待ちください」

「くどい。何を待てと言う？」

「……せめて駒千代の喘病が治ってからです。俺は、苦しむ駒千代をもう見たくない。兄上も、喘病の苦しみはわかるだろう？」

水を向けられた将之進が、閉ざしていたまぶたを開いた。

陣平も将之進も、幼い頃は喘病の気《け》があった。かぜをひいたときや季節の変わり目には、夜から朝方にかけてひゅうひゅうと喉が鳴っていたのを覚えている。

そんな体調のときに無理をして剣術稽古に出ると、息ができなくなるほどの発作に見舞われた。

ぴしゃり、と音がした。香寿が扇で何かを打った音だ。

陣平は身をすくませた。息が止まる。額《ひたい》の傷痕が幻の痛みを訴える。鼓動ばかりがやかましく走る。

香寿は、幼子をなだめるかのように、いっそ甘ったるいほどの声音《こわね》で言った。

「陣平、厄介の身のそなたがいちいち悩まずともよいのだ。そなたは、わたくしやそなたの兄上、母上に命じられるとおりに動くだけで十分よ。蛇杖院を探り、そして、半年以内に潰してしまえ」

話しながら、香寿は陣平に近寄ってきていた。潰してしまえ、と甘くささやく美しい人は、今や陣平の目の前に立っている。

陣平はさらに平伏し、畳の目と見つめ合いながら、辛《かろ》うじて抵抗を試みた。

「これから半年もの間、どうやって蛇杖院を探れとおっしゃるのか」

「一人でやれとは言わぬ。手勢をつけてやる。勝手口の土間に控えさせておるゆえ、帰りに拾ってお行き。わたくしは、そなたに苦労などしてほしゅうない。何せ、昔のそなたはかわいかったのだから、その思い出に免じて」

ささやきは、甘い毒のように陣平の耳から流れ込み、脳髄を蝕《むしば》むかに思える。

陣平は奥歯を食い縛《しば》った。

幼かった頃は、確かにかわいがってもらった。陣平が物心ついた頃にはもう、四つ年上の香寿は、同じく四つ年上の将之進の許婚だった。親同士が親しかったのもあって、香寿はよく坂本家に遊びに来ていた。勝ち気な娘だったが、陣平に対しては優しかった。

その信頼を裏切った陣平のことを、誇り高い香寿は憎んでいる。

俺がおかしくなったのはあんたのせいなのだ、とは、口が裂けても言えない。

陣平は長ずるにつれ、自分がねじ曲がっていくのを感じていた。兄ほどに優れていない。親友に水をあけられている。父は将之進しか見ていない。母は兄弟を比べて陣平を叱咤し、親友との差をあげつらって陣平の頬を打った。

あの日々の中、美しい香寿だけが、ささくれた心に癒《い》やしをくれた。何を話すでもなかったが、そっと見つめれば、香寿が微笑み返してくれる。それが許されるだけで、陣平は満たされた。

だが、とうとう将之進と香寿が祝言を挙げ、香寿が坂本家嫡男の妻として屋敷で暮らすようになると、陣平の些細《ささい》な癒やしは崩壊した。陣平が十七の頃だ。

夕方だったか朝方だったか、昼の明るさと夜の暗がりのあわいの頃に、髪を下ろした香寿の姿を偶然見てしまった。兄の部屋の障子の隙間から、女の長い黒髪がしどけなく流れているさまが、庭にいた陣平の目に飛び込んできたのだ。

あの髪を解いたのは、兄だ。武家の女の鑑《かがみ》とも呼ぶべき誇り高い香寿が、兄の前ではあんなけだるげな姿に甘んじもするのだ。

いても立ってもいられなくなって、陣平は屋敷を飛び出した。それが、身を持ち崩すきっかけだった。

放蕩《ほうとう》の沼に足を突っ込んでからは、陣平に向けられる香寿の顔から笑みが消えた。嫌悪。侮蔑《ぶべつ》。警戒。だが、陣平はどうすれば日なたへ戻れるのか、もはやわからなかった。

誰かにすがりたかった。酔ったふりをして兄に助けを求めたことがある。そのとき陣平の額を鉄扇《てっせん》で打ったのは、母でも兄でもなく、香寿だった。額はぱっくりと裂け、呆れるほど大きな傷痕が、今でもくっきりと残っている。

香寿が冷たく美しい声で命じた。

「話はしまいだ。陣平、疾《と》くお行き」

「……承知しました。兄上は、もうよろしいので？」

面を上げると、陣平を見下ろす兄の目に、何らかの情がにじんでいた。軽蔑か、憐憫《れんびん》か。もっとよく確かめようとしたところで、顔を背《そむ》けられた。

陣平には、坂本家の表戸から出入りすることなど許されていない。奉公人のように、裏の粗末《そまつ》な勝手口を使う約束になっている。

香寿の言ったとおり、勝手口の土間には男がひざまずいて控えていた。武者絵《むしゃえ》から飛び出てきたかのごとき、むくつけき髭面《ひげづら》の男である。年の頃は四十ほど。胸板が厚く、ひざまずいていてもわかるほどに上背《うわぜい》がある。

陣平はその男の顔と名を知っていた。

「宇野田《うのだ》、始兵衛《しへえ》……」

「ほう、儂《わし》をご存じでしたか。恐悦至極《きょうえつしごく》に存じます。この宇野田始兵衛、本日より陣平さまの下につきまする」

始兵衛は常に弟の末右衛門《まつえもん》とともに動いているはずだ。今は外にでも待たせているのだろう。

宇野田始兵衛と末右衛門は、「髭の始末《しまつ》兄弟」として旗本の間で噂される始末屋だ。政敵や上役が突如消えて出世する旗本がいれば、その陰には始末兄弟がいるという。殺し、かどわかし、強盗、ゆすり、何でもやってのけるらしい。

しかし、かの始末兄弟が、まさか坂本家を次なる主と定めていたとは。

手勢をつけてやる、と言った香寿の声が耳によみがえる。

「てめえら兄弟は、お家再興を目指しているそうだな。本気なのか?」

「むろん本気にござりますとも。我が宇野田家は三河《みかわ》以来の名家です。戦国の世の頃には、坂本家とも轡《くつわ》を並べておったはず。お家再興の悲願、同じ旗本であればわかっていただけましょう。互いのため、まずはこたびの蛇杖院の件、うまくやろうではありませぬか」

始兵衛はにたりと笑った。髭に埋もれた大きな口は、耳まで裂けているかに見えた。

「うまくやると言うが、半年もの長丁場だ。急ぎ人手を集め、使い勝手のいい根城を探さねばならん」

「ご心配には及びませぬ。さっそくながら、本所《ほんじょ》に隠れ家を用意しました。小梅村の蛇杖院の動向を探るには、かの地にほど近く、武家も多く住まうゆえ身を隠しやすい本所がよろしかろうと思いまして。手勢として、儂の手下をお使いください。すでに隠れ家に向かわせております」

始兵衛は親切ごかしなことを申し出ながら、初手《しょて》から陣平ににじり寄ってくる。宇野田家の再興に坂本家は何をなさねばならぬのか。

陣平は背筋が冷たくなるのを感じた。

四

初菜は、往診に出る前に一声掛けようと、瑞之助か真樹次郎を捜していた。蛇杖院を訪れる患者の応対に当たるのがこの二人なので、留守をよろしくと言っておくのが常だ。二人が見当たらないならば、登志蔵か岩慶に言伝《ことづて》を頼むことにしている。

そう思ってうろうろしていたら、全員同じところにいた。東棟に用意された、駒千代の部屋である。

「あら、皆さんお揃いで」

初菜は、開け放たれた障子の外に立つ登志蔵と岩慶に声を掛けた。岩慶が、仁王像のように彫りの深く厳《いか》めしい顔を、菩薩《ぼさつ》のごとく微笑ませた。

「駒千代どのが蛇杖院に来て五日になる。主治医は瑞之助どのであるが、今後の療治について、皆で一度話し合っておくのもよかろうということになってな」

登志蔵は腕を組み、くっきりと整った顔に苛立ちを浮かべている。

「お真樹が南棟の診療部屋に呼び出そうとしたんだが、駒千代が言うことを聞かねえってんで、こっちから押しかけたわけだ。困ったもんだぜ。駒千代のやつ、瑞之助の懇願《こんがん》にもお真樹の怒号《どごう》にも頑《がん》として動きやしねえ」

駒千代は部屋の真ん中で膝《ひざ》を抱え、顔を伏せている。痩せっぽちの小さな姿だ。両隣を瑞之助と泰造に挟まれているので、なおさら小さく見える。泰造はこのところ、初菜の背丈を追い越したのだ。

細長い造りの東棟は、あちこちに敷居があって、襖や障子を立てれば部屋をいくつも取ることができる。

駒千代は一人で二部屋を使っている。沖野家から続々と届いた着物や書物の類《たぐい》は、隣の部屋に運び込んだ。駒千代が寝起きをする部屋には、文机とわずかな文房具、傾きを変えられる座椅子《ざいす》が置かれている程度だ。

ものが多ければ埃《ほこり》も増え、それが駒千代の喉に悪さをする。ゆえに、ものが少なくて埃が出にくく、掃除もしやすい部屋で過ごすのが、発作を防ぐための第一歩なのだ。

半白の髪をきっちりと結った瑞之助が、憂《うれ》いを帯びた笑みを浮かべた。

「駒千代さんは夕方から夜、明け方にかけて発作を起こしやすいようで、夜に眠ることがなかなかできないんです。そのぶん、調子のよい昼には眠ってばかりいたのですが」

真樹次郎は、端整な顔を盛大にしかめている。

「昼夜が逆になっていて、よいはずがないだろう。それでこの二日、昼間は無理やり起こしておくことにしたんだ。こうして皆で囲い込んでいるのも、その一環でな。何しろ瑞之助は甘ちゃんで、駒千代が昼寝を始めると、どうしても叩き起こすことができんのだと言う」

「申し訳ありません」

瑞之助は首をすくめた。

真樹次郎が手習いの師匠のように、瑞之助と駒千代と泰造の三人に向かって告げた。

「さて、始めるか。まず、喘病というものは、さほど珍しい病ではない。子供の頃に患う者は多いし、一度治っても、年を重ねて再び発することもある。たばこを呑むうちに患うようになる者もいる。瑞之助、医書には何と載っている？」

瑞之助は、抱えていた書物と帳面を開いた。漢方医術の基本の書の一つ、『金《きん》匱要略《きょうりゃく》』に記されている事柄が、こたびの療治の礎《いしずえ》となるようだ。

「張仲景《ちょうちゅうけい》の『金匱要略』に肺脹《はいちょう》として載っているのが、喘病です。咳が出て、気がうまく全身を巡らず頭のほうに上がってしまう。呼吸をするたび喘《あえ》いで、目の脱するがごとき状、つまり顔にむくみが目立つ様子になり、脈は浮大となる。これは越婢加半夏湯《えっぴかはんげとう》が主《つかさど》る証《しょう》です」

越婢加半夏湯は、麻黄《まおう》、石膏《せっこう》、生姜《しょうきょう》、大棗《たいそう》、甘草《かんぞう》、半夏から成る。

咳を鎮める作用を持つのが麻黄、甘草、半夏だ。石膏は炎症の熱を解するので、発作で痛んだ喉に作用する。生姜、大棗、甘草は、気管が引きつるように収縮するのを抑える。激しい咳に起因する嘔吐《おうと》は、生姜や半夏の作用で抑えられる。

　真樹次郎は、瑞之助の挙げた要点をさらさらと紙に書いてみせた。医書の学びを経ていない駒千代と泰造のための配慮だろう。

　肺脹、咳、上気、むくみ、脈浮大、越婢加半夏湯。

　難しい字もあるが、泰造はわかっている様子でうなずいた。登志蔵に手習いを教わること一年余り。もともと聡《さと》い子で、たちまちのうちに漢字を覚えた。たいていの薬種の名を書けるのはもちろん、その効能も頭に入っているようだ。

　瑞之助は真樹次郎が書き終わるのを待って、再び口を開いた。

「もう一つ、この種の肺脹に関することが書かれています。咳が出て気が上がってしまうために不快な熱に煩わされ、いらいらする状態で、息苦しさに喘ぎ、脈が浮であるときは、みぞおちに水毒がたまっています。これは小青龍湯加石膏《しょうせいりゅうとうかせっこう》が主る証です」

　小青龍湯加石膏は、麻黄、桂皮《けいひ》、芍薬《しゃくやく》、細辛《さいしん》、乾姜《かんきょう》、五味子《ごみし》、半夏、甘草、石膏から成る。特に細辛、乾姜、半夏の作用によって水毒を逐《お》う力が強いため、手足の冷えやむくみ、胃腸の不調の改善が期される。

　真樹次郎がまた要点を紙に書きつけながら言った。

「発作をひとまず落ち着けることを、標治《ひょうち》という。発作が起こって咳が出ているときには、とにかく今の苦しみが治まればよいと思ってしまうだろうが、目指すべきはそれではない。そもそも発作が起きない体をつくる。これを本治《ほんち》という」

大きな字で、真樹次郎は標治、本治と書いた。さらに、本治に傍線を引く。

泰造が手を挙げて言った。

「駒千代さんの本治のためには、二つのうち、どっちの薬がいいんだ？」

「瑞之助、どうだ？」

真樹次郎の問いに、瑞之助は即答しなかった。迷いともためらいとも言えそうな間が落ちた。

瑞之助は帳面を繰り、己の字を指でなぞった。

「まだわかりかねます。駒千代さんの今の体の具合がうまくつかめないんです。昼夜が逆になっていたためか、昼の脈診では、眠っているときのように遅く静かな脈だったり、逆に夜になると、肌の表に浮かび上がってくるように活発な浮脈が現れたりします。体の熱も、ほてりと冷えが混ざっていますし」

登志蔵が口を開いた。

「もともと子供の脈診は難しいだろ。十二ともなれば、乳飲み子や幼子がぽかぽか温かいのとはまるで違う。かと言って、健やかな大人と同じような無茶が利くわけでもなく、ちょっとしたことでぐずぐずと崩れちまうのは幼子と同じだ」

初菜も思わず首を突っ込んでしまった。

「男の子もそうなのですか？　女の子の十一、二から十六、七にかけての年頃は、子供と大人の境目で、体調が安定しないものですけれど」

岩慶が口を挟んだ。

「拙僧《せっそう》が思うに、男児もまた同じく不調を抱えることがある。大人へと変わってゆく頃には心身が乱れ、己で加減ができぬものよ。体の内に不調をため込む者もおれば、わけもわからぬうちに外へ発して暴れてしまう者もおる」

「暴れてしまう……そう言われてみれば確かに、男の子がおかしな振る舞いをする年頃って、ありますね」

「うむ。体そのものに不調が現れるのではなく、振る舞いに現れてしまう、と言い換えればよいか。いずれにせよ、男児というものも、世に言われるほど頑丈ではない。男児ならば耐えよと、当然のごとく我慢を強いられ、無理がたたって折れてしまうこともある」

登志蔵が頭を掻いた。

「いや、待ってくれよ。ぴんとこねえ。俺は武家育ちだから、男児は強くて当たり前、黙って耐えるのが美徳と言い聞かされてきたんだ。病にも正面から打ちかかって勝ってみせろ、とな」

同じ武家育ちの瑞之助がうなずいている。

登志蔵は九州《きゅうしゅう》の熊本《くまもと》藩の出身だが、話を聞く限り、藩主への御目見《おめみ》えも頻繁な上級武家のようだ。江戸で言う、大身《たいしん》旗本の身分である。

泰造が登志蔵に反論した。

「だけど、玉石さんが言ってたぜ。病を前にしては人の貴賤《きせん》など何の意味も持たないのだから、病と闘う医者も患者の生まれ育ちなど取り沙汰するなって。駒千代さんが武家だからっていう理由で厳しくしたり甘やかしたりっていうのは、何か違うと思う」

瑞之助が意見した。

「治療については、武士だろうが町人だろうが関係ない。それは私も賛成です。ただ、手習いや剣術稽古については、やはり旗本の子息としてというところを大事にしたい。姉と姪からそういうふうに頼まれています。もちろん、剣術稽古などは、ある程度治療が進んでから、ということになりますが」

真樹次郎が取りまとめた。

「今の駒千代は喘病との付き合い方があまりに下手だ。そのために手習いも剣術も十分にできていない。おかげで気鬱《きうつ》も患っているようだな。そうしたすべてを解決し、本治に導くのが、こたびの目標だ」

ふと。

初菜の名を呼ぶ声が聞こえてきた。女中の巴が初菜を捜しているのだ。

「ああ、いけない。わたし、これから出掛けるんです。暗くなる前に戻りますから、わたしを訪ねてくる人がいれば、そう伝えておいてください」

慌ただしく告げて、初菜は駒千代の部屋を辞した。うずくまった駒千代を囲んでの話し合いは、まだ続きそうだった。

初菜は往診の際、必ず誰かと一緒に出るようにしている。というのも、幾度か危うい目に遭っているためだ。

今日は、荷物持ちと用心棒を兼ねて、巴がついている。巴は、二十五の初菜より二つ年下で、大らかで面倒見がよく、明るい美人だ。初菜にとっては親友と呼べる相手でもある。

深川の患家に足を延ばす日だった。佐賀町《さがちょう》の小間物屋、織姫屋《おりひめや》では若おかみと乳飲み子の様子を見た。それからすぐ近くにある芸者の置屋に顔を出し、月の障りにまつわる不調の診療をした。

用事があと一つになったところで、初菜は、気になっていたことを巴にささやいた。

「今日、ずっと後をつけられているような気がするんですが」

「気配を感じるよね。人数は増えたり減ったりで、つかみどころがなくて嫌な感じ。深川は人通りが多いからまだしも、本所を突っ切って帰るときが心配だね。少し遠回りをしてでも、ひとけのある道を行くほうがいいかも」

最後の訪問先は深川でも本所寄りの北のほう、小名木川《おなきがわ》に架かる高橋《たかばし》のすぐ北の、常磐町《ときわちょう》一丁目にある置屋だ。

店先に、おかみの一人息子の太一《たいち》が待っていた。

太一は齢《よわい》十六だ。まだ線の細い体つきや、向こう傷のある顔の肌の柔らかさ、笑うとあどけなさがのぞくあたりは、いかにも若い。しかし、人を見る目の鋭さや世慣れたしゃべり方、頭の切れは、とても十六とは思えない。

それもそのはず、太一は、北町奉行所の切れ者と名高い定町《じょうまち》廻り同心、大沢《おおさわ》振十郎《しんじゅうろう》の腹違いの弟だ。

血を分けた兄弟というだけでなく、大沢の腹心として深川の裏路地を駆け回るのが太一の役目である。母が芸者の置屋を営《いとな》む深川育ちの太一だからこそ、八《はっ》丁堀《ちょうぼり》の旦那である大沢にできない探索さえもこなせるのだ。

その太一が、初菜と巴を置屋に上げるより先に、初菜の肩越しに指差した。

「わざとらしく後をつけてる人がいるけど、初菜姉さんの友達？」

初菜は振り向いた。

観念したように姿を現したのは、額に傷痕のある男だ。いくらか崩れた襟元には、赤い花の彫物がのぞいている。

久方ぶりに見た顔だった。初菜はびくりとして、少しふらついた。顔を斜めによぎる古傷がちりちりと痛む気がしてくる。

巴が肩を支えてくれた。大丈夫かい、と問うてくれる声が心強い。初菜は男に尋ねた。

「あなたは……坂本陣平さん、でしたよね？」

「俺のことを覚えていたか」

「ええ。忘れられません」

太一が初菜に言った。

「俺も知ってるよ。旗本の次男坊のくせに、ごろつきみたいな暮らしをしてて、蛇杖院を狙《ねら》ったこともあるんだよね。ねぐらは、ここからいくらか東に行ったところの、猿江町の船宿の二階。深川が縄張りの俺の兄貴とも顔見知りだ」

陣平は舌打ちをした。

「大声でべらべらしゃべるな。こちらをうかがっているやつはいるか？」

太一は三白眼を鋭く光らせた。

「どういう意味？　あんたが初菜姉さんを狙ってるんじゃなくて、あんたが誰かに狙われてるってわけ？」

「答えろ。今、つけてくるやつはいないよな？」

念を押す陣平に、太一はうなずいた。

「今はいないように見える」

「だったら、単刀直入に言う。蛇杖院に戻ったら、瑞之助と駒千代に伝えてほしい。不用意に蛇杖院を離れるな」

初菜は息を呑んだ。

巴が一歩前に出た。初菜を庇うように腕を伸ばす。

「また蛇杖院が狙われてるっていうの？　でも、あんた自身、そういう手勢を率いてるくちだよね」

「確かに俺は無頼を率いる始末屋だ。だが、こたびはわけが違う」

「どう違うって？　さっき、あんた、駒千代さんの名前を出したけど、事情を知ってるの？」

「駒千代は俺の従弟だ。母同士が姉妹で、俺も駒千代とは親しい。母が、甥っ子を蛇杖院で療養させることに納得していない。半年で結果を出すという約束だが、うまくいかない場合、蛇杖院を潰す名目ができてしまう。いや、それ以前に、あんただよ」

陣平にまなざしを向けられて、初菜は胸の前で手を握り合わせた。

「やはり、わたしですか」

「兄嫁があんたを恨んでる。あんたもろとも蛇杖院を潰せと、俺に命じるんだ。母も兄もそれを止めない。しかも、厄介な猛獣を俺の下につけやがった。始末を命じられたら嬉々《きき》として獲物に襲いかかるような連中だ」

「猛獣？」

「あいつらは俺の手に余る。打開の手がないか、今日一日ずっと考えていたが、どうしようもない。あんたの身が心配だ。往診が多いだろ。そのたびに妙な浪人衆に後をつけられることになるかもしれん。気をつけろよ」

太一が、兄そっくりな三白眼を丸く見張った。

「抜け駆けだ！　駄目だよ、陣平さん。そういうことは俺の兄貴に相談してよ。兄貴ってのは、北町奉行所の大沢振十郎なんだけどさ」

陣平はうるさそうに顔をしかめた。

「あんたと大沢の旦那が兄弟だってことくらい知ってるが、何だよ、抜け駆けってのは？」

「今日一日、初菜姉さんのことをこっそり見守ってたんでしょ。猛獣みたいな手下が襲いかかるようなら助けようって腹でさ。そんなふうに格好のいいことをやるのは、抜け駆けってやつだよ？」

「馬鹿言え。猛獣につけられてたのは俺だ。どうにか撒《ま》くことができたんで、ここに来た」

「本当に？」

「疑うなら調べろ。だいたい、俺は、蛇杖院の医者なら誰でもよかったんだ。そしたら、往診に出てきたのがたまたま初菜さんだった」

初菜さん、と初めて陣平に呼ばれた。妙に親しげな響きを感じてしまい、初菜は目を白黒させた。

太一は納得していない。

「何にせよ、兄貴に伝えておく。坂本家の子飼いの無頼が蛇杖院を襲うかもしれないって伝え方でいい？　特に初菜姉さんが狙われていて危ないってことと、喘病で療養している子が坂本家の親戚で、この子を巡って睨み合いになるってことと、期限は六月いっぱいってこと」

陣平はうなずいた。

「それでいい。しかし、深川を縄張りにしている大沢の旦那じゃあ、小梅村の蛇杖院は手が出せねえだろ」

「俺が代わりに動くから問題ないよ。兄貴がすぐに策を練ってくれるはずだ。あんたはあんまり初菜姉さんに近寄るなよ」

「さっきから何なんだ、姉さんって呼び方は。芸者でもあるまいし」

「そういう意味じゃない。血のつながらない義理の姉でも、姉さんって呼んでいいだろ」

えっ、と初菜は首をかしげた。巴は噴き出した。

陣平は額に手を当てた。

「理由は察した。大沢の旦那に伝えといてくれ。俺はまったくもってそういうつもりはない、あんたと争うような面倒事はごめんだ、とな」

「心得た。嘘ついたら針千本吞ませるからね！」

太一はほくほくとした顔で、勝ち誇ったように胸をそらした。

何気なく、初菜は髪に挿《さ》した簪《かんざし》に触れた。南天《なんてん》の枝を模した銀細工の簪だ。赤い実には珊瑚《さんご》の粒がはめ込まれている。南天は「難を転ずる」の語呂合わせである。初菜は贈り主の名も顔も知らないが、この簪は大切なお守りなのだ。

「六月の終わりまでに駒千代さんの喘病がよくなって、蛇杖院に降りかかる難を転ずることができればよいのですけれど」

駒千代の件は、病との戦だけではなさそうだ。

初菜はこたび、前線に出るわけではない。後ろからうまく支えることができれば、と思った。

五

瑞之助が朝一番の仕事、水汲《く》みに赴くと、朝助と泰造がすでに井戸端で働いていた。

朝助は瑞之助の姿を認め、あざのある顔をおずおずと微笑ませた。齢は四十二。背丈はさほどでもないが、がっしりと力強い体つきをしている。水汲みや掃除、薬園の手入れ、患者の世話など、力仕事で立ち働いて培《つちか》った肉体だ。

十三の泰造はこのところ背が伸びてきて、大方の女たちの背丈を超した。朝助にいつ追いつけるだろうかと、毎朝、背比べをしている。

「こうしてみると、瑞之助さんって、やっぱりけっこうでかいよな」

泰造が高い山でも仰ぎ見るかのように、目の上に手で庇《ひさし》を作ってみせた。

瑞之助は笑顔で応じた。

「でも、じきに追いつかれそうだね。ここに汲んである水、台所に運べばいいのかな？」

「運んでもらえると助かる！」

わかった、と答え、まずは顔を洗う。それから、水を満たした桶を手に台所へ向かった。

台所には、おけいと満江、おとらがいた。

おけいは今年で七十二になったが、まだまだ背筋が伸びてしゃんとしている。元気いっぱいの働き者である。

「おや、瑞之助さん。おふうを見かけなかったかい？」

「私は見ていませんよ。まだ部屋でしょうか？」

「一度、あたしが起こしたんだよ。昨日ずいぶんと寝坊しちまったのを恥ずかしがって、次から必ず起こしてほしいと頼まれたもんでね」

「おふうちゃんが寝坊ですか。それもまた珍しい」

満江もうなずいた。

「疲れがたまっているのでしょう。だって、まだまだ遊びたい盛りの幼いうちから、病に倒れたお母さまの代わりに働いてばかりで。そのお母さまが先日とうとう亡くなって、ぷつんと糸が切れたような心地なのではないかしら」

そう言う満江は、母親の顔をしていた。蛇杖院に移り住む前に子を育てていたことがあるらしい。おふうやおうた、泰造のことは、守るべき子供たちとして常に気に掛けてやっている。

「おふうちゃんの様子、私のほうでも注意して見ておきますね」

瑞之助は請け合った。

だが、おけいは瑞之助の背中をぴしゃりと叩いた。

「あんたはまず自分のことだよ、瑞之助さん。目の下に隈《くま》なんぞこしらえて、頰もこけたまんまでねえ。そんなんじゃ、草葉の陰から心配される一方だよ」

どきりとする。

「……医者の不養生と言われないよう、気をつけます」

瑞之助は曖昧に微笑んで、台所を辞した。

隈だの顔色だの、自分ではわからないものだ。瑞之助は、己の顔を鏡に映すことがめったにない。髭は自分で剃っているが、さほど濃くもないので、手探りでどうにでもなる。おかげで髪が白くなっていたことにも気づかなかった。

突然、泰造が大声を上げるのを聞いた。

「うわぁ！　だ、大丈夫か！」

長屋のほうからだ。よほど慌てたらしく、声がすっかり裏返っていた。

瑞之助は足を速めた。戸の開く音が立て続けに聞こえたのは、まだ部屋にいた者が外に飛び出したのだろう。

「おい、おふう！」

泰造は、仰向けに倒れたおふうの体の下から這《は》い出るところだった。登志蔵が、おふうの肩を支えて抱き起こしてやっている。

「おふうちゃん、どうしたんですか？」

瑞之助が問えば、泰造が答えた。

「部屋を出てきたときから、何だか変だったんだよ。ふらふらしてて、あんまり様子がおかしいんで、どうしたんだって声を掛けようとしたら、いきなり後ろ向きに倒れた」

泰造は地面を指差した。このところ雨も雪も降っていない。冬の名残のからっ風に乾かされた土は、いかにも硬そうだ。

登志蔵が顔をしかめた。

「おふうは頭を地面に打ちつけたのか？」

「打ってない。俺の胸にぶつかっただけだ。倒れないように支えてやろうと思ったんだけど、おふうみたいに痩せっぽちでも、力が抜けてると重たいんだな。だから、その……おふうの頭を庇って、一緒に倒れた」

「抱きかかえてってことか」

「べ、別に、やましいことは考えてねえから!」

泰造はそっぽを向いた。見れば、顔から首筋まで真っ赤になっている。

瑞之助と登志蔵は、何となく顔を見合わせた。

泰造は十三、おふうは十四だ。泰造はおふうのことを痩せっぽちと言ったが、ちょっと前まで、もっと華奢《きゃしゃ》で肉づきが薄かった。近頃のおふうは大人びてきている。

瑞之助は、気まずそうな泰造をねぎらった。

「倒れる人を庇って、とっさにそれだけ体が動いたのはすごいことだよ」

「まったくだ。泰造、よくやった」

ぼんやりしていたおふうが、登志蔵の腕の中で弱々しく身をよじった。

「放して」

「でも、まだ立てねえだろ。こっちを向け。顔色を見せてみろ」

登志蔵が顔色を探ろうとすると、おふうはいやいやをして手で目元を覆った。

「嫌だ。放してってば。男の人、気持ち悪い」

「き、気持ち悪い?」

さすがの登志蔵も、その一言にはざっくりと斬り裂かれてしまったらしい。男前の自負があるだけに、なおさらだろう。

駆けつけてきた初菜が、固まってしまった登志蔵を押しやって、おふうを支える役を代わった。

「顔色が悪いわね。めまいがするの？」

おふうは目を閉じ、眉間《みけん》に皺《しわ》を寄せている。

「体がまっすぐにならないの」

声に芯《しん》がない。腹に力が入らないのだろう。

「吐き気はある？」

「……食べたり飲んだりしたくない」

「うまく目を開けていられないのね。頭が痛い？　ひどくまぶしいのかしら？」

おふうは初菜の胸に頭をもたせかけ、薄く唇を開いて浅い息を繰り返している。その唇が真っ白だ。

初菜はおふうの首筋に触れ、しばらく確かめるようにしてから言った。

「眠っているときのような、妙に沈んだ徐脈ね。血の巡る勢いも、息の強さも、体の熱も、起きてまともに動くにはまだまだよ。無理に起き上がっても、また倒れるわ。昨日も昼まで起きられなかったでしょう。ただの寝坊ではなく、具合が悪かったのね」

部屋から出てきた真樹次郎と岩慶も、おふうを囲む輪に加わった。逆に泰造が押し出された。

ちょうど巴が、門の表の掃除を終えて戻ってきた。ただならぬ様子に目を丸くする。

「朝っぱらから何事？　おふうちゃん、どうしたの？」

初菜が答えた。

「急に倒れたみたいで。巴さん、おふうちゃんを部屋に運んでください」

「ああ、わかった」

おふうを抱えた巴が、初菜とともに、おふうとおうたの部屋に入っていく。

表でこれだけ騒いだのに、おうたはまだ布団の中にいるようだった。それも何だか奇妙な気がしたが、初菜が部屋の戸を閉めてしまったから、様子はうかがえなかった。

泰造は、むっつりした顔で黙っていた。瑞之助は改めて泰造をねぎらおうとしたのだが、声を掛ける前に、泰造はぱっと駆けていってしまった。

六

「びっくりした……」

泰造は、声に出して何度も繰り返した。

「びっくりした。おふうって、あんな感じなのか。びっくりした……」

中庭の柿の木の下で、うずくまったり頭を抱えたり伸び上がったりして、一人で悶《もだ》えている。

おふうが突然倒れた。とっさのこととはいえ、おふうを思い切り抱きしめてしまった。

人ひとりの重みの下敷きになったのだから、もちろん苦しかったし、押し潰されるのではないかとも思った。でも、喉元過ぎれば何とやらで、今となっては、おふうの体じゅうの何とも言えない柔らかさばかりが思い出されてしまう。

「びっくりした……」

顔の熱さはましになったものの、どきどきと騒ぐ心ノ臓はいまだ治まろうとしない。

いきなり、後ろから声を掛けられた。

「ねえ、あのさ」

泰造は跳び上がって振り向いた。

「え……駒千代、さん？」

駒千代が部屋の外に出たところなど、見たことがなかった。用を足すのも、部屋の中で尿瓶《しびん》を使っている。風呂も嫌がって、女中に湯を持ってこさせて体を拭かせるのだ。

「話がある」

駒千代は上目遣いで泰造を睨んでいる。か細くて幼い声だ。その声も、まともに聞いたのは初めてだった。

「何だ？」

相手は旗本の御曹司《おんぞうし》なのだから、もっと丁寧な口を利いたほうがいいのだろうか。泰造の頭を、ちらりとそんなことがよぎった。が、続く駒千代の言葉に、気遣いをする余裕など吹っ飛ばされた。

「おふうっていう人は、おまえの許婚なの？」

「ば、馬鹿言うなよ！　な、何がどうなってそんな話になるんだ！」

つい怒鳴ってしまったら、駒千代はびくりと震えた。

「だって、さっき、えっと……」

駒千代の喉が、ひゅっ、と不穏な音を立てて鳴った。

泰造はその途端、気まずくなった。自分より年下で小さな相手を威嚇《いかく》するなんてのは、尻の穴の小さい男のすることだ。泰造は声を落ち着かせて、駒千代に説明した。

「おふうは仕事仲間だ。俺が蛇杖院で働くことにしたのは十一の頃だったけど、おふうもそんな感じ。家の仕事は、もっと前からやってたんだって。何にしても、あいつは俺より一つ年上で、俺がここに来たときにはもう、いっぱしの女中として働いてた」

「何で倒れたの？　病気？」

「まだわからねえ。でも、きっと根詰めて働きすぎたんだ。年の瀬に、あいつのおっかさんが労咳《ろうがい》で死んでさ。それで、あいつは妹のおうたと一緒に蛇杖院に越してきた。ちっとは休めばいいのに、泣きもせずに働いてばっかりだ」

労咳は肺の病だ。駒千代が患う喘病とは違って、穢《けが》れによって人から人へ運ばれる類の病だが、幸いなことにおふうもおうたも体が強く、母から労咳をうつされはしなかった。

姉妹の母は長患いだった。亡くなる直前には、咳をしたと思うと、血を喀《は》いたりもしていたそうだ。

大川の向こう、駒形《こまかた》の渡しの近くにあった姉妹の住まいには、泰造も足を運ぶことがあった。二人の母から頼みごともされた。「あの子たちをよろしく」という、ありふれた頼みごとだ。ありふれてはいるけれども、その頼みごとに十分に応えるのは途方もなく難しい。

泰造は駒千代を見据えて言った。

「おふうは、このひと月、ばたばたと働きづめだ。駒千代さんの療養は大事な友達に任された仕事だからって、張り切ってもいた。でも、ずっと顔色がおかしかった。うつむいてることもよくあったし、妙に静かだったし、怒らなくなってたし、変だなって思ってたんだ」

「様子が変なのは、具合が悪かったから？」

「そうみたいだ。ほんと、無茶するよな。治るまで寝てろって言っても聞かねえんだろうし。まあ、俺が仕事を代わってやりゃあ、ちょっとはましかな。駒千代さんの部屋の布団干し、次から俺がやるぞ。いいな？」

駒千代は一応うなずいたようにも見えた。が、口に出したのは、泰造の確認への返事ではなかった。

「そんなに気遣ってやるのは、あの人が特別だからだろう。やっぱり約束の相手なんじゃないの？」

「ま、まだ言うのかよ！　だから、あのなぁ……十四で女のおふうはまだしも、お武家さまの子でも大店の子でもない十三の俺に、約束だの縁談だの、あるわけないだろ」

「ないの？」

「ねえよ。だ、だいたい、さっきのあれだって、おふうに手を出したわけじゃないんだからな! そういうつもりは全然、ちっとも、なかったんだ。俺はただ、おふうにけがをさせたくなかった、それだけなんだからな!」

そのくせ思い出すのは、おふうを抱えたときに感じた柔らかさや、おふうの首筋や髪から立ち上った匂い、苦しげに喘いでいた吐息の音色だ。そんなつもりはなかったと言い張っても、まったくの無実ではないことを、泰造自身がよくわかっている。

駒千代はしかめっ面《つら》をして唇を尖《とが》らせている。怒鳴られても立ち去らないし、目をそらそうとしない。言葉を探しているようにも見える。

泰造は、かすれがちな喉の調子を咳払いで整えて、駒千代に訊いてみた。

「話があるんだろ。何の話だ?」

「……おまえに許婚がいないなら、尋ねてもしょうがない」

「おまえって言い方はやめろよ。泰造って、呼び捨てでいいから。それで、駒千代さんの許婚のことで相談があったわけか? でも、俺にはそういう相手がいない。それじゃあ訊いても仕方がないってか」

「うん」

「だったら、俺以外の誰に訊くんだ? 蛇杖院の男連中はみんな独り身だぞ。そもそも、大人とは話しにくいことだから、俺に声を掛けたんだろ？」

瑞之助と駒千代がうまくいっていないのは、はたから見ていてよくわかる。夜に発作を起こす駒千代のために瑞之助がつきっきりで看《み》てやっているのに、会話が成り立っていない。ほかの連中については、推して知るべしだ。

駒千代は上目遣いで泰造を睨んで言った。

「話を聞くからには、ちゃんと力になれよ」

とんでもない意地っ張りみたいだなと思っていたが、言葉を交わしてみると、それ以上だ。まったくもって素直ではない。

泰造は腕組みをした。

「いいだろう。力になってやる。それで、どういう相談だ？」

「許婚への手紙の書き方がわからない。でも、おまえも知らないんだろ」

「だから、おまえって言うな。泰造って呼べって。俺も駒千代って呼び捨てにしてやるから、これでお互いさまだ。ほら、呼んでみろ」

「……泰造」

「よし。じゃあ、話を進めるぞ。駒千代の許婚は、喜美さんっていったっけ。しょっちゅう手紙が届いてるけど、やっぱり返事を出してなかったのか」

「だって、どう書いていいかわからないだろう？　初めてもらうんだよ、ちゃんとした手紙なんて」

ぼそぼそとつぶやく駒千代は、いかにもきまりが悪そうだった。

泰造には、何となく駒千代の気持ちがわかる気がした。立場は違うが、蛇杖院に来てまもない頃、似たような思いを抱いたことがある。

「俺が蛇杖院に来たのは、悪い大人のせいでひどい目に遭ってすぐの頃だった。だから、誰も信用したくなくってさ。登志蔵さんや瑞之助さんが湯屋に誘ってくれたりしてたんだけど、はねのけてたんだ。こいつらもどうせ腹の中では俺を見下してんだろって思って」

泰造は、柿の木の根元に腰を下ろしながら、駒千代を手招きした。駒千代はそろりと近寄ってきて、泰造の隣で膝を抱えた。

黙って聞いている駒千代に、泰造は続けた。

「仕事ができないって思われるのだけは癪《しゃく》だったから、働いてはいたんだ。でも、誰とも仲良くなるもんかって意地を張ってた。それがさ、だんだん苦しくなっていった。自分が悪者みたいにも思えちまった」

「悪者、か……」

「駒千代もそんなふうに感じてんだろ？」

「だって、急にいろんなことを決められて、振り回されて、これが駒千代のためになることだって言われて、わけがわからなくなった。腹が立った。受け入れたくなかった。でも、今はなぜか、自分が悪者になったみたいで苦しい」

泰造は駒千代の細い肩に腕を回した。駒千代はびくりとしたが、泰造の腕を振り払いはしなかった。

「しょうがねえよ。大人が勝手に決めたせいで蛇杖院に住むことになったのも、腹が立つから期待なんか裏切ってやりたい気持ちがあるのも、悪者になりたいわけじゃないから嫌な気分になるのも、全部、しょうがねえんだ」

「わかったような口を利くなよ」

「馬鹿。わかったような、じゃねえや。俺はわかってんだ。一度乗り越えたんだからな」

駒千代は洟《はな》をすすった。横目にうかがうが、泣いてはいない。そう簡単に涙を流すような軟弱者ではないのだ。体は弱いくせに、めっぽう気が強い。

上等だ、と思った。俺が駒千代の力になってやろうじゃねえか。

「よし、手紙のことは任せときな。俺が手紙の書き方を教わってきて駒千代に伝えれば、許婚への返事が出せるだろ？」

「誰に教わるつもり？」

「武士らしい手紙がいいよな。だったら、登志蔵さんだ。ああ見えて、けっこう筆まめなんだ」

「でも、面倒だろ？　本当に引き受けてくれる？」

「男に二言はねえよ。もちろん、駒千代が許婚に手紙を書こうとしてるってことは、絶対に明かさない。うまくやるから、まあ、見てなって！」

泰造は、駒千代の肩に腕を回したまま、逆の手で駒千代の脇腹をつついてやった。わっ、と駒千代は声を上げ、くすぐったがって身をよじる。しかし、泰造の腕からは逃れられない。

「よ、よしてよ！」

か細い声を上げる駒千代と、目が合った。

駒千代は頬をひくひくさせていた。笑っているらしい、と、一拍遅れて気がついた。

第二話　未熟者の独白

一

目を閉じてうとうとしたと思ったら、もう朝になっていた。

傍《かたわ》らを見れば、駒千代はこちらに背を向け、体を丸めて眠っている。浅い呼吸のたびにかすかな喘鳴《ぜんめい》が聞こえるが、この様子なら、発作を起こす心配もあるまい。

「ゆうべもつらそうだったな。結局、何の薬が効くんだろう？　私がダンホウかぜのときに世話になった喉の薬も、息の通りをよくする吸入薬も、すべて駄目。どうするのがいちばんいいのか……」

瑞之助は、眠っている駒千代から顔を離し、部屋を抜け出した。

春二月五日。早朝の風はまだ、きりりと冷たい。

駒千代が蛇杖院に来て、今日でちょうど一月《ひとつき》だ。瑞之助は東棟の駒千代の部屋にほぼ毎日、泊まり込んでいる。

井戸端で顔を洗い、朝一番の水汲みの仕事を手伝う。その後は力仕事などを頼まれなければ、登志蔵とともに剣術稽古をするのが日課だ。

重い体を励まして、木刀を手に中庭へ向かおうとしたところで、泣きべそ顔のおうたに出くわした。布団を抱えた巴と一緒だ。

「おはよう、おうたちゃん、巴さん」

微笑《ほほえ》んで声を掛けてみたが、おうたはむすっとしている。巴は短く「おはよう」と言っただけで、瑞之助を追い払うように顎をしゃくった。物干しのほうへ向かっているらしい。何となく、事情は察せられた。

中庭で瑞之助を待っていた登志蔵も、同じように察したようだ。

「おうたは寝小便をやらかしたかな」

「仕方ありませんよ。まだ八つだし、いろいろあってこちらに越してきて、まだ一月ですから」

「おふうが倒れたことも、おうたにとっちゃ、こたえただろうな。人は手前《てめえ》で思っているより、転変に弱いものだ。まわりががらりと変わったとき、手前もついていけりゃいいが、なかなか難しい。ともあれ、稽古を始めるとするか」

「はい。よろしくお願いします」

木刀を正眼に構える。体を温めるための素振りから始める。

剣術とは生ものだ、と感じる。日々、調子が変わる。

手習い時代に通っていた道場で、瑞之助は負けなしだった。というのも、自分の中にある目盛りを読むかのように、調子の良し悪しを量るのが得意だったからだ。大事な立ち合いの日にぴたりと狙いを合わせて調子を上げていくのも自然にできた。

だが、それも昔のことと言うべきだろう。

この日、自分でも思いがけない失態を演じてしまいながら、身動きひとつ取れなかったのだ。

「あれ?」

間の抜けた声を漏らして木刀を取りこぼした。痛みは遅れて襲ってきた。

「お、おい、瑞之助!」

打たれた瑞之助ではなく、打った登志蔵のほうが焦っていた。

約束稽古の最中だった。初めに手順を取り決めて、そのとおりに動くのだ。登志蔵が攻め手となって瑞之助が受ける。その役割の途上で、いきなり、次にどう動くべきかわからなくなった。頭が真っ白になったと思ったら、打たれていた。

「腕に思い切り入ったぞ。大丈夫か？」

瑞之助は笑ってみせた。

「大丈夫です。ちょっとびっくりしただけで、このくらいでは骨が折れることもないでしょうし」

「馬鹿言え。受け方をしくじれば、前腕でも二の腕でも簡単に折れる。指や手の甲よりはましだが、腕の骨ってのは存外細くて弱いんだぞ。太いのが一本通ってるんじゃなく、細い骨が二本だって教えただろ。見せてみろ」

登志蔵は自分の木刀を腰に差すと、瑞之助の左腕をつかんだ。打たれた箇所はうっすらと赤くなっている。登志蔵は、その赤みの出たところや周囲に用心深く触れ、肉を軽く押したり、骨の形をたどったりした。

「折れてはいないでしょう？」

「確かに骨は問題ないようだが、こいつは腫《は》れるぞ。肌の内側に赤い斑点が出始めている。細かな血脈が破れたんだ。じきに血が滞《とどこお》って、ひどい色のあざになる。この手のけがを甘く見ると、尾を引くからな。今日の稽古はここまでだ」

「そう甘やかさないでくださいよ。大したことありませんから」

ため息をついた登志蔵は、瑞之助の木刀を拾うと、いきなり瑞之助のほうへ振るった。瑞之助の顎の下、喉仏に触れんばかりのところに、切っ先をぴたりと据える。

「外科医の俺が、大事をとれと言っているんだ。素直に聞け。だいたい、今日のおまえは動きが悪すぎる。このまま続けても、またけがをするぞ」

「……わかりました」

瑞之助は登志蔵から木刀を受け取り、一礼して稽古の場を後にした。背中に登志蔵のまなざしを感じたが、あえて振り返らない。

参ったな、と、つぶやく。頭が真っ白になったのは、実は今朝が初めてではない。

診療の場においても、似たようなことが幾度かあった。聞いたばかりの患者の名前を間違えて呼んだり、捌《さば》きやすいはずの細身の袴の裾を踏んで転びかけたり、すでに細かく粉にした薬種をもう一度薬研《やげん》で挽《ひ》こうとしてしまったり。

一つひとつは大したことがない。患者である幼子やその親が笑ってくれて、かえって円滑にいくこともあった。

しかし、失敗は失敗だ。今のところは小さなしくじりと呼べる程度だが、おっちょこちょいだと笑って済まされるうちに、うまく調子を上げていかなくては。

「駒千代さんのことを任されているのに、こんな体《てい》たらくでは喜美に叱られるな。しっかりしろ」

己を叱咤《しった》する。

左の前腕に目を落とすと、赤く腫れ始めていた。何とはなしに、腫れたところをきつくつかんでみる。思ったほどには痛くなかった。

「骨が折れたら、どのくらい痛いんだろうか」

力のかけ方次第で簡単に折れる、と登志蔵から聞いたばかりだ。

どうやったら折ることができるのだろう？

指先で肉と骨の境をたどり、骨の形を調べてみる。確かに細い。おなごの体はどこもかしこも骨が細く、乱暴に扱ったりなどすれば、たやすく壊れてしまうだろうと、去年思い知った。が、鍛えている男の骨でも、所詮《しょせん》こんなものか。

これくらいなら……と思ったときだ。

「あれ、瑞之助さん？　今日はもう稽古終わったのか？」

駆けてきた泰造に顔をのぞき込まれた。瑞之助は、はっと笑みをつくった。

「今朝はちょっとね」

「あっ、その腕！　うわあ、腫れてるな。岩慶さんに診てもらおうぜ。今日は力仕事をしないほうがいいよ。けがで血の巡りがおかしくなってるときには、そこに力のかかることを避けるもんだって、岩慶さんが言ってた」

「しかし、やるべきことが、ええと……そろそろ駒千代さんを起こさないと。うん、そうだ。卯《う》の刻（午前六時頃）過ぎには起こすという約束になっているんだ」

「そんなら、俺が駒千代を起こして朝飯も食わせておくからさ。とにかく、瑞之助さんはまず、けがの手当てだ」

ほら行くぞ、と、泰造は瑞之助を引っ張っていく。

抗わずに引っ張られながら、瑞之助は、すっかり腫れてしまった左腕をぼんやりと眺めた。


玉石が珍しい時計を貸してくれた。長崎で作られたというその時計は、一日を十二支になぞらえて十二の刻に等分し、真夜中を子《ね》の刻《こく》、真っ昼間を午《うま》の刻とするものだ。

時を告げる寺の鐘は、日の出から日の入りまでを六等分、日の入りから日の出までも同じく六等分して、一つごとに鳴らされるのが基本だ。日の長い夏場には、昼間の鐘は一つひとつの間が長くなる。冬はその逆だ。

玉石は、駒千代の療養において、まずは時計が必要だと主張した。

「夜間に発作を幾度か起こし、そのために眠れず、昼寝によってそれを補っている。まずはこれを直すのが、治療の土台となる。そのためには、夜四つ（午後十時頃)を過ぎた頃に云々と、そういうやり方では駄目だ。とにかく、時計の示す刻限に従って記録してみなさい」

駒千代の体に昼夜の別を覚え直させるのが課題なのだ。

だが、これがなかなかうまくいかない。

朝は卯の刻に起こすし、昼寝をしない約束なので、夜は戌《いぬ》の刻(午後八時頃)にうとうとし始める。だが、いざ横になると最初の発作が起こって、落ち着くまでに半刻(約一時間)から一刻(約二時間)もかかる。座椅子を少し倒した格好で、疲れ果てて眠りに落ちることが多い。

明け方前、寅《とら》の刻(午前四時頃)の前後一刻に必ずまた発作が起こる。発作が落ち着いて再びうとうとし始めたときには、朝日が昇り始める。そうすると、もう登志蔵との剣術稽古の刻限だ。瑞之助は駒千代を置いて起き出し、新しい一日を始める。

「記録をとるだけでは、改善のきっかけが見つからない。しかも、あの鼻かぜみたいな病は一体何なんだ?」

駒千代は妙によく洟《はな》が出る。鼻が詰まって口で息をしていることも多い。おかげで口の中や喉が乾燥し、そのために喉の炎症が長引いている。

仮に喉の炎症を落ち着けることができても、鼻が詰まったままでは、また口呼吸になる。それでは喉の乾燥と炎症がぶり返すことになるだろう。

「まず鼻詰まりを除くのが、治療の近道なのか？　であれば、処方すべきは小青龍湯か桔梗湯《ききようとう》か……いや、すでに試した。すべて駄目だった」

では、食事はどうか。気の巡りが悪いことはわかっているが、水《すい》や血《けつ》の巡りはどうなのか。

これだ、と確信して選べる道が見出せない。どうすればいいのだろうか、と独り言で問いを繰り返すのが癖《くせ》になっている。

「どうすればいい……？」

ふと。

診療部屋の障子が開いた。入ってきた真樹次郎が、隅にうずくまる瑞之助に気づいて、びくりとする。

「いたのか、瑞之助」

瑞之助は慌てて背筋を伸ばした。いつの間にか、うとうとしていたようだ。

「すみません。脅《おど》かすつもりはなかったんですが」

「さっき、泰造が駒千代の世話をしているのを見たぞ。あの二人は歳が近いから か、気が合うようだな。朝は泰造に任せたらどうだ？　苦労してるんだろう？」

「ええ、まあ……でも、駒千代さんのことは、私が任されているので、やはり私が何とかしないと……」

瑞之助は眉間《みけん》をつまんでぐりぐりと揉みほぐした。

今、瑞之助が診療部屋にいるのも、もともとの方針から外れている。

当初の取り決めに従えば、今の刻限は駒千代の部屋で手習いを教えているはずだった。だが、うまくいかなかった。駒千代は膝を抱えて顔を伏せ、筆を執ろうとも書を読もうともしなかったのだ。

しばらくは何の実りもないまま、駒千代に手習いを授けるべく試みていたが、呆れ果てた真樹次郎によって瑞之助は診療部屋に連れ出された。以来、とりあえず昼までの間は、診療部屋で真樹次郎の手伝いをしている。

では昼から駒千代の手習いができるかといえば、まったくできていない。駒千代が行方《ゆくえ》をくらますのだ。遠くへ行けるわけではないから、捜してみれば、東棟か庭のどこかでうずくまっているだけなのだが。

まったくもって、どうすればいいのか。

真樹次郎は卓上に積んだ書物を手に取った。紙面に目を落としながら、そっけない口調で言う。

「瑞之助、顔色が悪いぞ。腕はどうした？　登志にやられたのか？」

「ええ。でも、登志蔵さんは悪くないんです。私がちょっと、うっかりしてしまっただけですよ」

「うっかりだと？」

真樹次郎が本から目を上げた。眉間に皺《しわ》が寄っている。

瑞之助は慌てて苦笑してみせた。

「いえ、ちょっと眠たかったもので」

真樹次郎は瑞之助を見据えている。睨《にら》んでいると表現してよいほど鋭いまなざしだ。

「瑞之助、何かごまかしていないか？　おまえがそういう笑い方をするときは、言えないものを抱えているときだ。このところ、どうもおかしいな。顔色をよく見せてみろ」

「顔色ですか？　いや、真樹次郎さんにそう心配されるようなことは何も……」

と、そのときだ。

表が妙に騒がしくなった。

「何だ？　また何ぞ厄介な患者でも来たのか？」

「患者さんが来られたのなら、迎えなければ。行ってみましょう」

瑞之助は立ち上がった。体が妙に重い。さーっと目の前が白くなりかけたのを、頭を振ってごまかした。

二

門の外に奇抜な格好の男が立っていた。

奇抜というよりほかにない。髪こそ日ノ本の商人らしい髷だが、引き廻し合羽《がっぱ》の下にまとっているのは異人の着物だ。

身の丈は六尺（約一八二センチメートル）を超えている。西洋風の立った襟、ぴたりとした筒袖に、同じくぴたりとした洋袴は、首も手足もすらりと長いからこそ似合うのだろう。年の頃は、二十八の真樹次郎と同じくらいか。秀麗な顔立ちは何となく、誰かに似ている気がする。

真樹次郎が瑞之助の肘《ひじ》のあたりをつかんだ。横目で見やれば、真樹次郎は困惑とも警戒ともとれるような顔をして固まっている。

女中の満江とおとらも、患者か客人の来訪に応対すべく門から出たのだろうが、庇《かば》い合うようにして立ち尽くしている。小梅村の百姓や通りすがりの棒手振《ぼてふ》りが、遠巻きにしてこちらをうかがっている。

無理もない。異人の装いなど、長崎みやげの絵の中に見たことがあるだけだ。

瑞之助は一歩、前に出た。男がこちらを見た。切れ長な目、すんなり通った鼻筋、小さく薄い唇、細い顎。やはり何となく見覚えがある。

「あの、どちらさまでしょうか？」

声を掛けてみながら、日ノ本の言葉が通じるのだろうか、と懸念が生じた。

それは杞憂《きゆう》だった。男はうっすら微笑んで答えた。

「おや、姉さんに手紙を送って、二月五日に長崎みやげをたんまり持って遊びに行くと知らせておいたんだが、何も聞いていないのかい？」

長崎みやげ、と言って、男は指し示した。

男に気を取られたために目に入らずにいたが、どっさりと荷が積まれた大八車が止められている。瑞之助も顔見知りの烏丸屋の小僧と手代が、どうも、とお辞儀をした。この大八車を引いてきたらしい。

つまり、男は烏丸屋とつながりがあるということだ。それで急速に合点がいった。男の顔立ちや、いくぶん撫で肩で痩せぎしの長身という体つきが、一体誰に似ているのか。

「もしかして、玉石さんの弟御ですか？」

瑞之助がそう言ったとき、ちょうど玉石が姿を現した。相変わらず男とも女ともつかない格好をしているが、奇抜な洋装の男と比べればおとなしいものだ。

ため息交じりに、玉石は言った。

「春彦《はるひこ》、本当に来たのか」

玉石とはあべこべに、春彦と呼ばれた男は顔を輝かせた。

「姉さん、久しぶり！　本当は去年のうちに会いに来たかったけど、長崎のほうが慌ただしくてね。姉さんも大変だったと聞いたよ。体を壊してはいない？」

「そんなに目立つ姿で門前にいられては困る。とにかくいったん中へ入れ」

見物人が大いにざわついている。玉石は面倒そうに応じた。

玉石の弟、春彦が西洋風の着物に身を包み、遠く長崎からやって来たことは、たちまち江戸じゅうに知れ渡ることだろう。蛇杖院にまつわる噂話は、いかなる色合いのものであれ、読売で人気の話題なのだ。


蛇杖院を訪ねてくる患者の足がぴたりと止まる出来事は、今までに幾度も経験した。登志蔵が偽薬《にせぐすり》を商う薬師だという噂を流されたときも、死を招く疫病《えきびょう》が蛇杖院から広まるという悪評が読売で書き立てられたときもそうだった。

不治の病を患っていたあの人は、自分のせいで蛇杖院が悪く言われてしまう、と憂えていた。そんなことをあなたが気に病む必要はないのに、と瑞之助は歯痒《はがゆ》く思っていた。思うばかりでうまく伝えられなかった。あの人の目から憂いを消してあげることができなかった。

今日もまた、患者の訪れがない。

やはりと言うべきか、春彦の噂があっという間に広まったのだろう。

瑞之助は、真樹次郎とともに診療部屋で書物に目を通していた。否、そのはずだったが、またしても居眠りをしていたようだ。

「何の用だ？」

不機嫌そうな真樹次郎の声が耳に飛び込んできて、はっと目を覚ました。肩に掛けられていた真樹次郎の羽織が、畳の上に滑り落ちた。

診療部屋の表に、背の高い男の姿がある。春彦だ。奇抜な洋装は解いていない。ただ、春の陽気に誘われて外套《がいとう》や上着を脱ぎ去り、白い木綿《もめん》の内着姿になっている。

「あいさつをしに来たんだ。仕事の都合で、これから四、五か月の間、西棟に寝泊まりするからさ。仲良くしておくれよ。どうぞよろしくね」

「何の仕事だ？」

「オランダ通詞《つうじ》だよ。通詞の仕事は家筋によって決まるものだが、私は特別でね。商家烏丸屋の末っ子でありながら、オランダ語の力を買われて、出島《でじま》に出入りしている。正式な肩書は稽古通詞見習いといって、身分は下っ端だが、そのぶん好きに動き回れるのさ」

異国船を退けることが倣《なら》いの日ノ本で唯一、長崎においては、オランダや清国《しんこく》との商いがおこなわれている。

長崎に来航したオランダ人は、出島という扇形の築島に住まう決まりになっている。そこへの出入りが許されるのは、オランダ通詞や出島乙名《おとな》などの地役人と、許しを得た一部の商人、オランダ行きと呼ばれる遊女だけだという。

「それで、出島で働いているはずの通詞がなぜ江戸に？」

「江戸にもオランダ語の翻訳を司《つかさど》る役所がある。天文方《てんもんかた》の中に置かれた蕃書和解御用《ばんしょわげごよう》だ。そこに長崎のオランダ通詞が幾人か詰めているんで、詳しいことは言えないが、あちらとこちらの渡りをつけたり、訳の進み具合を調べたりするのが、こたびの私の仕事だよ」

「だったら、天文方の伝手《つて》で宿所くらい手配できるだろうに。あるいは、瀬戸物町の烏丸屋にでも泊まればいい」

「嫌だね。私は、姉さんのきれいな顔を見て過ごしたいんだよ。それに、蛇杖院というところにも興味があった。思っていたよりずっと広いんだね。元気な子供たちもいて、実ににぎやかだ」

「おうたとでも話したのか？」

「話したよ。おうたちゃんと、泰造さんと、駒千代さん。菓子を振る舞おうとしたんだが、泰造さんに睨まれてしまった。金平糖《こんぺいとう》は好みじゃなかったかな？」

春彦は、どこからともなく小さな紙包みを取り出した。金平糖が入っているのだろう。軽く振ると、かちゃかちゃと、硬いものがぶつかる音がした。

「おうたや泰造の次は、俺たちに菓子を振る舞いに来たのか？」

「ご明察。訪ねてくる患者もいないようだし、お茶にしない？　金平糖は、日ノ本の茶にも清国の茶にも、オランダ人が好んで飲むコーヒーにも合うんだよ」

軽やかにからかうような声音は、確かに玉石の声と重なるところがある。笑うと頰に刻まれる縦長のえくぼであるとか、しゃべるときの口元の感じ、ちょっとした立ち居振る舞いといった、何気ない仕草や表情が驚くほど似通っている。

真樹次郎は鼻を鳴らした。

「訪ねてくる患者がいないのは、あんたのせいだぞ。蛇杖院はただでさえ不穏な噂を立てられやすいのに、そんなおかしな格好で人目を惹きやがって」

「医者がのんびり過ごせるのは素晴らしいことだよ。その退屈に間延びした時を、ともに満喫しようじゃないか」

「ふざけたやつめ」

「それに、私のせいばかりにしないでほしいな。そもそも不穏な噂に一役買っているのは、まさにあなただろう。堀川真樹次郎さん」

細められた春彦の目が、鋭さを帯びたように見えた。

真樹次郎が怪訝《けげん》そうに眉《まゆ》をひそめる。

「俺を知っているのか？」

「おやおや、知らないはずがないさ。姉さんの身辺にいる人間は逐一調べてある。しかし、姉さんも変わっているよねえ。真樹次郎さんは新李朱堂《しんりしゅどう》の鼻つまみ者だというのに、そういう威勢のいいところを気に入っているんだ、なんて言って笑っている」

真樹次郎が座を蹴って立ち上がった。

「言わせておけば……！」

春彦に飛びかかろうとするのを、瑞之助は慌ててつかまえた。

「ちょっと、真樹次郎さん、落ち着いてくださいよ」

新李朱堂は、真樹次郎の実家、堀川家が営《いとな》む医塾だ。今の世の医術の主流である古方《こほう》派の医塾の中で、新李朱堂こそが江戸で最大といってよい。薬礼が高くつくそうだが、名医揃いの診療所でもある。

真樹次郎は何か問題を起こして勘当され、行くあてがなくなったところを玉石に拾われたそうだ。

今でも真樹次郎が江戸のまちなかで診療をおこなおうとすれば、新李朱堂の息がかかった者に邪魔をされる。だから真樹次郎はほとんど往診に出ることなく、蛇杖院の診療部屋に詰めている。

春彦の薄い唇は、きれいな弓なりの形をしている。

「やっぱり真樹次郎さんは家のことを気に掛けているんだねえ。仕方ないか。あなたが家を飛び出したせいで、お兄さんが新李朱堂の長を継ぐことになってしまった。あなたの許婚《いいなずけ》だった人は、お兄さんに嫁いだ。二人はあまり幸せではないようだと聞いているよ。心配だね」

「……今さら、俺の知ったことじゃあない」

春彦は、ひょいと腕を伸ばすと、真樹次郎の頭をぽんぽんと軽く叩いた。子供を相手にするかのような振る舞いだ。真樹次郎は春彦の手を払いのけた。

「新李朱堂に関するすべてを憎んでしまえたら楽なのにね。お兄さんのこと、昔の許婚のことは、突き放しきれない。優しいんだなあ、真樹次郎さん」

「黙れ」

春彦は肩をすくめて、くすりと笑った。その目が、今度はまっすぐに瑞之助をとらえた。

「長山瑞之助さんだね。江戸の町で蛇杖院の噂といえば、あなたの話題で持ちきりだ」

「私の話題ですか？」

「ああ、そうとも。聞きしに勝る色男じゃないか。でも、生まれが町人であれば、もっと美しい言い方をしてもらえたんだろうにね。武士が町人の女に手を出したとなると、聞こえの悪い噂が立ってしまうものだから」

春彦の声音は穏やかだったが、瑞之助は喉に刃を突きつけられたかのように感じた。

「……町人の女に、手を出した？」

「おや、聞いたことがなかったかい？　疫病神《やくびょうがみ》強盗を見事討ち取った今となっては、あなたを称賛する声のほうが多いけれど、悪意に満ちた噂がないわけじゃあないんだ。目立てば目立つほど、やっかみも増えるってことかな」

瑞之助は曖昧《あいまい》に笑って首をかしげた。

「蛇杖院の医者ですから、悪く言われてしまうのは、覚悟していますが」

どんな噂なんでしょうか、と声を絞り出して問うた。ひどく喉が渇いている気がした。

春彦の柔らかな声が、歌うように町の噂を紡《つむ》いでいく。

「旗本の次男坊が親不孝にも家出をして、いかがわしい蛇の巣窟に居着き、町人の女、しかも世話をすべき患者に手を出した。武士で医者ともなれば、町人で患者の女は抗えまい。女は死んだが、次男坊は弔いにも出なかった。結局、遊びだったわけだ……とね」

腰が抜けたのは初めてだった。脱力し、座り込んで立てなくなった。

「傍目《はため》には、私のことがそんなふうに見えるんですか……」

長身の春彦の顔を見上げることさえ億劫《おっくう》だった。

春彦が聞いたという噂の要点には、すべて心当たりがある。瑞之助にとっては捨て身の覚悟で決断したことや、誠心誠意考え抜いて行動したことだった。弔いに携《たずさ》わることができなかったのは、瑞之助の心と体があの人の死を受け入れることを拒《こば》んだせいだ。

大切な人のそばにいられた日々の喜びと悲しみと、その人を喪《うしな》ってからの絶望と後悔。思い出すだに胸が痛む。だが、この痛みも含めて丸ごと全部、まだ忘れられない。忘れたくない。どれほど苦しくとも、かけがえのない時を過ごしたのだから。

しかし、それが見方ひとつ、言い方ひとつで、かくも見事に反転する。何と悪意に満ちた噂なのだろう？

怒りが湧いてもおかしくないはずだと、鈍った頭でかすかに思った。だが、怒るというのは、途方もない労力を要する。それは億劫《おっくう》だ。とてもできそうにない。

あれ……？

瑞之助は、違和に気づいた。

息を吐けばいいのか吸えばいいのか、わからない。目が何を見ているのか、わからない。耳の中で甲高い音がけたたましく鳴っている。頭の中が真っ白になっていく。かすかに吐き気がする。

おかしい。これはどういうことだ？

そう思った矢先、尻と脚の下にあるべき畳の感触が、抜け落ちるように消えた。

三

泰造たちが春彦に話しかけられたのは、つい先ほどのことだ。

「初めまして、子供たち。今日からしばらく蛇杖院で暮らすから、よろしくね。お近づきのしるしに、一つどう？」

春彦は馴《な》れ馴れしくそう言って、甘い匂いのする紙包みを突き出してきた。

泰造の傍らには、駒千代とおうたがいた。駒千代は寝不足で、朝はとりわけ不機嫌だ。おうたもこのところ妙に甘えたがるし、いきなり泣いたり怒ったりと手が掛かる。

そんな危なっかしい二人が、いかにも怪しい春彦に笑顔で接してやれるはずもない。泰造は、おうたが泣きだしそうになったのを見て、一歩前に出た。

「ちょっと今、俺たちは忙しいんで、出直してくれよ」

泰造が突っぱねると、春彦は素直に引き下がり、南棟へ向かっていった。

おうたは春彦を怖がっていたくせに、「後をつける」と言いだした。確かに見張っておくほうがいい、と泰造も思った。おふうのことが頭をよぎったのだ。具合が悪くてろくに動けないおふうにこの馴れ馴れしいやつが近づいたら、と考えるだけで、ぞっとした。

泰造とおうたが立ち上がったら、駒千代も黙ってついてきた。そして南棟に至ると、診療部屋の障子を細く開けて、中をのぞき見た。

春彦は飄々《ひょうひょう》とした態度で、早くも真樹次郎を怒らせた。かと思えば、子供をなだめるみたいに真樹次郎の頭をぽんぽんと撫でたりなんかした。次なる標的は瑞之助だ。

そこで潮目が変わった。瑞之助の様子が明らかにおかしかった。目は開いているが、どこを見ているのか定かではない。頭が重たそうにぐらりと揺れる。

あんな様子を、近頃どこかで目撃した。いつ、どこで？

あっ、と駒千代が小さな声を上げた。

泰造たちがのぞき見する目の前で、瑞之助が倒れた。背筋に通っているはずの芯をいきなり引き抜かれたかのようだった。ぐにゃりと崩れてきた瑞之助の体を、真横にいた真樹次郎が抱き留める。

「瑞之助！　おい！　おい、しっかりしろ！」

真樹次郎が瑞之助に呼びかける。だが、瑞之助はぐったりしたままだ。

そうだ、と泰造は思い出した。おふうが倒れたときだ。あのときのおふうと、今の瑞之助は似ていた。

泡を食った春彦が腰を浮かした。後ずさって瑞之助から離れるのを、真樹次郎が怒鳴りつける。

「待て！　あんたのせいだぞ！」

おうたが勢いよく障子を開け放ち、診療部屋に転がり込んだ。目を丸くする春彦を見上げ、両手を広げて通せんぼをする。

「あなたが瑞之助さんをいじめたせいよ！　逃がさないんだから！」

真樹次郎がおうたを見やり、泰造と駒千代のほうを振り向いた。泰造たちがのぞき見していたことを察したのだろうが、今はそれを咎《とが》めるどころではない。

瑞之助の上体を支えた。

「泰造、手伝え」

「おう！」

阿吽《あうん》の呼吸で、泰造は真樹次郎とは逆のほうに回り、瑞之助の上体を支えた。

鍛《きた》えられて引き締まった体は、見た目の印象よりはるかに重たい。

瑞之助が何かつぶやいている。耳を澄ますと、不明瞭ではあるものの、同じ言葉を繰り返しているのがわかった。

「どうすればいい……どうすれば……」

「ぶっ倒れながら考え事してんのかよ。まじめすぎるだろ」

思わず毒づいた。真樹次郎と呼吸を合わせて、瑞之助の体を横たえる。

すかさず、真樹次郎が瑞之助の診療を始めた。首筋の脈、まぶたの裏や舌の色。眉間に皺を刻んだ真樹次郎は、瑞之助の腹を撫でたり軽く押したりしていたが、やがてため息をついた。

「寝不足だけじゃないな。おうたか泰造、駒千代でもいいが、こいつが今朝、飯を食ったのを見たか？」

真樹次郎は順繰りに泰造たちに目をやった。泰造とおうたはかぶりを振った。

駒千代はそっぽを向いた。

春彦が四つん這いで近寄ってきて、瑞之助の顔をのぞき込んだ。

「びっくりしたなあ。私は皆と違って、倒れた人の介抱なんて、やったこともない。ましてや目の前で倒れられたら、どうしていいかわからないよ」

「情けない。この泰造を見習え。先月、女中が急に倒れたとき、身を挺《てい》して助けたんだぞ」

「へえ。お手柄だったんだね。立派だ」

春彦は目をぱちぱちさせて、思いのほか率直に誉《ほ》めてくる。面映《おもは》ゆくなった泰造は、わざとしかめっ面をした。

「そんなことより、瑞之助さんはどうしちまったわけ？　今朝話したときにも、何だかぼんやりしてるようには見えたけどさ」

「泰造もそう感じたか。瑞之助が倒れたのは、体に気も血も水もまったく足りていないせいだ。飯を食ってない。今朝と、おそらく昨晩もだな。目を覚ましたら問い詰めようと思うが、この馬鹿め、近頃は飯を抜いてばかりだったはずだ」

言われてみれば、思い当たる節がある。

昨日もまた駒千代がなかなか夕餉に手をつけないので、瑞之助が困り果てていた。叱るなり取り上げるなりすればいいのに、おろおろした顔のまま黙っていたのだ。埒《らち》が明かねえなと思ったので、泰造が代わってやって、瑞之助を湯屋に送り出した。

駒千代は瑞之助がいなくなると、「この料理は誰が作ったの」と問うてきた。本当は誰なのか知らなかったが、泰造はぴんとくるものがあって、「おふうが作ってた」と答えてみた。

それで正解だった。駒千代は、おふうのことは喜美から聞かされていたからとか、泰造にとっての特別な人だからとか、ごちゃごちゃ理由をつけて夕餉を平らげた。

湯屋から帰ってきた瑞之助は、空になった膳を目にして、ほっと安堵の顔をした。そのときにはもう、駒千代が床に就くべき戌の刻（午後八時頃）になっていたから、瑞之助も駒千代の付き添いを始めた。

「うん、昨日の晩も食ってなかったよ、瑞之助さん」

「なまじ体力があるせいで動き続けられたんだな。だが、駒千代の主治医に任じられて、今日でちょうど一月。とうとう限界を超えたわけだ」

真樹次郎が言葉を切った。わずかに落ちた沈黙の中、ぱりっ、と小さな音がした。

皆がそちらを向いた。駒千代が障子に爪を立て、破いた音だった。

「ざまあみろ」

駒千代は投げつけるように言って、背を向けた。走ることができるなら、ぱっと駆けだしていただろう。か細い背中は、ゆっくりと去っていく。

「おい、駒千代！」

泰造は思わず声を荒らげた。真樹次郎は、まるで自分がひどい言葉をぶつけられたかのように、傷ついた顔をしている。泰造は歯嚙《はが》みした。駒千代も心配だが、朦朧《もうろう》としてうわごとをつぶやき続ける瑞之助を、このまま放り出すわけにはいかない。

春彦が場違いなほど軽やかな声音で言った。

「難しいよなあ。医者と患者の間柄とはいえ、互いに武士の男同士、意地ってものがあるよねえ」

真樹次郎は嘆息《たんそく》した。

「何にせよ、今はまず瑞之助の介抱だ。こういうときは甘いものがいい。甘酒でも葛湯《くずゆ》でも汁粉でも、嚙んで飲み込めるなら羊羹《ようかん》でも、とにかく胃に何か入れてやって、体が冷えないようにして休ませれば、じきに調子が戻る」

「甘いものというのは、これでも大丈夫だろうか？　硬すぎるかな？」

これ、と言って取り出した紙包みを、春彦は開いてみせた。

「金平糖は、砂糖のかたまりだな。悪くない」

真樹次郎がそう言ったので、泰造は「えい！」と力を込めて、瑞之助の上体を起こした。

春彦が、その大きな手を瑞之助の顎に添え、親指で唇をつついた。

「口を開けてごらん。甘い菓子だよ。おいしいから、お食べ」

春彦に優しい声音で告げられると、瑞之助はぼんやりとした様子のまま、言われたとおりに口を開けた。春彦がその口に金平糖を入れてやり、「噛んで」と命じる。

瑞之助はのろのろと応じた。かりっ、と金平糖を噛み砕く音。喉仏《のどぼとけ》が動いたのを見るに、金平糖を呑み込むことができたようだ。

真樹次郎がおうたに告げた。

「おうた、台所に行って、葛湯か何かを作るよう頼んできてくれ。瑞之助がまともに動けるようになったら、まずは粥《かゆ》がいいかな。その支度《したく》もするように言ってきてほしい」

えっ、と、おうたはたちまち顔を曇らせた。

「うたが、一人で行くの?」

「俺は手が離せない。おうたは、お使いが得意じゃないか。おっかさんやおふうのために、一人で何でもできるようになった。そうだろう? 瑞之助のために、台所までひとっ走り、行ってきてくれないか?」

真樹次郎も、おうたの調子がおかしいことは了解している。だからこそ、噛んで含めるように言ったのだが、おうたは、いやいやと頭を振っている。

「うた、一人はもうやだ。行かない」

泰造は、春彦の奇妙な形の筒袖を引いた。

「しょうがないな。春彦さん、ここはあんたに任せる。俺はおうたと一緒に台所に行って、ついでに人手を呼んでくるからさ」

春彦と場所を入れ替わるや否や、おうたが泰造にくっついてきた。負ぶってやって立ち上がる。

「頼んだぞ」

真樹次郎は愁眉《しゅうび》を開くことなく、まなざしを瑞之助に向けたまま、泰造とおうたに告げた。

瑞之助が倒れたというので、昼前まではてんやわんやだった。

生姜《しょうが》入りの葛湯を飲んで様子が落ち着き、気を失うように眠ってしまった瑞之助を長屋の自室まで運ぶのは、登志蔵と朝助の二人がかりでも大変そうだった。間の悪いことに、力持ちの岩慶が留守だったのだ。

相変わらず、今日は患者の訪れがない。ぽかぽかとした陽気で、医者にかからずとも体の調子がよいのだろう。

昼餉《ひるげ》ができたことを教えるべく真樹次郎を捜すと、瑞之助の枕元に陣取っていた。ちょっとおもしろかったのは、真樹次郎とともに、春彦までも瑞之助のそばに詰めていたことだ。

「二人とも、昼餉の支度ができたらしいぞ」

泰造が告げると、真樹次郎が応じた。

「そうか。ここに運んでもらいたい」

春彦が当然のごとく付け加えた。

「二人ぶん、よろしくね」

「おい、あんたはお呼びじゃないぞ。医者でもないくせに」

「いいじゃないか。真樹次郎さんとも積もる話があるんだから」

「俺は話などない」

「何だ、つれないなあ。せっかく長崎みやげの菓子があるのに」

「金平糖なら、さっきも食った」

「実は、有平糖《あるへいとう》もあるんだ」

「どちらにしろ、砂糖のかたまりだな。江戸で買えば、いくらになることか」

「江戸では高い砂糖も、長崎ではありふれているからね。お一つ、どうだい？」

「いらん。瑞之助や駒千代やおふうに食わせてやれ。食欲の湧かん病者にはちょうどいいだろう」

真樹次郎は不機嫌そうに、春彦は楽しそうに、丁々発止とやり合っている。ずいぶん仲良くなったらしい。

泰造は、真樹次郎と春彦の昼餉を届けた後、自分と駒千代のぶんの握り飯を手に、東棟へ赴いた。駒千代は隠れもせず、部屋で膝を抱えていた。

握り飯の包みを差し出すと、駒千代は黙って受け取った。

ちょっと離れた隣同士で、泰造と駒千代は握り飯を頰張った。食べ終わるまで無言だった。

それからようやく、開け放った障子越しに中庭のほうを向いたまま、駒千代が言葉を発した。

「さっき、いきなり登志蔵先生が声を掛けてきて、明日の朝から剣術稽古をするぞって言ってた。登志蔵先生と、瑞之助先生と、私と、泰造の四人で」

「俺も？」

「うん」

瑞之助が倒れたことで、登志蔵は、もっと自分も駒千代に関わらなくてはならないと思ったのだろう。今まで遠目に見守っていたのは瑞之助を立てるためだったのだろうが、それが凶と出てしまった。

駒千代が、嫌だなあ、と漏らした。剣術稽古を始めるのが嫌なのか、登志蔵と関わるのが嫌なのか。

「登志蔵さんのこと、怖い？」

「別に。変な人だとは思ったけど。『俺は瑞之助と違って厳しくて怖いぞ』なんて自分から言うんだもの。でも、変だろうが怖かろうが、瑞之助先生よりましだな。ねえ、今、まわりに大人はいないよね？」

「よっぽどでかい声で話さない限り大丈夫だ。秘密の話でもあるのか？」

促してみれば、駒千代はおずおずと口を開いた。

「瑞之助先生のことが怖い。喜美さんが教えてくれたのと全然違う。もっとよく笑う人だと聞いてた。でも、瑞之助先生は笑ってないよ。笑ってるように見えても、目がいつも静かすぎて、得体が知れなくて不気味なんだ」

怖いかどうかは別として、駒千代の言うことも、今の瑞之助を見ればなんとなくわかる。

「確かに瑞之助さんは不機嫌な顔を見せないよな。どんなときも、無理してでも微笑んでみせるから、本心がわかりにくい。だけどさ、大人ってそういうものだろ。俺たちの前では隠し事ばっかり」

駒千代は勢いよくかぶりを振った。

「私の従兄に坂本陣平さんという人がいる。私にとって、この世でいちばん優しい人だ。陣平さんは大人だけど、私に何でも打ち明けてくれるよ。相談にも乗ってくれる。陣平さんほど頼りになる人はいない」

泰造は、はっと身を硬くした。

「坂本陣平って人のこと、駒千代はやっぱり知ってるんだな」

先月、初菜の口から聞かされた名だった。用心すべき相手だ。

「泰造も、陣平さんのことを知っているの？　話したこともある？」

「俺は、じかに話したことはないよ。瑞之助さんや初菜さんから、ちょっと聞いたことがあるだけ。駒千代は、陣平さんから瑞之助さんの話を聞いてない？　あの二人、同い年で近所に住んでたから、仲が良かったらしいんだけど」

「聞いたことくらいはあるかもしれない。でも、二人が友達だったなんて信じられないよ。瑞之助先生って、陣平さんとまったく違うから」

「そりゃあ、人はみんな違うだろ」

「そうなんだけど……だって、瑞之助先生は、見た目が……」

いきなり駒千代が口ごもった。

「瑞之助さんの見た目が何？　男前だとか、そういうこと言いたいんじゃないんだろ？ 何か気になるのか？」

駒千代はか細い声で白状した。

「……あの髪は、一体どういうこと？ あの白い髪、初めて見たとき、本当に驚いた。不気味だと思った。泰造は平気なの？」

ああ、と泰造は納得して唸《うな》った。駒千代が瑞之助のことを怖がって信用できず、ろくに言葉も交わさないままでいるのは、半白の髪に驚いてしまったという初めの印象が、問題の根っこにあるのだ。

「蛇杖院のみんなは、瑞之助さんの髪のこと、気にしてないよ。一晩でああなったわけじゃなく、だんだん変わっていくのを見てたから。でも、まだ二十三の瑞之助さんの髪があの色なのは、駒千代から見れば不気味なわけだ」

駒千代はうなずいた。

「歌舞伎や猿楽の白頭《しろがしら》って、わかる？」

「いなかの社《やしろ》でやる猿楽なら、何度か見た。白頭って、鬼や猩々《しょうじょう》の役が頭につける真っ白な毛だよな」

「芝居では、鬼や化け物や、神仙の術を操る翁《おきな》みたいな、人間ではない恐ろしいものが真っ白な髪をしてるらしいんだ。陣平さんがくれた草双紙や役者絵で見たことがある」

「だから、白頭は押しなべて不気味だって思っちまうのか。ひょっとして駒千代、白髪《しらが》頭の爺さんや婆さんには会ったことがない？」

「ない。前に住んでた屋敷には、年寄りがいなかった」

「そっか。蛇杖院では、おけいさんは七十二だけど、そうは見えないような黒髪だしな」

「年を取ると髪や髭が白くなるって、本当？　私の父は髪が白くならず、薄くなってたよ」

俺の親父もそうだった、と言いかけて、泰造はやめた。もう二度と会うこともない相手だ。

父は、生まれも育ちも貧しい百姓だった。泰造もそうだった。幼い弟妹のために金を作るには、人買いについていく道を選ぶしかなかった。

人買いによって江戸まで連れ出され、無体な扱いを受けていたときに、たまたま瑞之助と登志蔵に救われた。それがきっかけで、蛇杖院に下男として住み着くことになった。

おかげで今は、昔だったら思い描くこともできなかったような暮らしを送っている。家族が下総の村でどうしているか、ふと気になるときもあるが、大抵は忘れて過ごしている。

泰造は、去年のことを思い起こして言った。

「瑞之助さんの髪がはっきりと白くなってきたのは、冬の初めの頃だったよ。看病疲れだったのかもしれない。たくさん悩んでいたんだ。苦労すると白髪が増えるっていうのは聞いたことあるだろ？」

「ある。看病って、あの変な人が言ってたやつ？　患者は町人の女で、瑞之助先生が手を出してたって」

「その言い方はよせよ。瑞之助さんは、動けない患者に手を出すような下衆《げす》な真似は絶対にしない」

「でも、そういう噂になるような女の患者が、去年は蛇杖院にいたんだ」

「確かにいたけど、瑞之助さんは、ただ一生懸命に尽くしてただけだからな。いくら駒千代でも、このことで瑞之助さんを悪く言うのは赦《ゆる》せない」

「わかったよ。瑞之助先生は、その人のことを引きずっているのかな。倒れたのも、ひどいことを言われて落ち込んだのが引き金だったみたいだし」

「気になるなら、自分で訊いてみたら？」

「嫌だ」

きっぱりと言った駒千代が、あ、と小さな声を漏らして指差した。

開け放った障子の向こう側、中庭の隅に、おふうがふらふらと出てきたのだ。

「またかよ」

思わず舌打ちをして、泰造は立ち上がった。

おふうの動きがおかしい。息が苦しいのか腹が痛むのか、背中を丸めながら自分の体を抱きしめるようにしている。足下が危なっかしいのに、どこかへ向かおうとしている。

駒千代が自嘲するように笑った。

「病人だらけだね。瑞之助先生も、おふうさんも、この一月の無理がたたって、あんなふうなんだ。私のせいなんだろう？　私はきっと疫病神だ」

「馬鹿言うな。俺、ちょっと行ってくる」

泰造は駒千代に告げると、部屋を飛び出して中庭を突っ切り、おふうに駆け寄った。

「おい、おふう！　無理するなよ！」

おふうは、のろのろと顔を上げた。

泰造は登志蔵に教わったとおり、目と眉の間の薄くて柔らかい肌の色を、じっと見つめてみた。血色の良し悪しは、そこに現れやすいという。それから、唇の色や乾き具合もわかりやすい。

妙に白々としているな、と泰造は思った。血の気が引いているというやつだ。

「無理するなってば。具合が悪いんだろ？」

泰造はおふうの肩に手を伸ばした。

おふうの肩は泰造よりも骨が細くて薄く、痩せているのに二の腕がふわっとしている。体じゅうがそんなふうだ。頼りないくらいに柔らかくて、節々もふにゃふにゃしている。つい触れてしまいたくなるような柔らかさだ。

おふうが後ずさった。

「さわらないで」

冷たく叩きつけるような声音《こわね》に、泰造は息を吞む。

おふうはうつむき、その場にうずくまった。

「お、おい、どうしたんだよ？」

「……誰か呼んできて」

「腹が痛む？　立てないのか？」

「あんたじゃ駄目。女の人を呼んできて」

やましい心を見透かされた気がした。

「ごめん」

中庭越しに、駒千代がこちらを見ている。おふうに気兼ねしているのか、近寄ってはこない。

ほけ、ほけ、と間の抜けた歌声のうぐいすが、どこかで鳴いている。ほけ、ほけ。ほけ、ほけ。最後まで上手に鳴いてみせろよ、と八つ当たりのような気持ちになる。

どうすりゃいいんだろう？

泰造は、おふうの助けを呼ぶべく駆けだしながら、春霞《はるがすみ》の空を見上げてため息をついた。

四

何気なく見上げた夕霞の空を、小さな鳥がさっとよぎっていった。

瑞之助は笠を少し上げ、鳥が飛び去ったほうを眺めてつぶやいた。

「何の鳥かな」

前を行く岩慶が振り向いた。小梅村から東へ行った先にある雑木林で野草や茸《きのこ》を摘んできた、その帰りである。岩慶は、太く長い杖《つえ》で夕空を指して答えた。

「今しがたの鳥は、うぐいすだ。すずめほどの大きさで、くすんだ緑褐色《りょくかっしょく》であったろう？」

「空を背にしていたので、色まではよく見えず。岩慶さんは目がよいのですね」

「山野の生き物や草木を見分ける目は、それなりにな。慣れがものを言うのであるよ」

岩慶は呵々《かか》と笑った。瑞之助もつられて、少し笑った。

二日前に倒れて以来、皆に代わる代わる気遣われてしまっている。岩慶は唐突に閃《ひらめ》いたと言って、瑞之助を小梅村の外に連れ出してくれた。去年も同じように、岩慶に連れられて野歩きをしたことがあった。

野草を探している間は、目の前のことだけに集中できた。あれこれと思い悩むことなく野の春風を浴びていられたのだが、そろそろ帰ろうかと声を掛けられた途端、瑞之助は胃の腑《ふ》がずんと重苦しくなった。

駒千代の世話を、今日は真樹次郎や泰造に任せてきてしまった。小梅村に近づくごとに、申し訳なさと後ろめたさが募っていく。誰に対しての申し訳なさで、何についての後ろめたさなのか、自分でもよくわからない。ただ、とにかく気がふさぐ。

瑞之助はため息をついた。

前を歩く岩慶は、振り向きもせずに問うた。

「疲れたか？　倒れて早々の身には、ちと大変だったかもしれぬな」

瑞之助は慌てて、明るい声を繕《つくろ》った。

「平気ですよ。寝て食べたら、ちゃんと動けるようになりました。あの……うまくできなかったな、と思い返していただけです。食べられる野草の見分け方を教えていただいても、なかなか見つけられなかったことが残念で」

岩慶は道すがら、のんびりとした語り口で木々の名を教えてくれた。樫《かし》、杉、くぬぎ、楠《くすのき》、小梅村の名の由来ともいわれる梅もあった。秋に実をつける柿や栗や椎《しい》も見つけた。

より詳しく教えてもらったのは、たら、うど、あけびの木だ。春になって柔らかに芽吹いたところが食べられるので、潰さないよう気をつけて摘んできた。蕨《わらび》、ぜんまい、草蘇鉄《くさそてつ》、土筆《つくし》、蕗《ふき》の薹《とう》、野蒜《のびる》といった野草も食べられる。教わりながら、それらも摘んだ。

「瑞之助どの、いったん蛇杖院に荷を置いたら、夕餉はまた外に出掛けぬか？　新芽や茸は汁の実にしてもうまいが、天ぷらがまたよいのだ。拙僧には行きつけの天ぷらの屋台があってな、瑞之助どのも一緒にどうであるか？」

屋台の天ぷらは、町人地で人気の料理だ。麦の粉でできた衣がもちもちとして腹にたまる。

瑞之助は目を伏せた。

「昼も夜も外に出るのは、さすがにちょっと……」

「久方ぶりに瑞之助どのと出掛けられると思っておったに。まあ、無理は申さぬ。しかし、腕のけがもひどいあざになっておるし、倒れて間もないのだ。治りが遅れてしまわぬよう、夕餉はきちんと食うのだぞ」

昼餉とおやつは岩慶と一緒に食べた。慎重な目を向けられている気がしたが、やはり朝餉を口にできなかったのを見抜かれていたのか。

朝はあまりに胃が痛んで、水を飲んだだけで吐いてしまったのだ。

胃痛のわけは、病ではない。剣術稽古をめぐって、駒千代と登志蔵の板挟みになったせいだ。

今朝は駒千代が稽古を嫌がって部屋から出ようとしなかった。登志蔵は、駒千代を担いで部屋の外に放り出すと息巻いた。瑞之助は登志蔵に待ってもらい、泰造の手も借りて、駒千代をようやく中庭に連れ出した。いざ稽古を始めるまで、途方もなく長く感じられた。

剣術稽古といっても、初歩の初歩だ。駒千代の体力に合わせて、構えの型から一つずつ教えている。竹刀《しない》を構えるのが初めての駒千代と泰造は、瑞之助の見本のとおりに真似ているつもりなのだろうが、まったく格好がついていない。

一生懸命やってもうまくできないことが、駒千代の矜持《きょうじ》を傷つけるのだろう。

駒千代は、おもしろくない、と言わんばかりの顔を隠しもしない。

だが、登志蔵は決して甘やかさない。下手なら下手だときっぱり言うし、直すべき箇所がきちんと直るまで解放しない。あいさつの声が小さいときもやり直しをさせる。

「どうすればいいのか……」

瑞之助は登志蔵ほど思い切れない。なぜ駒千代を叱らないのか、と瑞之助のほうこそ登志蔵に叱られてしまうのだが。

前へ前へと歩を進めているうちに、いつしか小梅村に戻っていた。

左右に田畑が広がっている。肥やしのにおいが春風に乗って伝わってくる。百姓の家や、広々とした寺、どこぞの商家の寮などがぽつぽつと建っている。

ふと、見知った後ろ姿が前を歩いているのに気がついた。が、瑞之助はちょっと目を疑い、岩慶に追いついて、前を行く人を指差した。

「岩慶さん、あれは朝助さん、ですよね？」

「うむ……」

岩慶も微妙な顔をした。

朝助が女と寄り添って歩いているのだ。

蛇杖院で下男として働く朝助は、よほど慣れた相手の前でないと、顔を上げない。目立つあざがあるのを気にしてのことだ。初めは瑞之助の前でも、流行《はや》り病の穢《けが》れを避けるための覆面を、ずっとつけたままだった。

その朝助が女連れとは、思い描いてもみなかったことだ。女の背格好は蛇杖院の者ではないし、顔見知りの患者でもない。家族ということもないだろう。朝助は天涯孤独の身だと聞いている。

岩慶が何かに気づいたらしい。「もしや」と言って足を早める。瑞之助も急いで続くと、あっという間に、朝助と女に追いついた。

朝助は、近づいてくる足音に道を譲ろうとした。そこで足音の主が瑞之助と岩慶であることに気づき、あっと声を上げて固まってしまった。

「やっぱり朝助さんでしたね」

瑞之助が言うと、女がこちらに顔を向けた。年の頃は三十そこそこで、身なりは質素なものだ。何となく、武家の女だろうと瑞之助は感じた。ぴんと伸びた背筋と、どこか凜《りん》とした気配のためだ。

女は、にこりと笑った。凜とした気配が雪解けのように緩《ゆる》み、目尻も下がって、親しみやすい雰囲気になった。

「朝助さまのお知り合いですか。ご覧のとおり、朝助さまのお手を煩《わずら》わせております」

女の目は閉じられている。盲目なのだ。

それと察した岩慶が、はっきりとした声で名乗った。

「蛇杖院の岩慶と申す。按摩《あんま》の技を得意としておる。医者であり、仏僧でもある」

「同じく蛇杖院の医者で、瑞之助と申します。医者といっても、まだ駆け出しの身ですが」

ああ、と女はうなずいた。

「お二人のお名前、先ほど朝助さまからうかがいました。わたくしは、りえと申します。近頃、兄とともに小梅村に越してまいりました。盲目ですが、按摩ができますし、ほかの仕事もこなせます。働かせていただきたいとお頼みするため、蛇杖院をお訪ねする途中でございました」

「おお、さようであるか。おや、りえどのは一度転ばれたのではないか？　着物がいささか土で汚れておる」

「恥ずかしながら、慣れぬ道ですので、つまずいたのです。その際に杖《つえ》を折ってしまい、難儀しておりました。たまたま通りがかった朝助さまがこうしてご親切に道案内をしてくださらなかったら、わたくしはどこへも行けず、兄が捜しに来るまで道端で座り込んでいたかもしれません」

朝助が手にしているのは、折れた杖だ。りえは杖の代わりに朝助の腕につかまって歩いてきたらしい。事情がわかると、なるほどと瑞之助も合点がいった。

しかし、朝助はうろたえた様子で目を泳がせている。

「蛇杖院に急いで戻って、おなごの誰かを連れてくればよかったのですが……」

瑞之助は先回りして言った。

「そんなことをしていては日が暮れて、りえさんの身が危ういと思ったのでしょう?」

「ええ、まあ……」

りえが朝助のほうを向いて微笑んだ。

「朝助さまは、わたくしがけがをしているのではないかと心配して、何くれと気遣ってくださったのです。わたくしはこんな目をしておりますから、人に疎《うと》まれることも蔑《さげす》まれることも、おらぬ者のように扱われることも茶飯事です。それなのに、朝助さまは本当にお優しくて」

朝助は恥ずかしそうにうつむいている。

「さて、皆の衆。蛇杖院はすぐそこである。道すがら、話そうではないか」

岩慶の言葉で、一行は、りえの足に合わせて歩きだした。

りえは正面を向いたまま、瑞之助と岩慶に言った。

「お二方は、若菜を摘みに行かれていたのでしょう」

「そのとおりです。朝助さんから聞かれましたか？」

瑞之助の問いに、りえは微笑んだ。

「いいえ。ですが、摘みたての若菜の、いかにも柔らかそうな匂いがしておりますもの」

「匂い、ですか」

「幼い頃からこの目で生きておりますので、そのぶん鼻と耳はよいのです」

岩慶が問うた。

「りえどのの目は、生まれついてのものではないのか？」

「うっすらと覚えているかどうかという年の頃に、疱瘡《ほうそう》で目をやられてしまいました。右目はすっかり駄目なのですが、左目はいくらか、明るいか暗いかの差はわかります」

「疱瘡か。少なからぬ数の幼子が、命は取り止めようとも、目を失ってしまうからな」

「そうなのです。でも、疱瘡で右目をというのは、何だか強そうでしょう？　だって、あの伊達政宗《だてまさむね》公とお揃いなんですもの」

りえは、くすくすと笑った。控えめでありながらも明るいその声に、朝助がはっと目を見張った。

蛇杖院までの短い道中で、りえはてきぱきと己の素性を明かした。

「生まれ育ちは旗本ですが、十五年前に父がお役でしくじりをしたため、家がなくなってしまいました。以来、兄と二人でどうにか暮らしてまいりました。兄は手習いの師匠をしておりまして、わたくしは筆子《ふでこ》さんたちの母上さまがたに手取り足取り、仕事を教えていただいたのです」

「先ほど、按摩と、ほかにも仕事ができるとおっしゃっていましたね」

瑞之助が確かめると、りえはうなずいた。やはりできぬこともございますけれど、と断りを入れてから続ける。

「料理や洗濯や掃除などの家の仕事は、どなたかと一緒であればできます。わたくしは見ることができぬだけで、手は動かせますもの。言ってしまえば、ともに働いてくださるかたにとって、手が二本増えるようなものですね。猫の手よりは少し役に立つかと」

岩慶は呵々と笑った。

「これは頼もしい。りえどのと按摩の仕事を手分けできるのであれば、拙僧も大いに助かる。拙僧は、たびたび小梅村を離れねばならぬのでな」

「天眼《てんがん》の手とも名高い岩慶さまの技にはとてもかないませんが、精いっぱい務めさせていただきとうございます」

頭の切れる人だ、と瑞之助は感じた。何気なく尋ねてみれば、幼子の手習いに使う『庭訓往来《ていきんおうらい》』から、亡き両親を弔うためのお経、はたまた『平家物語《へいけものがたり》』の弾き語りまで、かなり多くのものを記憶していることもわかった。

蛇杖院に戻ると、りえを玉石に引き合わせる役目は、同じ按摩師である岩慶が担うことになった。摘んできた野草は、瑞之助と朝助が下ごしらえを引き受け、井戸端に運んだ。

朝助は手際よく野草を水で洗いながら、じっと押し黙っていた。まとっている気配がどうにも重い。穏やかな顔つきでいることが多い朝助なのに、今は眉間に皺を寄せている。

「何か気になることでも？」

思わず瑞之助が尋ねると、朝助は嘆息し、濡れたままの手で顔を覆った。

「瑞之助さん、手前を叱ってください。罵《ののし》ってくれてもいい」

「急に、どうしたんです？」

「玉石さまに頼まれた使いの帰りでした。りえさんが立ち上がれずにいて、手前に声を掛けてきたんです。転んで杖を折って難儀している、助けてほしい、と。手前はいつものとおり、逃げ腰でした。特におなごや子供には、こんな顔など見せたくないから」

朝助の顔のあざは赤紫色で、ぱっと人目を惹いてしまう。

「でも、りえさんのことがやはり心配になって、助けたんでしょう?」

「りえさんの顔を見て、ほっとしたんです。手前の醜い顔が見えないんだとわかって、ほっとしちまった。そうしたら、まるで自分が二枚目にでもなったかのような気がして、すんなりしゃべれたんでさあ。初めて会ったおなごを相手にですよ。嬉しかった。ほんの短い間に、ずいぶんたくさんしゃべっちまいやした」

瑞之助は、朝助の腕をそっとつかんだ。働き者のがっしりと太い腕だ。その手があざに爪を立てている。

「駄目ですよ。傷がつきます」

「こんな顔が傷つこうが腫れ上がろうが、誰も気にしやしません」

「よしてください。私は気にするし、心配です」

「自分の浅ましさが嫌になりやした。手前は卑怯《ひきょう》です。りえさんはきっと、手前のことを、こんな化け物のような顔の男だと思い描きもしなかったでしょう。それをいいことに、手前は……」

「朝助さん、やめてくださいってば」

瑞之助は、朝助の手を顔から引き剝がした。朝助は、いやいやをするように頭を振った。

「初めてなんです。おなごと二人でいて、あんなに話が弾《はず》んだことなんて初めてで、嬉しくて、調子に乗りやした。でも、瑞之助さんと岩慶さんが声を掛けてくれて、正気に戻れました」

「横やりを入れてしまったんですね。邪魔をして申し訳ありません」

「……浮かれてしまいやした。見苦しいことで……思い返すだに恥ずかしい」

瑞之助は歯痒く感じた。

「駄目なんですか？　朝助さんが素敵な人と話して楽しい気持ちになるのは、そんなに悪いことなんですか？」

朝助が顔を上げた。どこかが痛んで仕方がないかのように、眉根を寄せている。あざに縁取られた目は、白いところがくっきりと映えて、夕刻の光を映し込んでいる。

ふうっと長く息をつくと、朝助は微笑んだ。いつもの優しい顔だった。憂いも嘆きもすべて呑み込んだ微笑みだ。そうやって呑み込んで、当たり前の喜びを得ることをあきらめて、ひっそりと日陰で生きてきたのだ。

「さあ、野草や茸を洗って泥を落としちまいましょう。今なら、夕餉のお菜にも間に合いまさあね」

話をそらされてしまい、どうしていいかわからなくなった。瑞之助は野草に目を落とした。

「岩慶さんは、天ぷらもおいしいと言っていましたよ」

「天ぷらですか。酒が進みそうでさあね。ああ、でも、岩慶さんは酒を飲まねえんだった。ただの茶や白湯を飲みながら、酒飲みと同じくらい陽気になられるんでさあ」

そう言う朝助は酒が強く、飲んでも少しも乱れない。すぐに顔を赤くする瑞之助のことを気遣ってくれる。

「朝助さんは、ここにある野草の見分けがつきますか？」

「大方はわかりやすよ」

「すごいですね。私は、草木のことはさっぱりで」

「お屋敷暮らしじゃ、野草を目にすることもなかったんでしょう？　そうだ。駒千代さんも、きっと野草を珍しがりますよ。持っていってあげたらどうです？」

瑞之助は、そうですね、と曖昧な返事をした。微妙な間が落ちるのが息苦しくて、また口を開く。

「野草、りえさんにもお裾分けしましょうか」

存外さらりと、朝助は応じた。

「そいつはいい。りえさんもお兄さんも料理があまり得意ではないらしいんで、お菜にしたのをお渡ししやしょう。灰汁《あく》抜きがいらない草蘇鉄のお浸しと浅漬けなら、すぐでさあね。この時季の草蘇鉄は、こごみとも呼ぶんですよ」

いい声だな、と瑞之助は思った。朗々と張り上げるのではなく、優しく静かに語るときの声が、朝助は美しい。この声を、りえは聞いたのだ。頼りの杖を失い、途方に暮れた中で。

それは、どれほど鮮やかな出会いであったことだろう。

りえは玉石に歓迎され、蛇杖院で働くことがすぐさま決まった。ちょうど西棟の玉石の部屋に初菜と巴もいて、明日からぜひとも治療をお願いしたい人がいる、という約束も決まったらしい。おふうのことだ。

りえは胸を張って、自分の売り込みをしたという。

「おなごの体に即した按摩の術はお任せください。わたくしの師は幾人かおりまして、産婆や盲目の尼《あま》、かつて芸者であった人も皆、女の体に現れる類の病には精通しておりましたから」

りえは、なくした杖の代わりの案内に、再び朝助を頼った。指名を受けた朝助は驚きのあまり、手にしていた桶を足の上に落とすなどしていたが、りえの前で不格好に縮こまることはなかったようだ。

瑞之助は、人が恋に落ちていくところを初めて目撃した。美しいものだな、と何となく思った。そしてまた、苦いものが胸に広がるのも感じた。

「うらやましいな。朝助さんはきっと幸せになれる」

ぽつりと声に出してしまって、その途端、自分が嫌になった。

五

陣平が唐突に屋敷に呼び戻されたのは、二月も半ばを過ぎた頃だった。兄、将之進の手紙を受け取ったのが朝五つ（午前八時頃）で、昼四つ（午前十時頃）までに書斎に来いという。

本所の吉岡町《よしおかちょう》一丁目に新たに構えた根城から、取るものも取りあえず、麴町の屋敷に飛んで帰った。始末兄弟の手下どもに後をつけられているのはわかったが、かまってやる暇《いとま》も惜しかった。

思いがけず、将之進は穏やかな顔つきで陣平を迎えた。

「何のご用で？」

尋ねた陣平に、わずかな逡巡を見せてから、将之進は答えた。

「出掛けたいんだが、ふさわしい小者がいなくてな。父上は勤めに出ておられるし、母上も香寿も数日の間、家を空けている。おかげで、付き人や小者も出払っているのだ。仕方がないので、おまえを呼んだ」

「は？」

ぽかんとしたら、着物一式を投げ渡された。

「着替えろ。ごろつきのような格好など、よせ。今日は私の弟としてふさわしい姿にしろ」

小者と言ったり弟と言ったり、どういうことなのか。

将之進が急かす《せ》ので、陣平はその場で着替えた。紋付ではないものの、いかにも上等そうな生地の羽織袴だ。将之進も同じような、落ち着いた色味の羽織袴を身につけている。

「俺がこんな上物を着て、母上の目にでも留まったらどうするんだ？」

「安心しろ。数日いないと言っただろう。母上と香寿は川崎《かわさき》へ、子授け祈願の参詣に行った。前に詣《もう》でたとき、本当に子を授かることができたから、再び祈禱《きとう》を受けに行ってくるそうだ」

母は、神だろうが仏だろうが鬼だろうが、ご利益があるのなら何にでも祈る。香寿が与えられていた産屋《うぶや》にも、ありとあらゆる種類のお札が貼られ、名もわからない仏像や神像が並べられていた。

しかし、母と香寿は、数日にわたる参詣に二人で出掛けるほど仲が良かっただろうか？

陣平が困惑を覚えて黙りこくっていたら、将之進が顔をのぞき込んできた。

「何か気に掛かるのか？　香寿がおまえに命じた勤めのことなら、あの始末兄弟という連中をうまく使えばいいだろう。おまえが一人で二六時中、気を張っている必要はあるまい」

兄の顔を見つめ返す。兄弟で面差しがよく似ていると、幼い頃から言われてきたが、陣平自身にはよくわからない。将之進のほうが鼻筋が通り、目元も涼やかで、つまりは男前だと思う。

開け放った障子から、春の風が通り抜けた。

兄のにおいがした。身にまとった着物からふわりと、昔よく遊んでくれた兄の、剣術稽古に付き合ってくれた兄の、手習いの試験の備えを手伝ってくれた兄の、懐かしいにおいがした。

心のたがが、刹那《せつな》、緩んだ。陣平は率直に告げてしまった。

「その始末兄弟がいかんともしがたい。あいつらの率いる浪人衆が五人、常に本所の根城に控えているが、それが手勢のすべてじゃあない。ほかにも隠していやがる。このところ、どこに行くにも、顔も知らねえやつらに後をつけられるんで、気味が悪い」

将之進が息を呑む。

「始末兄弟がおまえを頭として立てていないというのか？」

「俺を頭と呼ぶのも表向きだけだ。俺にとって代わろうとしているのかもしれない。始末兄弟は、自分らと似た事情の浪人を手下として抱えている。その数は二十とも三十とも聞くが、根城がどこにあるか、まだつかめん。面倒な連中を押しつけてくれたな、兄上」

語気に勢いがないことは自分でもわかっていた。みるみるうちに色を失っていく将之進を責める気が起こらない。

将之進は肩で息をし、頭痛がするかのように額を覆った。

「母上があの二人を見つけてきて、香寿が雇うと決めたんだ。母上は、二人に情を掛けてやりたいとおっしゃっていた。二親《ふたおや》に死なれた哀れな身の上なのだから、お家再興の悲願を叶えてやりたい、と」

「あの気色の悪い髭面にお涙頂戴の身の上話をされて、よくぞ肩入れなどできるものだ」

「母親同士、知らぬ仲ではなかったようだ。宇野田家が取り潰され、奥方も殿を追って自害したとき、遺された息子たちに救いの手を差し伸べる者がいなかった。母上も気に掛けはしたものの、結局はそのまま何もしなかったそうだ」

「なるほど。宇野田始兵衛は、そういう後ろめたさに付け込んで、雇い主の懐に入り込むのか。義姉上は、使える道具は何でも使うといったところかな。俺より役に立ちそうな道具だったら何でもいいってか」

「陣平、おまえ……」

将之進が不安げに、あるいは心配げに何かを言いかけた。陣平は続きを聞かないために、将之進に問うた。

「出掛ける用事というのは結局、何なんだ？　荷があるなら俺が運んでやる」

わかった、と将之進は応じ、小さいわりにずしりとした包みを陣平に持たせた。

「行くぞ。昼過ぎまで付き合え。暗くならんうちに解放できるから、帰り道が危ういこともあるまい」

初めに言い訳がましく説いていたとおり、付き人は陣平ひとりだった。門を出た将之進は、駕籠も使わず、さっさと早足で歩いていく。その後ろを陣平がついていく。

まるで御旗本の兄弟が仲良くお忍びで出掛けているかのようだ。

日本橋のにぎわいへと踏み込んだあたりから、陣平は面食らいっぱなしだった。通りを行く人々のこちらへ向けてくる目が、日頃とはまるで違う。将之進の羽織袴に身を包んだ陣平は、まともな旗本の子息に見えるらしい。色男の侍が二人、などと噂する声さえ聞こえてくる。

浮世小路《うきよしょうじ》をちょっと行ったところの料理茶屋が、将之進の目指していた場所だった。

愛想のいい女将《おかみ》は、将之進と陣平へ、交互に微笑みを向けた。

「坂本さまでございますね。ご兄弟揃って男前でございますこと。さあさ、ご案内いたします」

座敷に通され、茶を振る舞われて、少しだけ待った。

やがて、がっしりとした体軀の、五十半ばか六十くらいの男が座敷にやって来た。遠山《とおやま》さまと将之進が呼び、畏《かしこ》まった態度でいたので、陣平も従った。

まさかお偉いさんと昼餉を食うことになるのか、と陣平は胸中でうんざりした。だが、遠山は、陣平が運んできた包みを受け取っただけで席を立った。

「かようなことは一度しか引き受けぬと、お父君に伝えよ。高橋越前守《たかはしえちぜんのかみ》には渡りをつけておくゆえ、次はじかに会えるはずだ」

「かたじけなきお言葉、まことにありがたく存じます」

「面を上げよ、将之進どの。隣は弟御か？」

「はっ。弟の陣平と申します。厄介の身ながら、家を盛り立てるべく働いてくれております。なかなかに剣の腕が立ち、機転が利きますゆえに」

将之進が人前で陣平を誉《ほ》めた。陣平は礼儀も忘れて、呆然と兄を見つめた。

家を盛り立てるなどという、濁した言葉を使いはしたものの、そこに皮肉や嫌味は少しも感じられなかった。まるで自慢の弟を売り込むかのように、将之進がお偉いさんの前で陣平を称賛したのだ。

お偉いさんの目が陣平に向けられた。

「よき面構えだな。その顔、しかと覚えた。いずれ陣平どのに野暮《やぼ》用を頼むこともあるやもしれぬ」

「はっ。ありがとう存じます」

兄が礼を述べるので、わけがわからないまま、陣平も頭を下げる。

遠山というお偉いさんは、本当にそれだけで帰っていった。入れ替わりに女将が顔を出し、昼餉のお膳をお運びしますと告げる。どうやら陣平は、将之進と差し向かいで昼餉を食べることになるらしい。

女将や女中がいったん引っ込んだ隙に、将之進が説明した。

「先ほどのかたは遠山左衛門《さえもんの》尉《じょう》景晋《かげみち》さまといって、勘定奉行を務めておられる。六年ほど前まで長崎奉行であられたかただ。ちょっとしたご縁があって、便宜を図っていただく運びになった。父上が今の長崎奉行の高橋越前守さまとお話しできるよう、間を取り持ってくださる」

「長崎奉行？　父上はそんなお役をお望みなのか？」

「望まぬ旗本はおらんだろう。長崎奉行は実入りがよい。それに、長崎に赴けば、日ノ本の内外の事情を深く知ることにもなる」

「長崎か。江戸とはまるで違うらしいな」

半月ほど前、長崎から訪ねてきた男が蛇杖院に現れた。たちまちのうちに噂が広がったのは、男が合羽の下に西洋人のような着物をまとっていたせいだ。

あの男は、蛇杖院の主である玉石の弟だという。玉石も、女だか男だかわからない格好をする変人だが、弟は輪をかけておかしな風体だった。ひょっとすると、長崎にはああいう出で立ちの者がごろごろいるのかもしれない。

将之進が思いがけないことを言った。

「父上が長崎奉行のお役を得るのは難しいだろうが、おまえには声が掛かるかもしれん」

「は？　なぜ？」

「用心棒だ。身分がはっきりしていて腕が立ち、人前に出して恥ずかしくない程度に武士としての礼儀を備え、長崎への旅に耐えられるくらい体が頑健で、江戸からいなくなっても家に迷惑がかからない者。そういう男を探しておられるかたがいらっしゃるそうだ」

陣平の頬が自嘲の笑みに歪《ゆが》んだ。

「江戸からいなくなっても迷惑がかからない、か」

将之進は、陣平が己を傷つける言葉を吐くのをさえぎるように、声を少し高くした。

「厄介払いをしたいわけではないぞ。ただ、近頃、おまえを坂本家から解き放つほうがよい気がしている。武家のしがらみに雁字搦《がんじがら》めにされるより、己の腕を頼みに生きていくのが、おまえのためになると思うのだ」

それはまことに兄の本心なのか。お偉いさんに陣平を売り込んで出世の足掛かりの一つとしたいだけではないのか。疑ってみようとしたが、駄目だった。将之進のまっすぐなまなざしに偽りを見出すことなどできない。

襖《ふすま》の向こうから女将の声がする。

「お膳をお持ちしました」

入ってよい、と将之進は告げた。

陣平は何を話すこともできず、将之進もそれっきり口を閉ざしてしまった。

美々しい盛りつけの昼餉は、ひっそりと、二人の男の腹の中に収まっていった。

昼餉の後、将之進は陣平を連れたまま、麴町で人気の椿屋《つばきや》という油屋を冷やかしてから屋敷に戻った。あのあたりを兄とそぞろ歩くなど、子供の頃以来だ。

「持っていけ。油は椿屋の品が一番だ」

手みやげに持たされたのは、刀の手入れに使う丁子油《ちょうじ》だった。

昼八つ（午後二時頃）過ぎに、陣平はいつものとおり勝手口から屋敷を辞した。奉公人の使うくぐり戸を通って路地に出る。

宇野田始兵衛がのっそりと立っていた。

「お兄上との久方ぶりのお出掛け、いかがでしたかな？」

「後をつけていやがったのは、てめえだったのか」

始兵衛の髭面が、にぃっと、不気味な笑みに歪んだ。

「陣平さまを心配してのことにござりますれば、どうぞご容赦《ようしゃ》を」

「何の心配だ？　兄が俺を排除するとでも？」

「ありうることにござりますぞ。跡取りがなかなかできず、弟御が健在とあっては、お兄上が己の立場に不安を覚えることもござりましょう」

「それを言うなら、義姉上の立場のほうが……」

口にしかけたことを、陣平は呑み込んだ。子をなせない夫婦がいれば、女のほうが石女《うまずめ》として離縁されるのが常だ。しかし、その実、女の体には何の問題もない場合がある。

始兵衛は、陣平の考えを見透かしたかのように、ざらりとした声でささやいた。

「お兄上は、己の妻が母に連れられてどこへ詣でておるのか、確かなことはご存じない。呑気《のんき》なことですな。五年も六年も夫婦として暮らしながら、子を授かったのは祈禱によるご利益があった一度のみとあっては、その祈禱とやら、ちと勘繰りたくもなりませぬか？」

「……何が言いたい？」

「去年、死産だった赤子は、まことにお兄上の子であったのでしょうか？　旗本にとって、子ができぬというのは、珍しくはないものの、大きな問題にございます。聞いた話では、子ができぬ夫婦が十あれば、五までは男が種無しであるがゆえに駄目なのだとか」

陣平は唇を嚙んだ。はらわたをじかに撫で回されているかのように気分が悪い。反吐《へど》が出そうだ。

顔色が変わっているはずの陣平を見下ろしながら、始兵衛はにたにたと笑って言葉を重ねた。

「お義姉上も必死でござりますな。武家の女として守るべきものを手放さぬため、お母上に命じられるがまま、またも祈禱を授かりに行かれた」

言うな、と陣平は呻《うめ》いた。低い声は始兵衛の耳に届かなかったのか、それとも聞こえないふりをしたのか、始兵衛の舌は止まらない。

「しかしながら、一つ愚考しますに、陣平さまがお手伝いすればよろしいのではありませぬか？　陣平さまは、お兄上とも顔立ちがよく似ておられます。であれば、生まれた子が誰の種であるかなど、疑いを抱く者も現れますまい」

告げられたことを理解するために、呼吸ひとつぶんの沈黙が必要だった。

腑《ふ》に落ちたその瞬間、陣平は刀の鯉口《こいぐち》を切っていた。

「黙れ、下衆が！」

始兵衛の笑みがゆっくりと引いていく。

「なぜ突っぱねてしまわれるのです？　お義姉上を抱き、お兄上を出し抜けるなら、願ったり叶ったりではありませぬか。陣平さまがお望みになるなら、我ら始末兄弟、ふさわしき場をお世話しましょうぞ」

胸くそが悪い。背筋に寒気が走るほどだ。

陣平が胸の奥に隠した初恋の思い出に、髭面の下郎がずかずかと踏み込んでくる。赦せなかった。幼い頃の陣平は、自慢の兄と憧れの人が一緒にいるのを、祝福と切なさを込めて見つめていた。それだけで幸せだった。

その思い出を、赤の他人が無残にも踏み潰して穢《けが》したのだ。

「二度とそんな話をするな！　次があれば、問答無用で斬る」

始兵衛は引き下がった。

「さようでござりますか。失礼つかまつりました」

あまりにあっさりしていた。陣平の怒号も殺気も、真正面から平然と受け止めたのだ。

「失せろ」

一言命じれば、始兵衛はおとなしく一礼してきびすを返した。

去り際に、髭の下の口が不穏な笑みの形に歪んでいるのが見えた。わざと見せたようにも思われた。

神輿《みこし》は軽いほうがいいのだろうが、あいにく陣平は、始兵衛ごとき下衆に担がれて喜べるほど呑気ではない。はなから胡散《うさん》くさいと感じていたが、それ以上だ。あまりに不愉快で、胃の腑がむかむかする。

「ぶっ殺してやる」

本所の根城に巣食う浪人衆は、いつまで仮初《かりそ》めの主従を保つつもりだろうか。

腹の探り合いは、いずれ必ずぶつかり合うことを見込んで、より危ういものへと変じていくだろう。

陣平は、鯉口を切ったままだった愛刀を、ぱちりと鞘に納めた。

六

春彦が蛇杖院を訪ねてきて瑞之助が倒れた日から、半月ほどになる。二月の下旬に差しかかった頃だ。

瑞之助は、鈍く痛む頭をこんこんと叩きながら、西棟の廊下を歩んでいた。

オランダかぶれの玉石は、西棟をすっかり西洋風にしつらえている。玉石の部屋や春彦が使う客間、古今東西の医書がずらりと並ぶ書庫は、扉も書棚も机も椅子も、ガラスのはまった窓も、いかにも風変わりで洒落《しゃれ》ている。

書庫へ向かう足音は、絨毯《じゅうたん》にすっかり呑み込まれる。

瑞之助はこのところ、玉石の書庫に日参している。子供の喘病《ぜんびょう》や気鬱に関して、いろいろな書物にあたってみているのだ。真樹次郎との相談も重ねている。

しかし、これだという答えを引き当てられずにいる。

いまだ駒千代は、普通の十二歳の少年のようには走れない。

「手習いだけでも、もうちょっとどうにかならないかな」

登志蔵が強引に始めた剣術稽古は、時折それなりの騒動を起こしながらも続いている。寝巻で中庭に担ぎ出されたことが三度あった駒千代は、稽古の間はあきらめて顔を上げ、声を発し、登志蔵の指図には従うようになった。

稽古の後は一緒に朝餉をとり、そのまま手習いの席に着く。

だが、そこから先がうまくいかない。瑞之助と一対一で向き合うと、途端に駒千代は顔を伏せる。

「一体どうすればいい……?」

駒千代の不信の念が、ちくちくと瑞之助を苛《さいな》んでいる。駒千代はあいさつすら、剣術稽古のときを除いては、まともに返してくれない。泰造とはよくしゃべっているようなのに、瑞之助が近づくと、途端に口を閉ざしてしまう。

それならせめて、医者としての役割を果たさなければ、と思う。だから必死になって医書をひも解いている。

瑞之助の足が書庫の表で止まった。開け放たれた扉から、玉石と春彦の話す声が聞こえてきたのだ。

春彦の言葉に、瑞之助はぐさりと刺されたように感じた。

「姉さん、何度でも言うよ。蛇杖院を畳んで、一緒に長崎に帰ろう。江戸で嫌われ者の診療所を続けていくよりも、長崎でなら、もっと楽しくやれる」

春彦のほうは実に熱心な声音だった。対する玉石はそっけない。

「うん、それは前にも聞いたな」

「まじめに耳を貸してよ。この蛇杖院は確かに意義のあることだ。でも、江戸の連中はその重要さをわかっていないでしょ。こんな逆風の中で続けるよりも、長崎に戻ったほうがいいんじゃない？　長崎なら姉さんの味方がたくさんいるよ」

おや、と玉石が声を上げた。

「どうした、日和丸《ひよりまる》？　誰か来たのか？」

日和丸は、玉石が大切にしている蛇だ。一尺（約三〇センチメートル）ほどの長さだから、蛇としてはずいぶん小さいが、これで大人の姿だという。九州は薩《さつ》摩《ま》の南にある島から、何かの荷にまぎれて運ばれてきたらしい。

暖かそうな黄金色の身に七本の黒い帯を巻いたような、日和丸の洒落た姿が、扉の隙間からのぞいた。小さな二つの目が、瑞之助のほうへ向けられている。

「勘が鋭いね、日和丸」

瑞之助は低い声でささやき、しゃがんで手を差し伸べた。

日和丸が黒い目をきらきらさせて瑞之助の手に這い上がってくる。瑞之助はどうやら、日和丸の一番のお気に入りであるらしい。肌のぬくさや声音が心地よいようで、主《あるじ》の玉石を差し置いて、瑞之助のもとへ這ってきたがる。

瑞之助は日和丸を手の上に乗せ、足音をすっかり呑み込む絨毯を踏んで、書庫の扉をくぐった。

「失礼します。本を借りにきました」

春彦が一瞬、鋭い目を瑞之助に向けた。視野の隅にそれを感じたが、瑞之助が春彦のほうに向き直ったときには、まなざしは和らいでいた。

今日の春彦は黒い絣《かすり》の小袖を着流しにしている。派手な洋装を見せたのは、初めて蛇杖院を訪れた日だけだった。あまり目立つなと、玉石から釘を刺されたらしい。

春彦は肩をすくめた。

「やれやれ、姉さんを独り占めするのも簡単じゃあないな。姉さん、また後で」

「わたしのほうには、話すことなどないんだがな」

「頑固だなあ。瑞之助さんも、姉さんには振り回されているんじゃないかい？あなたは素直でおとなしいから」

言いながら、春彦は内緒話でも始めるかのように、ひょいと腕を伸ばして瑞之助の肩を抱こうとした。瑞之助は思わず身を躱《かわ》し、春彦の腕から逃れた。

春彦は、避けられたことを気にする様子もなく、笑って瑞之助の背中をぽんと叩くと、書庫から出ていった。

玉石が盛大なため息をついた。

「馴れ馴れしいやつだろう？　春彦のああいう振る舞いは、今に始まったことではない。すまんが、慣れてくれ」

「な、なるほど」

「今日もまた、本を借りに来たと言ったな。駒千代の治療の件、苦労しているんだね」

瑞之助は書棚にまなざしを向けた。だが、何だか目が滑る。次に借りるべき本の目星をつけていたのに、どのあたりにあるのだったか。

先ほど耳に飛び込んできた話が気になって仕方がない。

「あの、玉石さん。申し訳ないんですが、さっき、話を少し聞いてしまって……蛇杖院を畳んでしまうんですか？　ひょっとして、ご実家のほうからは、ずっとそんなふうに言われていたのではありませんか？」

さらりと尋ねることができればよかったが、声が震えた。

玉石は凄《すさ》まじいまでの金持ちで、しかるべき相手への賂《まいない》を欠かさず、多少の無理も押し通してしまう。その上、肝が据わっていて、どんな苛烈な悪評が広まろうとも、悠然と構えている。

しかし、玉石の故郷は長崎だ。春彦の言うとおり、江戸で苦境に立たされるくらいなら長崎に戻ればよい、という道を初めから持っている。

もしも玉石が春彦の勧めに従って長崎に戻ってしまうのなら、瑞之助はどうすればよいのだろう？

旗本の次男という、何者にもなれない自分に見切りをつけて、ようやく手にしたのが医者になる道だ。だが、蛇杖院がなくなれば、医者としての瑞之助の立場は途端に、宙に浮いてしまう。瑞之助はまた、何者でもない身に戻るのだ。

道が閉ざされていく。

それを思い描くと、不安のあまり呼吸が速まる。心ノ臓も妙に走ってしまって、胸が苦しくなる。

瑞之助は左手で喉首に爪を立てた。ぴりりと肌に刺激が走るだけで、息苦しさと動悸は少しも落ち着いてくれない。

玉石は静かな目で瑞之助を見つめていた。一つかぶりを振ると、西洋風の重厚な机のもとに瑞之助を手招いた。

「そう心配しなくていいよ。ここに座りなさい。ちょっと、話そうか」

机には、向かい合わせに二脚ずつ、椅子が置かれている。

瑞之助は、玉石の引いてくれた椅子に腰掛けた。玉石は「少し待っていなさい」と告げ、書庫を出ていった。

日和丸が瑞之助の右手の人差し指に巻きついては、じゃれるように親指に頬ずりをしている。日和丸のつややかな鱗《うろこ》は緻密で、錦のようにきらきらしている。

「おまえはいつもきれいだね、日和丸」

しっとりと冷たくて愛らしい、小さな友達は、大あくびをするように口をくわっと開けた。

つるりとした体のどこで音を感じているのやらよくわからないが、日和丸は確かに人の声を聞き分けている。瑞之助の声が好きらしい、と気づいたのは玉石だった。玉石に言われたとおり、試しに唄を聴かせてやったら、その日は瑞之助から離れたがらなくなった。

今は唄を歌う気も起こらず、ぼんやりしている。

しばらくして、玉石が部屋に戻ってきた。見慣れぬ形の茶器を手にしていた。

「茶を飲みたいと思っていたところだ。瑞之助も一緒に飲んでいくといい。唐土《もろこし》渡りの茶なんだ」

「ありがとうございます」

玉石は手早く二人ぶんの茶の支度を整えた。

茶葉を丸く固めたものを白い磁器の茶碗に入れ、揃いの急須で湯を注ぐ。すると、茶碗の中でたちまち茶葉が膨《ふく》らんでほどけ、薄黄色の花が現れた。まろやかに甘い香りが立ち上る。

「菊花茶《きっかちゃ》だ。目の疲れや、それによる頭痛や体の凝《こ》りに効く。飲んでごらん。口に合うかはわからんが」

「いただきます」

玉石は、瑞之助とは斜め向かいの椅子に腰を下ろした。

日和丸が右手にくっついて離れないので、瑞之助は左手だけで、菊花茶の碗を持ち上げた。かんかんに熱い、ということはないようだ。口に含んでみると、はっきりとした香りから思い描いたよりも、すっとして淡い味だった。

「変わった味だろう？」

「ええ。ですが、さっぱりしていますね。おいしいです」

玉石も菊花茶に口をつけ、満足そうにうなずいた。

少しの間、互いに黙っていた。

やがて玉石が話を切り出した。

「春彦がここに来て早々、瑞之助にひどいことも言ったそうだね。当日は何かとばたばたしていたせいで、瑞之助に謝れずにいた。すまなかったね。さっきの様子を見るに、まだ春彦のことが苦手なんだろう？」

「いえ、大丈夫です。初めの日は、むしろ春彦さんに迷惑をかけてしまいました。皆にも気を遣わせてしまって。おふうちゃんがうまく動けなくなっているところに、私まで倒れたりなんかして、駄目ですよね」

瑞之助、と玉石が名を呼んだ。瑞之助は、いつの間にか机の木目に落としていたまなざしを、のろのろと持ち上げた。

玉石は瑞之助の目を見て告げた。

「さっきの春彦の話、長崎に戻ろうという誘いについては、何も気にするな。わたしは蛇杖院を畳むつもりも、ここを離れるつもりもないよ」

「本当ですか？」

「ああ、本当だとも。蛇杖院は決して畳んだりなどしないと約束する」

「だったら、いいのですが……」

胸がざわざわするような不安が、それでも消えない。

瑞之助の右腕の上で、日和丸が丸くなったり長くなったりしながら這い回っている。鮮やかな鱗肌は、窓から差し込む日を浴びてきらきらと輝く。

かわいいなあ、と思った。小さくて愛らしい生き物を眺めていると、自分の中が空っぽになるみたいだ。それが心地よい。

玉石が静かな声で問うた。

「疲れているようだね、瑞之助。近頃もやはり眠れていないんだろう？」

瑞之助は答えられない。唇を噛む。乾いて荒れた唇には、裂けたところがいくつもある。その傷が痛むのに、噛んでしまう。

玉石がまた問うた。

「寝つけない？　夢見が悪い？　眠りが浅い？　頭痛がするんじゃないのか？」

こうして話していると、何もかも見透かされているような心地になる。疲れていても寝つけない。駒千代の発作や時計の針が気になって、眠りが浅い。鈍い頭痛にいつもつきまとわれている。

否定すべき点が一つだけあった。

「夢見は、悪くありません。会えないはずの人と幸せな暮らしを送っている夢を見ます。けれど、そのぶん目覚めたときが苦しくて、そのひどい落差に打ちひしがれるくらいなら、夢など見たくないんです」

「幸せな夢か。そうか。夢を見るのがつらいときは、床に就くのも嫌になるものだよね」

玉石が菊花茶を口に含む気配を、額の向こうに感じる。瑞之助はうつむいている。うまく顔を上げられないのは、まるで駒千代になってしまったかのようだ。

うつむいた駒千代の表情が見えないのと同じように、自分が今どんな顔をしているのかわからない。

瑞之助、と、玉石が歌うように名を呼んだ。

「こたびは、わたしが采配を誤った。駒千代の件でこんなに瑞之助を苦しめることになるとは、読みが甘かった。大きな仕事を任せるほうが張り合いが出て、時を過ごしやすくなるかと思ったんだ。けれど、裏目に出てしまったね。瑞之助を追い詰めているのはわたしだ。すまない」

瑞之助はかぶりを振った。

「うまくいかないのは、私のせいです。だって、登志蔵さんも泰造さんもうまくやっているんですよ。特に泰造さんは……泰造さんのおかげで、駒千代さんは発作を起こさない夜がある。でも、私はそんなふうにできなくて……」

「駒千代の夜間の記録を、泰造が代わってくれる日もあるのだったな」

「ええ。三日に一度」

「泰造は楽しそうだぞ。看病というより、友達と夜通し遊んでいるような気分なんだろう」

「駒千代さんも楽みたいです。泰造さんが一緒の日の明け方には発作が出ず、すっきり起きている。私が看ている夜は、発作が出たり出なかったりなのに」

「泰造の寄り添い方は、歳の近い友達としてのものだ。医者である瑞之助はおのずと、違う寄り添い方になるだろう。そこを比べても仕方がないよ」

「ですが……いや、うまくやらないといけないのに……」

必死にやっても、空回りばかりだ。胸が苦しくてたまらない。

玉石がまた、瑞之助の名を呼んだ。

「瑞之助、顔を上げなさい。背筋を伸ばして、まっすぐ前を見て、深く息を吸って。気を丹田《たんでん》にまできちんと落とし込めるよう、ゆっくりと深く吸うんだ。ほら、やってごらん」

玉石の言葉に従う。息を吸う。

毎朝の剣術稽古で、泰造や駒千代とともに、登志蔵から改めて呼吸を教わっている。この間、登志蔵が怪訝《けげん》そうに眉をひそめていた。瑞之助、おまえ、調子が悪そうだな。気息が整ってねえ。どうしたんだ？　肩に力が入りすぎる。浅い呼吸になっている。背筋が伸びない。丹田まで気が通らない。

ただ呼吸をすることさえ、今の瑞之助には、うまくできない。

玉石が瑞之助の目を見つめ、低く穏やかな声で告げる。

「息をゆっくりと吐いて。ゆっくりと吸って。少し止めて。ゆっくりと吐いて。その深い呼吸を続けながら聞きなさい。駒千代が患う喘病には、発作のきざしがある。炎症によって喉が狭まれば、吐く息が出にくくなる。吸う息より吐く息のほうが長いとなれば、発作のきざしだ」

同じことを、真樹次郎からも登志蔵からも教わった。

確かに駒千代の発作のきざしを見分けることはできる。だが、見分けたところでどうしてやれるだろう？　喉の炎症を鎮める薬はある。喉を潤《うるお》すことでいくらか発作の起こるのを先延ばしすることも、どうやらできそうだ。

それでも、喘病の発作をたちどころに止める薬はない。なるたけ小さな発作で済むよう、あれこれと条件を整えるのが、瑞之助にできる精いっぱいのことだ。

「瑞之助は、苦しむ駒千代を見ているうちに、自分自身も呼吸の仕方がわからなくなってしまうのかな。うまく眠れず、うまく起きられない駒千代に寄り添うち、眠り方を見失った？　瑞之助は優しいからね。患者を前にしながら何もできずにいるのが、苦しいんだね」

うなずくことは、弱みを見せることだ。不甲斐《ふがい》なさを認めることだ。医者の自分は強くあらねば、武士の自分も強くあらねばと、必死で保っている矜持をなげうつことだ。

去年もそうだった。看取りという重い役割に押し潰されないよう、強くありたいと足掻《あが》き続けてきた。曖昧に微笑んで首をかしげて、本当は嫌というほどわかっている自分の弱さから、目を背けてきた。

だが、そろそろ限界だ。

「どうしていいか、わからないんです」

吐く息に乗せて、震える声で訴えた。

玉石はうなずいて、問いを投げかけた。

「わからないというのは、自分の体のこと？　駒千代のこと？」

「どちらもです」

「では、瑞之助自身のことから聞かせてもらおうか。何でも話してごらん」

「何でも、ですか……」

瑞之助は目をさまよわせた。

玉石が静かな声で言った。

「話すのが怖い？　こうもひどくつまずいたのは初めてだろうからね。誰にでも当たり前にできるはずのこと、呼吸の仕方だとか眠り方だとか、そういうことができなくなるとは、自分でも思っていなかったはずだ」

「……自分がこんなに弱いとは、知りませんでした」

「弱さを恥じるのか。であれば、あえて言おう。心身の弱さが表に出てしまうことは、恥ずかしいことではない。人間はそういうふうにできている、というだけだ。大事なのは、弱さを恥じて隠すことではなく、なぜ弱っているのか、どこが弱っているのかを正しく知ることだよ」

玉石は微笑んだ。気に留めたこともなかったが、目元にできる皺が柔らかく優しく、温かい。この人は姉より年上なのだと、急に思い出した。

瑞之助の右手の上で、日和丸は時折、まるで「どうしたの」と問うかのように、つぶらな目で瑞之助を見上げる。

空っぽの左手は、四本の指で親指に爪を立てていた。奥歯をきつく食い縛っている。気をつけて呼吸をしていたはずなのに、いつしか肩が強張《こわば》っている。まぶたがぴくぴくと勝手に引きつって震えている。耳鳴りがきつい。

なぜこうなってしまったのだろう？　どうすれば、もとに戻るのだろう？

玉石が、少し長い話になるが、と前置きして口を開いた。

「わたしも、今の瑞之助のように、自分の扱い方を見失っていたことがある。前にも少し話したね。もう十二年ほども昔のことだが、許婚を亡くしたんだ。許婚は医者だった。病を患った旗本の屋敷に呼ばれ、無理難題を押しつけられて拒《こば》んだらしくてね、斬られて亡骸《なきがら》になって帰ってきた」

「だから、初めは武士が嫌いだとおっしゃっていましたよね」

「わたしも決して強い人間ではないからね。許婚を喪った悲しみに耐えるために、何かを憎まずにはいられなかった」

「憎んで、楽になりましたか？」

なるものか、と玉石は静かに言った。そして、己の腹に手を当てた。

「許婚の忘れ形見が胎《はら》に宿っていた。けれど、難産の末、その子も死んだ。わたしが習わしに従って七日七晩、身を起こしたまま朦朧としている産褥《さんじょく》の間に。もともと体の弱い子だったようで、乳を吸うことも泣くこともできず、冷たくなったそうだ」

悲しみを帯びた低い声は、遠い異国の子守唄を歌うかのように、穏やかに凪《な》いで乾いていた。

「玉石さんは看取っていないんですか？」

「わたしも体を壊していたからね。峠《とうげ》を越えて目が覚めて、我が子の姿を探したときには、とうに荼毘《だび》に付されていた」

玉石は一息入れた。菊花茶で口を湿すと、静かに続けた。

「大切な人を次々と喪って、ろくに別れも言えなかったあのときは、身も心もすっかり病みついてしまった。人と話せるようになるまで、何年かかったかな。まあ、しばらく長崎の実家で過ごすうちに吹っ切れた。わたしは、まともでいることをやめた」

「まともでいること？」

静かに笑った玉石は、男物の仕立ての帯をぽんと叩いた。

「有り体に言えば、女らしく振る舞うのをやめたわけだ。着物もこの名も、立ち居振る舞いやしゃべり方も、世間に望まれることなど意に介さず、自分の好きなとおりにした。若い娘の頃には隠れてやっていたことを、すべて堂々とやってのけることにした」

通詞でもないのにオランダ語の本を読むこと。毒草を育てたり、舶来の毒物を集めたりすること。男物の着物を仕立てて身にまとうこと。男姿で表を歩き、芸者を侍《はべ》らせて酒を飲むこと。

若い娘の道楽としてはあまりに奇矯《ききょう》と咎められた事柄だった。抜け殻《がら》のようになって過ごした数年間を知る家族は、玉石の奇行に、こたびは文句を言わなかった。

「わたしはきっと、生まれたときからこんなふうでいたかったんだろうね。他人から男と思われようが女と知られようが、どうだっていい。許婚も赤子もいなくなってしまったから、わたしが女である意味も、母になりうる身である意味もなくなった。わたしはただ、自分が蛇杖院の玉石であり続けられるなら、奇人でも道化でも、何でもいいんだ」

「……玉石さんはお強い」

「強いふりをするのが上手になった。若い者たちの愚痴でも弱音でも本音でも、受け止められる。だからね、瑞之助。ほかの皆の前では、旗本育ちの医者である自分を必死で守らねばならないとしても、この玉石の前では、そうでなくていい。人に望まれるとおりの型にはまらなくていい。何でも言ってごらん」

玉石が先に胸襟《きょうきん》を開いてくれたのが、瑞之助を楽にした。

こうありたいと望んだ自分の姿は、きらきらとした幻だ。それを目指し続けられれば格好がいいだろう。だが、理想ばかりで生きていけるほど、人生は平らではないらしい。

瑞之助は、みっともなく震える声を吐き出した。

「うまく眠れません。腹が減らなくなりました。腹が満たされたとも感じなくなりました。おいしいとか、おいしくないとか、どうだってよくなったし、食事が億劫です。目の奥がいつも鈍く痛んで、書物に集中できません。稽古は続けているのに、剣術の腕が落ちました」

息が継げなくなってきて、言葉を切って喘いだ。喉がひくひくと引きつるのは、今にもあふれ出しそうな涙のせいだ。

玉石は静かに瑞之助を見つめている。まなざしを下ろせば、日和丸もまた瑞之助を見つめていて、愛らしい顔できょとんと小首をかしげた。

「駒千代さんと顔を合わせるのがつらい。喉の喘鳴を聞くたびに自分の無力さを思い知らされるから、つらいんです。駒千代さんは何も悪くないのに、私が勝手につらいと感じてしまう。医者のくせに、任されているのに、こんなことを考える自分が嫌でたまらない」

「今のこと、駒千代とは話してみた？」

「こんな話、できません。駒千代さんの前で言葉を発するのが怖いんです。駒千代さんを責めるような言葉ばかり思い浮かんでしまうから……おかげで、どんな声掛けをすればいいか、ちっともわかりません」

情けない弱音を吐き続けている。つらい、怖い、と言葉にして認めたところで、何になるというのか。でも、もう吐き出さずにはいられなかった。

玉石は穏やかな顔をして、すべて受け止めていた。

やがて、玉石は瑞之助に切り出した。

「わたしに一つ案がある。泰造にも、登志蔵や春彦にも、手を貸してもらう必要があるが。瑞之助のためにも、駒千代のためにもなることだと思う」

「……甘えてしまって、いいんでしょうか？」

「いいとも。甘えてごらん。瑞之助は十分にやっているから、わたしにも手伝わせてほしい。皆で手伝いたい。ちょっと任せてくれないか？」

微笑む玉石に、瑞之助は唇を噛んでうなずいた。舌の先ににじむ血の味がひどく塩辛かった。

七

泰造は中庭の薬園で三つ葉を摘んでいた。

三つ葉は、薬膳として食すれば、炎症を鎮め、解毒にも効がある。気や血の巡りをよくするほか、肺患いによいので、喘病の駒千代の食事にもよく入っている。

傍らには駒千代がいる。泰造の仕事を手伝うでもないが、膝を抱えてじっと動かない。また瑞之助の手習いから逃げてきたのだろう。

泰造は三つ葉の笊《ざる》を持って立ち上がった。台所に運ぶのだ。駒千代も一緒に立って、泰造の後についてくる。

台所の表の日なたでは、おふうとりえが呼吸を合わせて石臼《いしうす》を挽《ひ》いていた。米を粉にしているらしい。しゃべったり笑ったりしながら仕事をしている。

おふうに笑顔が戻ってきている。昼から起きて働けるだけの体力と気力もついてきた。

りえが毎日、按摩の術を施しながら、おふうの関心が向きそうな話をしてやっているかららしい。

「晴れぬ夜の　月待つ里を　思ひやれ」

今もそうだ。りえが歌の上の句を投げかければ、おふうがすぐさま応じる。

「同じ心に　ながめせずとも！」

古い歌のようなので百人一首かと思えば、『源氏物語《げんじものがたり》』に詠《よ》まれている歌だそうだ。

泰造が三つ葉の笊を持って近寄ると、りえが声を掛けてきた。

「台所にご用ですか？」

「おけいさんに頼まれてた三つ葉、摘んできたんで」

「ああ、泰造さんと、もう一人は駒千代さんですか？　ご苦労さまです。そちらの台の上に置いといてほしいと、おけいさんがおっしゃっていましたよ」

おふうがゆっくりと立ち上がった。

「貸して。預かったげる。この時季の三つ葉って、あっという間に育つね」

笊を渡すとき、かすかに指先が触れ合ってしまった。泰造はそっぽを向いた。

「じゃ、頼んだぞ」

ぼそぼそと言って、きびすを返す。逃げるように台所を後にする。

おふうが苦しんでいるのは、気滞《きたい》のためだという。

人の体には、気、血、水が巡っており、どれかが不足したり巡りが滞ったりすれば、病となる。おふうの体は一時、血がひどく不足し、痛みと冷えがきつかったそうだが、今の問題は気の巡りの悪さにある。それが気滞だ。

泰造もおふうの具合が気になって、初菜に尋ねた。だが、微妙に答えを濁された。時が薬になるとか、不治の病ではないとか、それだけだ。

大人はずるい。自分たちの都合がいいように、泰造を子供扱いしたり、大人の一員に加えたりする。

「待って、泰造」

少し息を切らしながら、駒千代がついてきている。台所を後にして、ほかの誰かの姿があるところも避けて、ぐるぐる歩き回って、裏庭の井戸端でようやく立ち止まった。

泰造は頭を抱えて座り込んだ。隣に駒千代も腰を下ろした。

「今年に入ってから、いろんなことが変わったんだ。駒千代がここに来たこと以外にも、いろんなことが」

「うん」

「おふうとおうたが蛇杖院に越してきて、おふうが何か変わった。長崎から春彦さんがやって来た。朝助さんは一生独り身だと自分で言ってたのに、近頃、りえさんとあんな感じだろ。ほかにもあるけど、もう、いろんなことが気まずい」

駒千代は首をかしげた。

「朝助さんとりえさんは、やっぱり、色恋の仲なの？」

「知らねえ」

「蛇杖院の大人はみんな独り身だ。でも、そうでなければならないという縛《しば》りがあるわけじゃないんでしょう？」

「ないけどさ。通いの女中で来てた人は、みんな旦那さんがいたし。蛇杖院に住み着いてる連中は、ほかに行くあてがない。だから独り身ばっかりなんだ」

あいづちを打った駒千代は、ひそひそと声を落とした。

「泰造は、おふうさんといずれ所帯を持つんじゃないの？」

駒千代が皆まで言い切らないうちに、泰造は手で駒千代の口をふさいだ。

「馬鹿、いい加減にしろって！」

腕をばたばたさせて、駒千代は泰造の手から逃れ、唇を尖らせた。

「喘病の患者の口をふさぐなんて、危ないじゃないか」

「発作が出てないうちは大丈夫だろ。近頃はけっこう歩き回れるようにもなってる。甘えるなよ」

駒千代が口元をもぞもぞさせた。何か言いたいことがあるのだろう。話を促すと、所帯のことはともかく、と口ごもりがちに前置きしてから言った。

「泰造はこの先、どうするの？　何か決めてる？」

「自分の道を進んでいきたい。俺、登志蔵さんの生き方に憧れてんだ。蘭方医として腕利きで、剣術も強くて、いろんなことを乗り越えて、しがらみに囚《とら》われずに飄々と生きてるだろ」

登志蔵先生か、と駒千代はつぶやいた。考えるような間が落ちる。

妙に慎重そうな口ぶりで、駒千代が言った。

「ねえ、泰造。ちょっと考えてほしいことがあるんだ」

「何だよ？」

駒千代は険しい顔をしてささやいた。

「蛇杖院を出て、武士として暮らさない？」

泰造は顔をしかめた。

「どういう意味だ？　俺も連れて自分ちに帰るつもりか？　それとも、喜美さんちに？」

「違うよ。沖野家の屋敷に帰ったって私の居場所はないし、相馬家には今のままじゃ顔向けできない。でも、私には、頼れる従兄がいる。陣平さんだよ。陣平さんを訪ねていけば、きっと面倒を見てくれる。だから、蛇杖院を出ようよ」

泰造は不穏なものを感じたが、なるほどと言ってうなずいた。

蛇杖院の外に出たい駒千代の気持ちはよくわかる。それに、膝を抱えてうつむいてばかりだった駒千代が、外に出たいと自分から言い出したのだ。

「いいぜ。行ってみるか」

泰造が腰を上げると、駒千代はぽかんとした顔になった。

「ほんと？」

「ああ、本気だとも。行くよ。駒千代がやりたいこと、一緒にやってやるよ」

武士として暮らす。駒千代が言いだしたのはめちゃくちゃなものだが、泰造の胸は躍っていた。

もし途中で駒千代が苦しみだしてしまったら、背負って連れていこう、と泰造は考えていた。駒千代は痩せていて軽いし、泰造はそれなりに体力がある。

しかし、駒千代は息を切らしながらも、ちゃんと自分の足で歩き通した。

二人が目指したのは、本所の吉岡町一丁目にある、片葉庵《かたばあん》という蕎麦屋《そばや》だ。

本所には、東西に伸びる北割下水《きたわりげすい》と南割《みなみわり》下水という水路があるが、吉岡町一丁目は二つの水路のちょうど真ん中あたりだ。周囲は町人地と武家地が入り交じり、ごみごみとした路地は昼でも薄暗い。

その不穏な路地の入口の、どうにか日が当たるかどうかといったあたりに、片葉庵はあった。

「本当にここ？」

駒千代が眉をひそめた。

片葉庵の戸は開けっぱなしで、葦簀《よしず》が立て掛けられている。中から聞こえてくるのは、ぼそぼそと話す男たちの声。蕎麦の出汁の匂いは一応嗅ぎ分けられるが、しかし、何とも言いがたい悪臭があたりに立ち込めている。

泰造は顔をしかめつつ、うなずいた。

「初菜さんが教えてくれたのは、間違いなくここだよ。駒千代の従兄の坂本陣平さんが、手下の浪人衆と一緒に根城にしている蕎麦屋」

「私は陣平さんから、深川猿江町にある船宿で寝泊まりしていると聞いていたよ。もしも家出したくなったら訪ねてこいって」

「それは駒千代が自分の屋敷にいた頃の話だろ。今は違うんだって。蛇杖院を見張るために本所に根城を移したって聞いた」

「どうして陣平さんが蛇杖院を見張るの？」

駒千代は不安げな顔をしている。泰造は、陣平を慕う駒千代に何と言えばよいか、迷った。駒千代がときどき聞かせてくれる「従兄の陣平さん」の話は、瑞之助や初菜から聞かされるのとまったく違う。

にゃあ、と濁った声が聞こえた。

びくりとして声のしたほうを見れば、薄汚れた猫が、路地の奥で目を光らせている。その猫よりも奥のほうに、髭面《ひげづら》の大男が立っている。

泰造は腹を括《くく》った。

「とにかく中に入って確かめてみよう」

「う、うん」

駒千代と足並みを揃え、一緒に葦簀をくぐる。

その途端、たばこの煙に包まれた。しまった、と思った。喘病の駒千代の喉にたばこの煙はご法度《はっと》だ。とっさに、帯に挟んでいた手ぬぐいを取って、駒千代の口元に押しつける。

「いがらっぽい気をそのまま吸うなよ」

「うん」

駒千代は手ぬぐいを受け取り、口元を覆った。

だが、泰造でさえ息苦しさを覚えるほど、店の中は気が滞《とどこお》っている。これでは駒千代の発作が起こるのも早晩のことだ。くしゃん、と駒千代が弱々しいくしゃみをした。

「何だ、招いてもいねえ客か」

吐き捨てるように、奥のほうの床几《しょうぎ》の男が言った。

今まで何やら言葉を交わしていた男たちがいきなり黙って、胡乱《うろん》な目を泰造たちに向けた。ざっと数えると、七人。

泰造は駒千代を背に庇《かば》いながら、目を細めて薄暗い店の中を見やった。

建物の構えはいかにも蕎麦屋らしく、土間には床几が置かれ、小上がりもしつらえられている。小上がりに貧乏徳利が二つ、土間にも二つ転がっている。

泰造の背筋に冷たい汗が伝った。男たちは、いつの間にか左手で鯉口を握り、右手を柄に掛けている。殺気を向けられている。

ざらりとした声がいちばん近くの床几から聞こえた。

「小童《こわっぱ》ども、何の用だ？」

武者絵のような髭面の男だ。さっき路地の奥からこちらを見ていなかったか？よく似た別人？座っていてもわかるくらい、胸板が分厚くて大柄だ。立てばどれほど上背があるだろうか。

泰造は奥歯を食い縛り、なるたけ低く押し殺した声で言った。

「ここに坂本陣平さんって人はいるかい？　会って話したいことがあるんで、訪ねてきたんだ」

陣平の名を出すのと、一人の男が奥の床几から立ち上がるのと、ほとんど同時だった。

男は着物の襟をはだけ、見事な胸板をさらしていた。鍛《きた》えられて盛り上がったその胸には、真っ赤な牡丹《ぼたん》の花が咲き乱れている。瑞之助や初菜が言っていた、赤い花の彫物だ。

泰造は男の顔をまっすぐに見た。男の額には、白く盛り上がった傷痕がある。

「あんたが陣平さんだろ」

そう言った途端、駒千代が泰造の腕にしがみついた。

「ま、待って、泰造……」

紫煙を透かし見るように目を細めていた陣平が、いきなり、打たれたように体をびくりとさせた。

「な、なぜ駒千代が、ここに……？」

片葉庵に足を踏み入れて最初に聞いた声だった。

その声が「招いてもいねえ客」と言った途端、店じゅうの者たちがぴたりと黙って泰造と駒千代に殺気を向けた。つまり、この場を取り仕切っているのは、やはり陣平なのだ。

駒千代の喉が、ひゅっと不穏な音を立てた。口元に当てていた手ぬぐいが足下に落ちている。ひゅう、と長い音を立てて駒千代が息を吐く。

まずい。この息の感じは、発作が起こるきざしだ。

「駒千代、しっかりしろ」

泰造は駒千代の体を抱えるようにして、背中をさすった。駒千代は前かがみになり、ひゅうひゅうと音を立てて息をしている。

陣平が駆け寄ってくる。

「どうした、駒千代？ 体がつらいのか？」

とっさに泰造は駒千代を抱きすくめて一歩下がった。

「近寄るな！」

泰造の声に、陣平が足を止める。

髭面の男がにんまりと笑った。髭に埋もれた口は大きく、耳まで裂けているかに見えた。

「陣平さま、ちょうどよいではありませんか。お気になさっていたのは、この子供なのでしょう？ 今すぐここで我らが手元に置いてしまえば、後のことがたやすくなりましょう」

「おっさん、何言ってんだよ！」

泰造は髭面の男を睨みつけた。駒千代の姿をそいつの目から隠してやりたくて、腕に力を込める。

しかし、武器も持たない泰造が威嚇したところで、誰ひとりとして意に介する様子はない。髭面の男を筆頭に、胡乱な男たちは一斉にこちらへと間合いを詰め始めた。

陣平が声を発する。

「待て！」

「お言葉ですが、陣平さま」

「黙れ、始兵衛。てめえは差し出口が過ぎる。何度言やぁわかるんだ、ああ？」

髭の下で大きな口が歪んだ。陣平からは見えない位置で歯噛みをしたのだ。

泰造の腕の中で、駒千代の呼吸はどんどん悪くなっていく。本当に発作が起きてひどく咳き込み始めてしまったら、泰造が一人で担いで連れて帰ることはできない。それどころか、ただ立っていることさえままならない。

そのときだ。

風が吹いた。清冽《せいれつ》な気配が店に飛び込んできた。

「二人に手を出すな！」

瑞之助の見慣れた後ろ姿が、たちまちのうちに泰造と駒千代を庇って立っていた。たたずまいは静かだが、両手は油断なく刀に触れている。いつでも抜ける構えだ。

片葉庵にたむろする者たちの間に、ざわめきが走った。

去年の晩冬に疫病神強盗を一網打尽にした手柄話によって、瑞之助の武勇の噂も広まっている。かの悲恋の若武者の姿を見間違えようはずもない。

平然としているのは始兵衛だけだ。

「この者が、陣平さまのかわいい従弟どのを閉じ込めておる長山瑞之助ですな。若奥さまに狼藉を働いた女医者、船津初菜を仕留めそこねたのも、こやつが邪魔立てしたためと聞き及んでおります。何とも小賢《こざか》しいことで」

地を這うように低い声はざらついて、いかにも不気味に響いた。

泰造は思わず叫んだ。

「好き勝手なことを言うな！　こっちにだって筋の通った義があるんだよ！」

「ほう、小癪《こしやく》な小童めがよく吠《ほ》えるものよ」

「小癪とか小童とか、小さい小さい言うな、でかぶつ！」

瑞之助の背中越しに、陣平が顔を引きつらせているのが見える。

「待て、瑞之助。誤解するな。駒千代とその小僧が、いきなりここを訪ねてきただけだ」

駒千代は陣平に名を呼ばれ、びくりと体を震わせた。

沈黙が落ちる。

始兵衛がぐるりと首を巡らせて陣平を見やった。値踏みをする目だ。そんな始兵衛の態度が、さざ波を起こすように、ほかの者たちの間にも広がっていく。縄張りに入り込んだ泰造たちではなく、陣平の背中に、危ういまなざしが集まる。

陣平がいきなり動いた。振り向きざま、土間に転がる貧乏徳利を叩き切ったのだ。いつ刀を抜いたのか見えなかった。耳ざわりな音を立てて陶器が砕けた。

「てめえら、俺の下についてんだろうが。勝手な振る舞いをしやがったら、次はてめえらの頭をかち割るぞ」

声を荒らげたわけではない。むしろ静かな声だった。

だが、泰造はぞっとした。単なる脅しではなく、この人は本当に罰として誰かの頭を叩き割るのだろう、と思った。

同じ恐ろしさを駒千代も感じたのかもしれない。苦しみのせいでにじんでしまう涙を、それでもどうにか目の中に押し留めていたのに、堰《せき》が切れたような勢いであふれさせてしまった。

泰造は駒千代の頬を乱暴に拭き、背中をさすって励ました。

「駄目だ。なおさら苦しくなるぞ。辛抱しろ」

ささやきかけると、駒千代は目を見開いてうなずいた。

瑞之助がちらりと肩越しに振り向いたが、再び油断なく陣平や始兵衛のほうへ睨みを利かせた。

「蛇杖院の者が邪魔をしましたね。そろそろお暇しますよ。たばこの煙は喘病の喉に毒だ。少し休ませれば快復するはずですから、治療のお代はいただきません。双方にけが人が出ないうちに、このまま帰してもらえるでしょう?」

陣平がこちらに背を向けたまま言った。

「駒千代の体が第一だ。てめえらが医者として役目を果たしている間は、蛇杖院に手を出さねえと約束してやる。さっさと失せろ」

瑞之助が静かに応じた。

「ありがとう、陣平さん。あなたの言葉を信用するよ。駒千代さんのことは心配しないでほしい。私たち蛇杖院の皆で守るから」

「そうか」

「だからこそ、約を違えるようなことがあれば、次は言葉より先に刀を抜くかもしれない。肝に銘じておいてほしいな」

瑞之助の口ぶりがひどく静かで冷たいのは、きっと怒っているからだ。声からもたたずまいからも、いつもの柔和なところが一切消えている。半白の髪は、まるで冷え込む朝に降りた霜のように見えた。

誰も何も言わない。

それを合意と受け取ったらしく、瑞之助がこちらを向いた。

「蛇杖院に戻ろう」

微笑んでいたし、声も相変わらず静かだったが、有無を言わさぬ強さがあった。

駒千代の目に映る、何を考えているのかわからなくて不気味な微笑みというのはこれか、と泰造は感じた。

瑞之助は、駒千代がほんの幼子であるかのように、軽々と抱きかかえて歩きだした。

北割下水にぶつかるところで、息を切らした朝助と合流した。朝助は相好《そうごう》を崩した。

「よかった。落ち合えたんでさあね」

「ええ。一二三《ひふみ》先生が見かけたと教えてくれたおかげです。二人が陣平さんたちの根城に乗り込んだところに追いつきました」

一二三先生というのは、りえの兄だ。蛇杖院の近所で手習いの師匠をしている。毎日、手習所をお開きにした後、適当な頃合いになると、りえを迎えに蛇杖院にやって来る。

その一二三が、業平橋《なりひらばし》を渡って本所のほうへ向かう泰造と駒千代の姿を目にしたらしい。

駒千代はうつむいたまま、ひゅうひゅうと呼吸を続けている。顔を上げれば、自分を抱える瑞之助と目が合ってしまう。それを避けたいのだろう。

だが、瑞之助のほうこそ、駒千代と目が合わないよう、どこでもないところを向いている。

瑞之助は、消沈した声で謝罪の言葉を紡いだ。

「申し訳ない。蛇杖院を飛び出した理由は私なんだろう?」

朝助が瑞之助の背中を、優しくとんと叩いた。

「蛇杖院に帰って、じっくり話をすりゃあいいじゃないですか。一二三先生も、話に加わってくれるとおっしゃっていやした。皆でよい道を探りましょう」

業平橋のほうから、巴と岩慶が駆けてくる。その向こうに、おふうと初菜の姿も見えた。

泰造は背筋を伸ばした。

第三話　手習事始

一

瑞之助は青文寺《しょうもんじ》の門前で足を止め、駒千代とおうたに告げた。

「それでは二人とも、行ってらっしゃい。手習い、しっかり励《はげ》んできてね。いつものとおり、昼には泰造さんが弁当を届けに来るから」

「はい、行ってきます」

駒千代とおうたは声を揃《そろ》えた。いや、そうするつもりはなかったようだ。にもかかわらず声が重なったのがおかしかったらしく、駒千代は口元をもぞもぞさせ、おうたは屈託《くったく》なく笑いだした。

おうたが駒千代の手を引いて門をくぐり、青文寺の境内《けいだい》をぐいぐいと進んでいく。駒千代はちらりと瑞之助を振り向いて、首をすくめるような会釈をした。

境内に建つ庵《いおり》では、師匠の荒谷《あらや》一二三が手習いの子供たちを笑顔で迎えていた。瑞之助は一二三と目が合うと一礼し、青文寺の門前を辞した。

駒千代とおうたが一二三の手習所に通うようになって半月。晩春三月の初旬である。

今のところ、陣平の手下連中がちょっかいを出してくる気配はない。見張られていると感じるのはしょっちゅうだが。

このまま平穏に時が過ぎてくれればいい、と瑞之助は思う。

一二三の筆子が幾人か、元気よく駆けてくる。おうたと同じ年頃だろう。おうたの話に出てくる、一体誰だろうか。駒千代はまだ瑞之助に遠慮があるようで、手習所のことをあまり話してくれない。

筆子たちが明るい笑顔を瑞之助に向けた。

「おはようございます！」

元気よくあいさつされて、瑞之助もつられて微笑《ほほえ》む。

「おはようございます。手習い、励んでくださいね」

はぁい！　と筆子たちは一斉に返事をしてくれた。

半月ほど前、泰造と駒千代が家出騒動を起こした日に、ことの始まりは遡《さかのぼ》る。

あの日、西棟の書庫で、玉石は駒千代の今後の療養について、いくつかの提案をしてくれた。瑞之助の一存では決められないことばかりで、駒千代とも相談しようとしたところ、蛇杖院のどこを捜しても見つからなかった。泰造もだ。

りえを迎えに来た一二三が、駒千代と泰造らしき二人を見たと教えてくれたので、手遅れにならずに済んだ。本所吉岡町一丁目の片葉庵に駆けつけたとき、瑞之助は、逆上しそうな自分を抑えるので必死だった。

守るべき存在が敵に囲まれ、殺気を向けられている。その緊迫の場の恐ろしさ。ひとまず無事に切り抜けたものの、高ぶった気はなかなか鎮まらなかった。

駒千代は蛇杖院に帰り着くや、発作を起こしてしまった。東棟の部屋まで担ぎ込むのもままならず、門からすぐの南棟の診療部屋で処置に当たることになった。

「ここは俺たちに預けてくれ、瑞之助」

真樹次郎と登志蔵がそう申し出てくれたのでその場を託し、瑞之助は泰造とともに玉石の部屋に赴いた。見聞きしてきた事柄を玉石に伝えるためだった。

瑞之助は、泰造より先に解放された。刀を部屋に置き、顔を洗い、血が逆流するような心地が落ち着いているのを確かめてから、南棟の診療部屋へ戻った。

駒千代の背中をさすってやっていたのは、真樹次郎だった。患者に声掛けをするときの真樹次郎は、いかにも優しく頼もしい。

「ゆっくり息をしてみろ、駒千代。痰《たん》が切れれば楽になるぞ。大丈夫だ。登志が今、薬を用意している。あと少しだけ待っていろ」

ちょうど登志蔵が、薬の湯気を吸入する道具の支度を整えたところだった。

「よし、硝水《しょうすい》の湯気を試すぞ。この間の発作のときも吸入薬が使えたという話だったからな。自力で薬の湯気を吸うんだ。できるだろ？」

硝水というのは、火薬の材料の一つである硝煙の類《たぐい》だ。

この吸入薬は、アンゲリア語の医書に載っているのを登志蔵が見つけてきた。喘病《ぜんびょう》の発作だけでなく、心ノ臓の病でぎゅっと胸が痛む発作にも、同じ吸入薬が効くらしい。

硝水を沸騰させて得られた湯気を吸えば、炎症で腫れ上がって狭まった喉がいくらか広がる。また、湯気によって温かく湿らせることで、絡まった痰も切れやすくなる。

瑞之助の目の前で、真樹次郎と登志蔵の手当てが見事に功を奏した。

ここ最近ではいちばん激しい咳の出る発作だったにもかかわらず、吸入を続けるうちに、駒千代の咳はすんなりと鎮まっていった。喉の奥をふさいでいた痰のかたまりを吐き出すと、息の通りが格段によくなった。

瑞之助は胸を撫でおろした。

「大事に至らなくてよかった。薬の吸入が効くようになりましたね。病の程度や体力の度合いが変われば、やはり、効く薬も変わるものなんだ」

登志蔵が得意げな顔をした。

「そりゃあ、駒千代が呼吸の仕方を身につけて、気を深く吸えるようになったからだ。毎朝ぐずぐずとふてくされながらも無理やり俺に鍛えられてるおかげで、駒千代の喉や肺はちゃんと強くなってんだよ」

どうにか痰を吐き切った駒千代は、濡れた目元と口元をぐいと拭《ぬぐ》うと、登志蔵を睨《にら》んだ。

いつの間にか、岩慶も診療部屋の仲間に加わっていた。

「駒千代どの、せっかくの機会ゆえ、拙僧も首を突っ込ませてもらうぞ。体に触れるが、よろしいか？」

挑むような目をした駒千代は、岩慶に無言でうなずいた。

岩慶は瑞之助を隣に手招くと、大きな掌で駒千代の細い背中に触れた。

「なあ、駒千代どの。前に、肩や背中の凝《こ》りがつらいときは拙僧に知らせてほしい、と申したな。いつ来てくれるかと思っておったが、今まで何も言うてこなかった。それは、凝っているか否かを自分で判ずることができぬせいであろう」

岩慶の手が駒千代の薄い肩を包み込み、ごく弱い力をかけて、じわじわと揉みほぐしていく。

瑞之助は不思議に感じた。

「子供が肩凝りをするというのは、聞いたことがないのですが」

「さよう、外で遊ぶ子供は、駆け回るうちに、おのずと体をほぐしておるものだ。しかし、駒千代どのは事情が違うであろう？」

「外で駆け回れない」

「さよう。もとより喘病の発作は、肩、背中、胸の筋と肉を疲れさせて痛め、ひどい凝りをもたらすものよ。発作のたびに襲いくる凝りがほぐされぬまま、どんどん積み重なっておるのが今だ。ほれ、瑞之助どの、ここだ」

岩慶は瑞之助の手をつかみ、駒千代の背中に触れさせた。ごりごりと硬い手ざわりに、瑞之助ははっとした。

「これ、骨じゃありませんよね？」

「骨ではない。凝りのためにすっかり固まった肉だ」

「こうして背中をさすることはよくあったのに、なぜ気づかなかったんだろう？私の目も手も節穴なのか」

血の気が引く思いだった。

岩慶は、腹の底に響く太い声で、ごく穏やかに告げた。

「己を責めるでない、瑞之助どの。いかなる名医であろうと、患者の治療のすべてを一人で司《つかさど》るのは困難だ」

「でも、こんなに凝っていては、痛みがないはずもないでしょう？　だのに見落としていただなんて、自分が信じられません。駒千代さん、我慢していたの？」

瑞之助の問いに、背を向けたままの駒千代が首をかしげた。

横からのぞき込んでいた真樹次郎が口を挟んだ。

「さっき岩慶が言ったとおり、駒千代自身、体の凝りの何たるかをわかっていないんだろう。痛みは、長引くうちに慣れて、感じ方が鈍っていくものだからな」

「然《しか》り。駒千代どのには、痛みをこらえておる実感もあるまい。さて、按摩《あんま》の療治《りょうじ》を始めようぞ。すっかり凝った体を、もとに戻そう。さすれば、平時の呼吸が楽になる。気や血が胸や腹に巡りやすくなり、体がぽかぽかする。体が凝れば、痛いと感じられるようになる」

瑞之助は、岩慶に指図されるとおりに駒千代の肩胛骨《けんこうこつ》に手を添えた。内巻きになった肩を後方へ引き戻す。駒千代も岩慶が拍子をとるのに合わせ、深い呼吸をする。瑞之助はその呼吸を読みながら、駒千代の華奢な体の縮こまった筋や肉を伸ばしていく。

総出で駒千代の治療にかかっているうちに、玉石と泰造と一二三も南棟に姿を現した。泰造はすっかり消沈した顔だ。瑞之助が先に辞した後、玉石にこってり絞られたのだろう。

玉石はまず駒千代の発作がもう落ち着いたことを確かめると、ほっと息をついた。そして柳眉《りゅうび》を吊り上げた。

「駒千代、誰にも何も告げずに出ていって、皆がどれほど心配したと思っている？　なぜ蛇杖院を出ていこうと考えたのか、今ここで、はっきりと言葉にしなさい」

うなだれていた駒千代は、屹《きっ》と顔を上げた。

「沖野の屋敷にいてもここにいても、どうせ私は、まわりの決めたことに従うしかない。それが我慢ならなくなったんだ。いつか家出してやろうって、前から考えていた。だから泰造と二人で、武士として暮らしていくために、従兄の陣平さんを訪ねた」

「なぜそれをわたしや瑞之助に告げなかった？」

「言ったら止められて、またここに閉じ込められる」

「閉じ込めているつもりはない。外に出たいなら、そう言ってくれればいい。瑞之助たちと一緒に湯屋に行くなり何なり、一声掛けてくれるだけで、外に出るきっかけはいくらでもあった。瑞之助や登志蔵と一緒なら、危うい目にも遭わずに済んだろうに」

「泰造と一緒がよかったんだ」

「なぜ？　気安い相手だからか？」

駒千代は、ぎゅっと拳《こぶし》を固めた。うつむきながら、血を吐くように言った。

「泰造が、つらそうだったから。私と一緒にいなきゃいけないせいで、やりたいように動けなくて悩んでるから、どうにかしたかった」

えっ、と泰造が声を上げた。

「俺のこと、そんなふうに思ってんのか？」

「私が泰造の足枷《あしかせ》になってる。だから、泰造はときどき怒った顔をして、どこかを睨んでる」

「違うよ。怒った顔してるときは、駒千代に苛立ってるんじゃなくて、自分に腹が立ってるんだよ」

「泰造は何でもできるのに、どうして自分に腹を立てるの？」

「何でもできるわけないだろ。できないことばっかりだから腹が立つし、もう一個、自分でも本当にどうしようもないことがあって、何をやっても治まらないから腹が立つし、とにかく、わけがわかんなくなるときがあるんだ。俺以外の誰のせいでもない」

「何それ？」

泰造は頑《かたく》なにかぶりを振った。

「ごめん、言えねえ。でも、駒千代を責める気持ちは、これっぽっちもない。むしろ、責められるべきは俺だ。陣平さんのところが危ないって知ってたのに、駒千代を連れ出した。危ない目に遭わせて、ごめんな」

駒千代もぶんぶんとかぶりを振った。

「私が言いださなきゃ、泰造は家出なんかしなかっただろ。たくさん迷惑かけてごめん」

駒千代と泰造の言葉が途切れたのを見て、玉石が再び口を開いた。

「互いに謝るのもいいが、瑞之助にも謝りなさい。助けに来てくれたことには礼を言いなさい」

はい、と泰造はうなだれた。駒千代は玉石を睨んだ。

瑞之助は、わざわざ謝らなくてもいい、と曖昧《あいまい》に笑ってごまかそうとした。だが、隣にいた岩慶が、大きな手で瑞之助の口元に戸を立てる仕草をした。まなざしを巡らせると、玉石に目顔で咎《とが》められ、真樹次郎と登志蔵にもしかめっ面をされた。

駒千代と目が合った。瑞之助は、頰から笑みが抜け落ちるのを感じた。駒千代は険しい顔をして瑞之助を見据えている。

登志蔵が、ぽん、と大きな音を立てて手を打った。

「おい、駒千代に泰造。俺は朝稽古のとき、ただ木刀の振るい方を教えてるわけじゃねえぞ。頭の下げ方も教えてるだろうが。恥ずかしがってる場合か？　瑞之助がどんな思いでおまえらを捜しに行ったか、少しは慮《おもんぱか》ってみろ。できるだろうが」

焚《た》きつけるような論調に、泰造はばつの悪そうな顔を上げ、駒千代は拳を固めた。

泰造が謝罪を口にした。

「ごめんなさい、瑞之助さん。助けに来てくれて、ありがとうございました。二度とこんなことがないように、ちゃんとします。金輪際《こんりんざい》、駒千代を危ないところに連れていったりなんかしません」

瑞之助はどう答えていいかわからず、ただうなずいた。

泰造が駒千代に目配せした。駒千代は大きく息を吸うと、言った。

「瑞之助先生は、私なんかいないほうがずっといいに決まってる」

駒千代の黒い目がみるみるうちに潤《うる》んでいく。だが、ぎりぎりのところでまばたきを繰り返して、駒千代は感情があふれ出るのをこらえた。

「そんなことない」

早口でささやいた瑞之助の声にこそ、涙がにじんでいた。どうしようもなく表情が歪《ゆが》むのが自分でもわかる。洟《はな》をすすり上げた。べそをかいてしまう寸前だ。

「嘘だ。瑞之助先生は、私がいるせいで、困ってるし悩んでる。私なんか、いらないはずだ」

「いらないなどと思ったことはない。悩んでいるのは、私自身の不甲斐なさのためだ。うまくいかないなら、その悔しさを糧《かて》に奮起できればいいのに、落ち込むばかりで前に進めずにいる」

「私がいなくなれば、すべてもとどおりで、うまくいくようになるんでしょう?」

とげとげしくも捨て鉢な言葉を吐いた駒千代に、瑞之助はのろのろと右手を伸ばした。つかまえたい。だが、触れることが怖い。

「そんなことを言わないで。どうか、私を見限らないでほしい。駒千代さんがいなくなってしまったら、もう、どうすればいいのか……失いたくない人を看取ったばかりなんだ。忘れることも吹っ切ることも、うまくできないままで、だか途切れ途切れに訴える言葉は、駒千代にとって何ら関わりのない出来事だ。瑞之助が勝手に弱り果てているだけ。駒千代は、どっしりと構えて受け止めてくれる医者を望んでいたに違いないのに、瑞之助はそうではない。

案の定と言おうか。駒千代は、吐き捨てるように啖呵《たんか》を切った。

「知るもんか！　瑞之助先生が何かを忘れたいとか吹っ切りたいとか腹の中で考えていたとしても、察してなんかやれるもんか。言いたいことがあるなら、ちゃんと言えばいい。いなくなってほしくないって、初めからはっきり示してよ！」

駒千代はこんなにきっぱりとした大声を出せたのか、と瑞之助は驚いた。

半端に差し伸べていた瑞之助の右手を、駒千代が勢いよくひっぱたいた。ぴりりとした痛みが掌に弾ける。瑞之助は、はっと息を呑んだ。

瑞之助は、はたかれた手を駒千代に再び伸ばした。痩せて小さな少年の手を、つかんだ。

「ここにいてほしい」

「喜美さんの手前、そう言うしかないんだ。喜美さんがあなたのことを誰よりも頼りにしているから、その気持ちを裏切れないってだけでしょう？」

「私は、駒千代さんの力になりたい。これは私の意思だ。だから駒千代さん、話を聞いてほしい」

瑞之助の手にすっぽり包まれてしまった駒千代の手が、じたばたと暴れた。と思うと、駒千代は両手で瑞之助の右手を握りしめた。

「前に進めるというなら、どんな話だって聞いてやる！」

「駒千代さん……」

「私は、変われないからつらいんだ。沖野の屋敷にいた頃と大差ないままの自分が嫌なんだ。喜美さんに心配される一方なのが情けなくて悔しくて、今の程度で十分だなんて思いたくない。もっと強くなれるんなら、何だってちゃんとやる。やってみせるから……もう、家出なんかしないから、ごめんなさい……」

だんだんと震えてしぼんでいく声とは裏腹に、駒千代の両手はぎゅっと強く瑞之助の手を握り続けていた。

瑞之助は、たまらない気持ちになってうなずいた。目をぱちぱちさせながら、改めて話を切り出す。

「わかった。では、駒千代さんが変わっていけるよう、私から提案がある。玉石さんと話しているうちに思いついたんだ。駒千代さん、一二三先生の手習所に通うのはどうだろう？」

駒千代が目を見張った。

「手習所に、通う？」

成り行きを見守っていた一二三が、口を開いた。

「この近くの青文寺の庵《いおり》ですよ。もとはお爺さんの師匠が近所の子供たちの手習いを見ておったそうですが、寄る年波には勝てぬというので、拙者《せっしゃ》がその後を引き継ぐことになり申した。拙者も小梅村に馴染んできましたからな、新しい筆子も歓迎しておるのです」

駒千代は、すぐには答えなかった。瑞之助と一二三の顔をじっと見比べて、それから口を開いた。

「師を替えるようなことをして、怒りませんか？」

「怒るものか。もっと早く思いつけばよかった」

「本当に、私が手習所に通っていいんですか？」

駒千代は目をきらきらさせている。そんな顔を瑞之助に見せるのは初めてだ。

瑞之助は、いいんだよ、と駒千代にうなずいてやって、一二三に向き直り、改めて申し出た。

「一二三先生、駒千代さんとおうたちゃんの手習いのこと、ぜひともお願いしたいんです」

一二三はにこやかに応じた。

「もちろん、駒千代どのもおうたどのも歓迎いたしますとも。聞けば、瑞之助どのは、とんでもない秀才で鳴らしてこられたのだとか。それでは確かに、手習いの師匠としてはいけませんな。落第です」

「ら、落第？」

告げられたためしのない言葉をいきなり突きつけられて、瑞之助は目を白黒させた。

一二三はおどけた顔で胸を張ってみせた。

「手習いの師匠には、拙者のように頭の鈍い者が向いておるのです。何しろ拙者、誰もつまずかぬ小石にも見事に全部つまずきながら、どうにかこうにか手習いを身につけたのです。おかげで、困っておる子供がどの小石に引っかかっておるのか、すべて心当たりがありましてな」

自分の失敗をまるで手柄のごとく、とぼけた口ぶりで語ってのける一二三に、駒千代と泰造がくすりと笑った。岩慶が、さすがはりえどのの兄上であるな、と楽しそうに言った。

その場でさっそく、駒千代とおうたには一二三の手習所に通ってもらうということで、話がまとまった。

もう一つ、玉石が学びに関する提案を切り出した。

「せっかく蛇杖院にいるのだから、駒千代もオランダ語を習ってみないか？　泰造はすでに登志蔵から、オランダ語のいろはを教わっている。これはめったに学べるものではない。瑞之助もだ」

「私もですか？」

思わず問い返すと、玉石は華やかな声を立てて笑った。

「そう驚くことでもあるまい。駒千代にばかり初めての挑戦をさせるのも忍びない。おまえも一緒に学び始めれば、張り合いがあっていいじゃないか。師匠役は登志蔵か春彦。どちらも都合が悪いときには、わたしが教えよう。もう決めたぞ。皆、いいな？」

登志蔵は頭を掻き、まあいいけどな、と応じた。瑞之助と駒千代も、口応《ごた》えせずにうなずいた。泰造はおもしろがる様子で目を輝かせていた。

場がお開きとなってから、瑞之助は駒千代とともに、おうたを捜した。おうたにも、明日からの手習いについて告げねばならない。

おうたは、台所でおとらにくっついていた。

「ちょっと、おうたちゃん。話があるんだ。こっちへ来てくれないかな」

「話ってなぁに？」

きょとんとするおうたを庭の常夜灯のところへ呼んで、瑞之助は手短に、一二三の手習所の件を話した。

おうたは、おしまいまで聞くや、いきなり泣きだした。

「やだ！ うた、瑞之助さんがいい！」

泣きながら瑞之助に近づくと、ばしばしと叩いてくる。手加減なしだ。満江とおとらを筆頭に、女衆がじっくりかまってくれているおかげで、おうたのおねしょは減ってきた。しかし、やはりどうにも心が落ち着かない。怒ったり泣いたりの起伏が激しい。

瑞之助は、じたばた暴れるおうたを抱き留めながら、どうしたものかと途方に暮れた。

「ごめんね、おうたちゃん。私の言い方が悪かったかな。おうたちゃんのことが嫌になったとか、そういうわけではないんだよ。ただ、手習所に通って友達をつくるのはどうかと思って」

ぎゃあぎゃあと、つんざくような激しい声を上げて泣くおうたの耳に、瑞之助の言葉はどれくらい届いているのだろうか。落ち着くまで待つしかないか。

おうたが息継ぎのためにしゃくり上げたそのとき、不意に、駒千代が動いた。おうたの頭をぽんぽんと撫でて気を引くと、いくぶん張り詰めた面差しで切り出したのだ。

「聞いて、おうたちゃん。実は、私も一二三先生の手習所に誘われたんだ。でも、私はそういうところに通ったことがない。不安だらけで、具合が悪くなるかもしれない。それなのに、泰造は蛇杖院の仕事があるんだって。このままだと、私は一人になってしまう」

おうたが涙で濡れた目を丸くした。

「うたも一人は嫌。うたが一緒に行ったら、駒千代さんは助かるの？」

駒千代はまじめな様子でうなずいた。

「とても助かる」

少しの間、おうたは、むっと唇を突き出すようにして考えていた。やがて答えを出した。

「わかった。うた、駒千代さんと一緒に手習所に通う。具合が悪くなったら、うたが助けてあげる」

「ありがとう。頼りにしているよ」

駒千代はほっとした顔でおうたに微笑んでみせた。それから、瑞之助をちらりと見上げた。

瑞之助は、胸をつかれる思いがした。満足そうに微笑む駒千代の顔を初めて目にしたのだ。

おうたはあっという間に機嫌を直し、瑞之助から身を離すと、鼻唄交じりで小躍り始めた。まったくもって、喜怒哀楽の落差が激しい。泣かれるよりはご機嫌なほうが、ずっとよいが。

瑞之助は、おうたの耳に届かないよう、そっと駒千代に告げた。

「ありがとう、駒千代さん。助かった。明日からおうたちゃんのことをよろしく」

「わかってます。ちゃんとやります」

駒千代はつっけんどんな言い方をすると、もう一度、はにかんだような笑みをちらりと瑞之助に向けた。

手習所は、朝五つ（午前八時）頃から昼餉の休みを挟んで、昼八つ（午後二時）頃までだ。

昼餉は、家に食べに帰る子もいるし、弁当を持ってくる子もいる。駒千代やおうたのように、昼時になると家から弁当が届く子もいる。また、手習いを昼で切り上げて働く子もいれば、昼から来て手習いに励む子、幼い弟妹を連れてきて境内で遊ばせている子もいる。

一二三は、十人余りの筆子の面倒を一人で見ている。筆子には男の子も女の子もいるし、武家の子も商人の子も百姓の子もいる。青文寺で僧たちとともに暮らしているという、親のない子もいる。

一人ひとり教本が異なるのは、いずれ仕事を始めるときに役立つよう、各々に合わせて選んでやっているからだ。その学びの様子を初めて見せてもらったとき、瑞之助は目が回りそうな心地がした。

特に、金勘定のそろばんである。旗本の子息として学ぶ限り、手にすることもないものだ。下のそろばん玉が一を、上が五を表すというのはうっすらと知っていたが、幾十ものそれらを使って大きな数の勘定もできるというのが、不思議でもあり難しくもある。

「実は拙者も、初めはそろばんがてんで駄目でしてな」

そう言って一二三は笑った。

一二三は、家が取り潰しになった十五年前から、手習いの師匠として身を立てている。この仕事を始めた当時は、商家の子にそろばんを教わる代わりに読み書きを教える、という具合だった。筆子のほうが覚えが早く、お師匠さまはのろまだと冷やかされていたという。

瑞之助は毎日、手習いがお開きになる刻限よりも少し早めに青文寺の庵に赴く。そうすると、手の空いている子が瑞之助のもとへやって来て、今日学んだことをあれこれと教えてくれる。

「一二三先生のところの筆子たちは、皆、本当に素晴らしい」

瑞之助が掛け値なしにそう誉《ほ》めるのは、一二三の筆子たちの明るさに感じ入っているからだ。

旗本の子息ばかりの手習所とは、あり方がまるで違う。瑞之助が通っていたところは、ひたすらに四書五経《ししょごきょう》の素読《そどく》をする場だった。師匠が読み上げる儒学の書の一節を、声に出して繰り返し、意味もわからぬまま諳《そら》んじるのだ。

「子曰《いわ》く、『学びて時に之《これ》を習ふ。亦説《またよろこ》ばしからずや。朋《とも》有り、遠方より来たる。亦楽しからずや。人知らずして慍《いきどお》らず、亦君子ならずや』と」

覚えのよさが抜きんでていた瑞之助は、秀才とも神童とも呼ばれていた。しかし、学ぶことの楽しさは、手習い時代にはついぞわからずじまいだった。一二三の筆子たちのように手習所が好きだという気持ちも、あの頃はなかった。

青文寺の手習所の床の間には、一二三の刀が大小揃えて飾られている。柄糸《つかいと》と下緒《さげお》は金茶色。下緒の結び方がきちんとしていて、いかにも清潔そうだ。

筆子たちは手習いの初めと終わりに、床の間の刀にもあいさつをする。一二三がそうさせているのではないらしい。誰が言いだしたものやらわからないが、筆子たちはまるで刀が手習いの先達《せんだつ》であるかのように話しかけている。

「私にも覚えがありますよ」

瑞之助は一二三に打ち明けた。子供の頃は自分の刀に名前をつけ、呼びかけてみたりなどしていたのだ。

「ちなみに、その名は男のものですかな？　拙者は、好いた娘の名をつけておりましたが」

一二三がひそひそと返してくれた答えに、瑞之助はつい笑ってしまった。

三月中旬のその日は、瑞之助が手習所に赴くと、いつもと少し違っていた。

おうたが瑞之助の姿を見るなり、はだしで庵の外まで飛んできたのだ。

「瑞之助さん、見て！　これ、すごいでしょう！　駒千代さんがすごい技を隠していたの！」

おうたが手にしているのは一枚の紙だ。受け取って広げてみて、瑞之助は息を呑んだ。

木の葉が描かれている。細密な線によって、葉の表面に走る脈の形まで本物とすっかり同じように。筆と墨を使って紙の上に描いたのではなく、色を奪われた木の葉が紙の上にひとひら落ちているかに見える。

「これは一体……駒千代さんが、この絵を描いたの？」

「そうなの！　今日はみんなで葉っぱの絵を描いたの。そしたら、駒千代さん、こんなに上手だったの！」

「すごいね。これは、すごい」

あまりに驚かされたせいで、すごいという間の抜けた一言しか出てこない。

おうたは自分の手柄話のように、胸をそらして答えた。

「本草学《ほんぞう》ってあるでしょ。うた、蛇杖院で教わってるからね、ちょっと得意なの。でもね、草や木にそんなにたくさん違いがあるのかって大《だい》ちゃんが言ったからね、じゃあみんなでよく見て絵に描いてみようって一二三先生が言ってね、描いたの！」

庵の中を見やると、駒千代と目が合った。が、駒千代はぷいとそっぽを向いてしまった。

一二三が字の手本を書く手を止め、筆子たちに断って、瑞之助のところへ出てきた。駒千代が描いた木の葉の絵に目を細め、いくらか声を弾ませて言う。

「拙者もいろんな筆子を見てきましたが、これほどまでに細かで確かな絵を描く子には初めて出会いましたぞ。ご覧になって、どう思いましたか」

「驚きました。素晴らしい才だと思います」

おうたが唇をとがらせた。

「駒千代さん、恥ずかしいからって隠してたのよ。どうして恥ずかしいのか、うた、ちっともわかんない」

「恥ずかしい？」

瑞之助もぴんとこなかった。実家の母は瑞之助に儒学や剣術のみならず、ありとあらゆる芸事を身につけさせた。その中には、むろん画もあって、狩野《かのう》派の新鋭と名高い人のところへ習いに行っていたことがある。

一二三には、駒千代の言う恥ずかしさの意味がわかるらしかった。

「聞けば、駒千代の生家、沖野家は三河以来の武門で、父上も兄上も武芸百般とのこと。武の道こそが侍たる者の本分であるからと、ほかをおろそかにする気風であるのやもしれませんな」

「見てきたかのようにおっしゃる」

「ありし日の我が両親の教えが、まさしくそれでしてな。かつては卑しいと遠ざけていた商いの知恵も身につけねばならぬと悟った初めの頃は、拙者も戸惑いが大きかったものです」

「なるほど。しかし、何とももったいないことです。駒千代さんは、こんな素晴らしい絵を描く才を、恥ずかしいものと思い込まされていただなんて。単にきれいなだけでなく、実に細かなところまで、あるがままの姿を写す絵……いや、本当にすごい」

ふむ、と一二三は顎を撫でた。

「蛇杖院には蘭学に詳しい人々がおられますな。蘭学には、草木の分類の学があると聞いております。この分類の学は、唐土《もろこし》由来の本草学よりもいっそう、草木の細かな特徴を調べて究めるものであるとか」

「ああ、そうですね。登志蔵さんや玉石さん、春彦さんなら、そのあたりもよく知っているはずです」

「拙者は以前、オランダ渡りの蘭学の書物を目にしたことがあります。その書物の挿絵は、まさに駒千代の絵のごとく、生き写しと言うべきものでした。ひょっとすると、駒千代の才は、蘭学において開花するのではありませんかな?」

おお、と瑞之助は声を上げた。目の前が明るくなるように感じられた。

「確かに、蘭学の書物の挿絵はすべて、この絵のように細密で正確だ。こんな絵を人間が描いているなんて、信じられない気持ちだったんです。でも、駒千代さんには描けるんですね」

「この手習所での気づきが、お役に立てそうですか」

微笑む一二三に、瑞之助は、ありがとうございますと頭を下げた。

二

玉石が西棟の一室の模様替えをすると言い出した。

瑞之助が不調を訴えて助けを求め、駒千代が泰造を誘って家出をし、一二三の協力をも得て今後の方針が改めて固まった、その次の日のことだ。

「手伝ってくれるか、瑞之助？」

「かまいませんよ」

そんなやり取りで気軽に引き受けたら、大仕事だった。ちょっとした模様替えどころではない。

件《くだん》の一室は、もとは絨毯《じゅうたん》の敷かれた応接間だった。綿が入ってふわふわした長椅子が置かれ、ガラスのはまった窓には、天鵞絨《ビロード》の窓かけが垂らされていた。

その部屋を、すっかり変えた。

まず絨毯を取り払って板張りの床を剝《む》き出しにした。長椅子と天鵞絨の窓かけも部屋から運び出した。飾りとして置かれていた、小さな棚や込み入った形の燭《しょく》台《だい》も、別室に移した。

それから、部屋の隅々まで雑巾がけをして埃《ほこり》を取り去った。窓を開け放って春風と日の光を招き入れ、淀《よど》んだ湿気を払った。ふわふわの長椅子の代わりに運び込んだのは、硬い木の椅子が数脚と、重たい木の卓だ。

とても一人でできる仕事ではなかった。瑞之助は途中で、泰造と朝助を呼んできた。働き者の二人のおかげで、駒千代が手習所から戻るよりも前に、模様替えは片がついた。

ずいぶんすっきりとした部屋を見渡して、玉石は満足そうだった。

「これで、埃も黴《かび》も壁蝨《だに》も退けることができただろう。喘病《ぜんびょう》の発作を引き起こすものは、ここにはない。瑞之助に泰造、後で登志蔵と駒千代に伝えておくれ。たまにこの部屋で茶を飲みながら、オランダ語の学びの進み具合を見せてほしい、とね」

それ以来、数日に一度、玉石の手が空いて気が向いたときに、瑞之助たちは西棟の応接間に呼ばれ、茶を振る舞われるようになった。

必ず茶会の席に着くのは、瑞之助と泰造と駒千代だ。都合がつくときは登志蔵や春彦も一緒に、烏丸屋から届いた珍しい菓子をつつく。蘭学の話で盛り上がれば、登志蔵か春彦がすぐ隣の書庫に赴いて、関連する本を取ってきたりもする。

オランダ語では、横書きの文字を左から右へ読み進める。オランダ語のＡＢＣ《アベセ》を習い始めて、瑞之助はまずその点に驚いた。

「右から左に読むのではないのですね」

子供の頃に通っていた剣術道場には、「鉄心石腸《てつしんせきちょう》」と横書きで記した扁額《へんがく》が掲げられていた。あれは縦に書かれた文字と同じく右から左へ読むものだったから、オランダ語もそうなのだろうと、あてずっぽうに考えていたのだ。

瑞之助の思い込みを知って、登志蔵は頭を掻いた。

「そうだよなあ、まずそこからだ。オランダ語は左から右なんだよ。イギリスやアメリカで使われているアンゲリア語もだ」

二十六文字のアルファベットの形を覚え、読みを覚える。それから、数のかぞえ方を一から十まで。

瑞之助は医者の仕事の合間に、駒千代は通常の手習いを終えてから、オランダ語に触れている。あまり多くの時を割けないし、ほかのことで頭を使ってもいる。学びはゆっくりとしか進まない。

それに、数日に一度はオランダ語の手習いの代わりに、玉石が茶会を開いてくれている。

実のところ、瑞之助は、ひょっとして茶会のたびに玉石に試験を課されるのではないか、と身構えていた。蓋《ふた》を開けてみればそんなことはなかったのだが、身構えていたのを見透かされて、玉石に笑われた。

「瑞之助はまじめすぎるぞ。もっと肩の力を抜け」

「そう言われましても、私は以前、玉石さんに厳しい試験を課されたことがある身ですから」

二年前のことだ。蛇杖院で働かせてほしいと頼み込んだとき、医術修業を許すかどうかは試験で決める、と玉石に申し渡されたのだ。

実に厳しい試験だった。漢方医術において古典にして基礎と言われる『黄帝内経《こうていだいけい》』『傷寒論《しょうかんろん》』『金匱要略』の素読をわずか九か月で完璧にする、というのがその要件だったのだ。

「世間知らずの旗本のお坊ちゃんなど、こんな無茶な試験を強いれば逃げ出すと思ったんだ。それが、まさか本当に医者になってしまうとはね。瑞之助を試して追い詰めるような真似は、もう二度としないよ」

玉石が西洋風の茶会を思いついたのは、瑞之助や駒千代とじかに顔を合わせるためだろう、と瑞之助は感じている。

茶会の席で何でもない話をしたり、異国風の菓子に舌鼓《したつづみ》を打ったりしながら、玉石の目は冷静に瑞之助の顔色を観察している。駒千代の呼吸の具合を確認している。

心配をかけっぱなしだ。申し訳なく思うものの、自分は未熟なのだと、瑞之助は改めて己に言い聞かせる。

今は甘えよう。たくさん助けてもらおう。そして、いつかこの恩を返せるよう、地道に精進《しょうじん》していこう。

初めて駒千代の描く絵を目《ま》の当たりにし、一二三に蘭学への見込みを示唆された日。

駒千代は恥ずかしがって真っ赤になったり、うろたえて真っ青になったりしながら、玉石の茶会の席に着いた。泰造と登志蔵は早々に駒千代を待ち構えていた。

瑞之助があらかじめ玉石に「駒千代さんが素晴らしい才を隠していたんです」と伝えておいた。横で聞いていた春彦も興味を持ったらしい。出掛けると言っていたが、用事を反故《ほご》にして、茶会を選ぶことにしたようだった。

玉石は香り高い菊花茶を淹《い》れて席に着くと、駒千代に尋ねた。

「それで、駒千代。一体どんな才を隠していたんだ？　瑞之助が子供のように目をきらきらさせていたぞ」

駒千代はごくりと唾を呑んで、胸を押さえながら、か細い声で答えた。

「き、今日は、一二三先生からも瑞之助先生からも、手習所のみんなからもたくさん誉められました。でも、屋敷ではずっと、こんなことをしているからおまえは駄目なんだって怒られていたから、見せるのが怖いんです。だけど、あの、これ……」

駒千代は、帳面に挟んでまっすぐきれいに伸ばしておいたその絵を、玉石に差し出した。

玉石は絵を受け取りながら、華やいだ声を上げた。

「これはすごい！　楠《くすのき》の葉か。見事な絵を描くじゃないか、駒千代」

登志蔵と泰造と春彦も椅子から立ってのぞき込み、各々歓声を上げた。

「うまいな。十二の子供の絵じゃねえぞ。誰に教わったんだ？　まさか、独学なのか？」

「何だよ、駒千代！　得意なことは一つもないなんて言ってたくせに、すげえじゃねえか！」

「うん、見事だね。長崎の出島出入りの絵師も、こんなふうに、実を写す絵を描くんだよ」

駒千代はまだびくびくした目で成り行きを見守っていた。緊張のあまり息が浅くなっているが、喘鳴《ぜんめい》はごくかすかだ。このところ鼻詰まりが治り、鼻で呼吸ができるようになった。おかげで喘鳴も減りつつある。

瑞之助は駒千代の顔をのぞき込んで励ました。

「ほら、やっぱり玉石さんたちも誉めてくれた。駒千代さんが絵を描くことを、ここでは誰も咎めたりなんかしないよ。隠さなくていい。それどころか、これほどの絵が描けること、こんなに細かにものを見る目を持っていることを、誇っていい」

駒千代は、子馬のように大きく潤んだ目で瑞之助を見つめ返した。それからうつむいて、胸に抱きしめていた帳面を、おずおずと差し出した。

「こっちにも、あります」

瑞之助は帳面を受け取り、表紙をめくった。すかさず泰造が脇に寄ってきて、瑞之助と同時に「わあ」と声を上げた。

「すごい」

「すげえ」

瑞之助も泰造も言葉を失って、しかしどうにかして感動を表したいので、ごく簡単な一言だけをつぶやいた。春彦は長身を活かして伸び上がり、のぞき込んでくる。こっちにも見せろ、と登志蔵が急かす。

梅の花の絵だ。枝からじかに花がつき、花弁の数は五枚。花の中央にぴょこぴょこと出ているおしべとめしべや、枝に現れる節など、実に細かな線で表されている。

帳面を一枚めくると、同じ梅の花が描かれていた。ただし、花びらがこぼれ、萼《がく》が剝き出しになった姿だ。

駒千代は言い訳がましくつぶやいた。

「実は、オランダ渡りの絵を見たことがあって。日ノ本の絵とはまったく違って、細かくて、光が当たっているところは本当に光っているみたいで、えっと……その真似《まね》をしているんです。自分で考えた描き方じゃなくて、真似です」

また一枚めくれば、椿《つばき》が現れた。裏庭にある、いくらか開花の遅い椿だ。総じて赤色だが縁だけが白くなっている独特の花を、墨の濃淡で表している。

瑞之助は思わず、絵の中の椿に触れた。

「この椿、きれいだよね」

「いつだったか、瑞之助先生が、落ちた椿の前からじっと動かなかったのが気になったんです。それで、後で拾ってきて描きました」

その椿が花開いたところを見せたい相手がいた。遅咲きの椿に、早く咲いてくれと願う冬だった。結局、白縁の赤い椿が咲いたのは、その人が逝《い》ってしまった後だった。

椿の次は、草蘇鉄《くさそてつ》と蕨《わらび》とたらの芽。背比べをするように、向きを揃えて並べて描かれている。駒千代が指差して言った。

「瑞之助先生と岩慶さんが摘んできて、枕元に置いていってくれたから、休んでいるふりをして、こっそり描きました」

「ああ、あのときの。朝助さんが、野草は駒千代さんにとって珍しいんじゃないかと言ってくれたんだよ。だから届けてみたんだけど」

「草蘇鉄も、蕨も、たらの芽も、名前は知っていたし、本草学の書物で見たことがありました。でも、本物は初めて見たので、嬉しかったです。だから、その……あ、ありがとうございました。あのときは、言えなくて……」

登志蔵が頬杖をついて、にやりとした。

「へえ。草木や花が絡んでくると、妙に素直になるもんだな。駒千代、おまえ、草木や花がそんなに好きなのか」

気まずそうにうつむくかと思いきや、駒千代は挑むような目を登志蔵に向け、尖った口調で言った。

「草木も花も、茸《きのこ》も、どんぐりのような木の実も好きです。そんなものが好きだなんて武家の男らしくないとか、おなごみたいだとか、兄には馬鹿にされてきましたけど、好きなものは好きなんです。悪いですか？」

こんな反撃が来るとは、登志蔵も思っていなかったらしい。ちょっと驚いた顔をすると、頰杖をやめて、柔らかな笑い方をした。

「ちっとも悪くねえ。気に障《さわ》ったんなら、すまん」

「あ、いえ、別に」

「俺の友で、武家生まれの蘭学者が、駒千代と同じように草木や花を好んでいてな。あいつも絵がうまかった。草木のことが書き込まれたあいつの手帳を預かってるんで、後で見せてやるよ」

「あ……ありがとうございます」

おう、と応じた登志蔵が照れ隠しのように荒っぽく、泰造に顎をしゃくって告げた。

「ほら、次だ。次の絵を見せろ」

泰造が指図に従って駒千代の画帳をめくった。

蛇杖院の薬園の草木や花が次々と現れる。時折、虫の絵もある。描きかけの鳥の絵は、すべて写し取る前に飛び去られてしまったのだろうか。

泰造が画帳をめくる。

振袖を着た娘の後ろ姿。仁王立ちと言えそうな、何となく勇ましい姿だ。着物の袖や裾には、雪をかぶった松竹梅の模様がある。

「これはもしかして、喜美かな?」

駒千代は黙ってうなずいた。耳が赤い。泰造がにやりと笑った。駒千代はその脇腹に、存外鋭い手刀を叩き込む。まともに食らった泰造が、うっと呻《うめ》いた。でも、まだにやにや笑っている。

さらに画帳をめくると、蛇杖院で働く人々の姿が描かれていた。

春彦が、おお、と歌うように唸った。

「お絵像も描けそうだね。長崎では、故人の在りし日の姿を生き写しのごとく描いたものをお絵像と呼んで、盆正月や祭りの折に祀《まつ》るんだ。この腕前なら、町絵師として十分に食べていける。江戸の旗本にしておくのが惜しいな」

人の姿を描いた絵はすべて、さらりとした線でかたどられている。

泰造とおうたがしゃべっているところ。木刀を構える登志蔵。濡れ髪を拭いている桜丸。薬研を使う真樹次郎に、初菜が何か話しかけている。襷《たすき》掛けをして働く女中たち。玉石と春彦が話し込む様子。おふうが洗濯物を取り込む姿は、いくぶん遠目に描かれている。

「これは、朝助さんとりえさんだね。いい絵だ」

瑞之助の目に飛び込んできたのは、朝助とりえ、微笑み合う二人の姿だった。胸がぎゅっと締めつけられるような、何とも温かい情景だ。

駒千代が口元をもぞもぞさせた。不器用そうに笑ったのだ。

「二人とも優しくて、私にもよく話しかけてくれるんです。りえさんは目が見えなくても人捜しが得意で、朝助さんが離れたところにいるときでも、すぐ見つけてる。勘がよくて、すごいんです」

朝助は、りえと出会ってから、よく笑うようになった。朝助が笑うと、眉《まゆ》尻が下がり、目元から頰にかけて皺《しわ》ができて、この上なく優しい顔になる。その顔を、りえは見たことがない。りえにこそ見てほしい笑顔なのに、と瑞之助は思ってしまう。

玉石が、後ろ姿の人物を指差した。暗がりに一人座っている後ろ姿だ。

「これは瑞之助だな」

「えっ、私ですか？　登志蔵さんではなく？」

後ろ姿の男はぴんと背筋を伸ばして、向こう側に置かれた行灯《あんどん》の明かりを頼りに、本を読んでいる。細身に引き締まっているが、肩はがっしりとして、鍛えられた二の腕の太さも見て取れる。線の細い真樹次郎や桜丸でないことは確かだが、自分なのだろうか。

登志蔵がこぼれ毛をがさりと搔き上げた。いつも儒者髷をわざと崩して結って、こぼれ毛だらけにしているのだ。

「俺じゃねえよ。このきっちりした後ろ姿は、瑞之助だろ」

駒千代がうなずいた。

「瑞之助先生を描きました。私が夜によく発作を起こしていた頃、どうにか落ち着いてうとうとし始めると、瑞之助先生はこんなふうに向こうをむいて本を読んでいたから」

むろん心当たりがある。

「私もなかなか寝つけなくて、駒千代さんの部屋で明かりをつけて本を読んでいた。明かりが鬱陶《うっとう》しくて、起こしてしまった？」

駒千代はかぶりを振った。

「いえ、そうじゃなくて。目が覚めたときにその場で描いたわけではないんです。見て覚えて、後で描きました。あの……本当は、いつも悪いなって思ってました。私のせいで瑞之助先生はろくに眠れなくて……昼間もずっと疲れているようだったから、何だか、かわいそうで」

「かわいそう、か」

「はい」

瑞之助は苦笑した。駒千代にまで気を遣われていたのだ。

蛇杖院の皆を描いた中で、瑞之助だけ後ろ姿なのが寂しかった。駒千代は、おふうとはほとんど話さない。それでも、離れた場所から描かれた絵には、切れ長な目をしたおふうの大人びた面立ちがはっきりと表れていたのに。

瑞之助だけ顔がわからない。それが駒千代の目に映る瑞之助、ということなのか。

春彦が、しかし、瑞之助が感じたのとは違うことを言った。

「瑞之助さんの絵がいちばん細かく描き込まれているね。じっと見て描いた楠の葉と同じように線が細かいし、正確だ。ずいぶん手間暇《てまひま》がかかっただろう？」

玉石も春彦の言葉に同意した。

「ヨーロッパ渡りの絵のようだな。暗い部屋の中、瑞之助の向こうに行灯がある という情景の光と影の描き方が実に見事だ。ここまで描き込めるくらい、毎晩、瑞之助の背中を見ていたということか」

駒千代はきっぱりと答えた。

「はい。苦しくなって目を覚ますたびに、瑞之助先生の背中がそこにあったから。それが怖かった頃もあったけど」

「おや、怖かったのか？」

玉石に訊かれると、駒千代は上目遣いで瑞之助を見てから、小さく顎《あご》を引いた。うなずいたらしい。泰造が励ますように駒千代の肩を叩いた。

登志蔵がにやにやした。

「それを本人の前で言えるってことは、もう怖くないんだろ？」

今度ははっきりと、駒千代はうなずいた。

「どうして怖かったのか、わからなくなりました」

それはよかった、と玉石が相好を崩した。その優しいまなざしを瑞之助に向ける。

胸の内につっかえていたものが、春の日差しを浴びた雪のように解けていく気がした。

「私は、駒千代さんとうまく話せなかったからね。何者かわからない相手のことは、怖いよね」

駒千代が口を開いた。私は、と言いかけた声が震えていた。

正直な言葉を発するときは、勇気が必要だ。その勇気を奮うために、駒千代は膝の上で拳をきつく握っている。

「私は、手習いも剣術もちっともできないし体も弱くて、絵のことは父に叱られるし兄に馬鹿にされるから誰にも言えなくて、こんな自分が誰かに気に入られるはずもないと思っていました。なのに、喜美さんは私を選んでくれた。驚いて、わけがわからなくなった」

瑞之助がうなずいて促《うなが》すと、駒千代は大きく息をして、続けた。

「蛇杖院に来てからも、どうしていいかわからなくて、いろんなことに腹が立って、食事を残したり布団から起きなかったり、たくさん迷惑をかけました。それでも、変わってきたんです。自分でもわかる。今まで生きてきた中で、今がいちばん具合がいい。よくなってきてるんです」

瑞之助は思わず身を乗り出した。

「本当に? よくなってきたと、自分でも感じている?」

「当たり前じゃないですか。だって、自分の足で歩いて手習所に通えるなんて、ほんの三月《みつき》前まで信じられませんでした。まだまだ同い年の子より学びが遅れているし、二つ年下の子より目方が軽くて心配されたりするけれど、私なりにちゃんとやっているんです」

「うん、駒千代さんは頑張り屋だ。ちゃんとやっている」

駒千代は口をへの字にして、ぐしゃぐしゃの顔になった。その顔で、また声を震わせながら、駒千代は言った。

「だ、だったら、頑張ってるって言ってくれるなら、どうしてもやりたいことがあるから、話を聞いてくださいっ」

泰造が目を丸くしているのは、駒千代のやりたいことの見当がつかないからだろう。登志蔵は試験を課するような、おもしろがるような目をしている。玉石と春彦は、瑞之助に目配せした。

瑞之助は駒千代に応《こた》えた。

「聞かせてほしい。手助けできることなら、何でもしたい」

駒千代は勢い込んで言った。

「前に瑞之助先生が岩慶さんに野草摘みに連れていってもらったとき、うらやましかった。私も野草を摘みに行きたい。庭先の草木じゃなくて、野や林に行って、珍しい草木や花を見たいです！」

ああ、と瑞之助は嘆息した。どんな思いがこもった嘆息なのか、自分でもよくわからなかった。でも、胸がいっぱいになった。

「そうか。岩慶さんとの野歩き、駒千代さんも行ってみたかったのか」

「はい」

瑞之助は目を上げた。泰造が嬉しそうにうなずいた。玉石も反対していない。

春彦は手振りで、瑞之助が決めたらいい、と示した。

登志蔵は突っ放すように言った。

「何だ、駒千代。野草摘みの遠出もできねえと思ってたのか？」

「だって、私は喘病の発作が……」

「馬鹿野郎。やりたいことがあるなら、それを目指して体を鍛えろ。おまえはな、今まで自分で思い込んできたよりもずっと、本当は動けるんだ。鍛えりゃ強くなれる。発作がまったく出なくなるまでは苦しいときもあるだろうが、耐え抜け。甘えるな」

駒千代は瑞之助に目を向けた。助けを求める目、ではなかった。

何が真実なのかを見極めようとする目だ。

駒千代は蛇杖院で過ごすようになって、その身をめぐるありとあらゆるものが変わった。剣術稽古をすることも手習いに通うことも、できないと思い込んでいたが、今では毎日ちゃんとやれている。絵を描くことも、今日、生まれて初めて誉められた。

瑞之助の役割は、はっきりしている。

「よい目標ができたね。岩慶さんに野草摘みに連れていってもらえるよう、頼んでみよう」

駒千代は、すぐには瑞之助の言葉に飛びつかなかった。

「本当にいいんですか？」

「もちろん。何か不安なことがある？」

「ずっと瑞之助先生に迷惑ばかりかけて、悪いことをしてきた。なのに、またこんなわがままを言ったりしていいのかなって思って……」

瑞之助は笑った。

「いいんだよ。それに、野に出掛けたいというのは、単なるわがままなんかじゃない。登志蔵さんの言うとおり、少し厳しいくらいの目標だ。一緒に頑張って鍛えよう」

駒千代は、ようやく明るい顔をした。

「はい！」

泰造が駒千代のそばに飛んでいって、肩をぽんと叩いた。

「そういうことなら、俺も得意だ。食べられる草でも茸でも、魚の捕り方や捌《さば》き方も、何でも教えてやる。昔、下総の村に住んでたときに体に叩き込んだんだ」

十三の泰造が「昔」などと言うので、瑞之助はちょっとおかしく感じた。登志蔵も同じことを思ったらしく、遠慮なしに笑い声を立てた。

「泰造、おまえ、昔ってなあ、子供がそんな言い方するのかよ」

「わ、悪いかよ？」

「悪かねえが、おもしれえな。笑っちまう」

「また登志蔵さんはそうやって俺を子供扱いする！」

むくれてしまった泰造の頭を、駒千代が撫でてやった。駒千代にまで子供扱いされた泰造は、ますますふてくされた顔をして、駒千代の手を払いのけた。

泰造の荒っぽい仕草にも、駒千代は楽しそうに、くつくつと笑っていた。

三

晩春三月も終わりが見える頃には、昼間に日差しを浴びていると、じんわりと汗ばんでくる。衣替えは四月一日とされているが、もう少し早くてもよいのではないか、と瑞之助は毎年思う。

駒千代は物持ちで、季節ごとの着物もそれなりの数が揃っている。それで、女中のおとらが気に掛けて、瑞之助と駒千代に告げに来た。

「衣替えをしましょうね。駒千代さんの着物の洗濯はわたしたちが任せてもらっていますけれど、衣替えもさせてもらっていいかしら？」

蛇杖院に来たばかりの駒千代だったら、黙ってそっぽを向くかうつむくかだっただろう。しかし、手習所に通い始めてからは、何事も前向きだ。自力で着替えられるようになり、朝もどうにか一人で起きている。

「衣替え、自分でやりたいです」

瑞之助が「もちろんいいよ」と答えようとしたところ、おとらに待ったをかけられた。

「埃が立ちますよ。駒千代さんがお持ちになったものはすべて、東棟の一部屋にまとめてあります。もちろん掃除は欠かしませんが、それでも、ものが多い部屋は埃が出るものですから。それに、駒千代さん、御徒組頭《おかちぐみがしら》のお家の婿養子になられるのですよね？」

「はい」

「ゆくゆくは殿と呼ばれることになるのですよ。あまりにも分限を超えた振る舞いを覚えてしまうのはどうかと思います。仕える者の立場からすれば、型を破って勝手に何でもやってのける主《あるじ》さまというのは、かえって気が抜けず、手がかかるのですから」

おとらはかつて武家に仕える身であったらしい。詳しい事情も本当の名も明かしてはくれないが、若君である駒千代の身のまわりの世話もずいぶん慣れているふうだ。旗本の男児がどう振る舞うべきかのお小言も、たびたびある。

駒千代もそのあたりはわかっていて、女中の中ではおとらさんがいちばん厳しい、などと漏らしたりする。駒千代は、瑞之助に対しては決して見せないような、しおらしい様子で訴えた。

「蛇杖院にいる間だけの特別だというのは、重々承知しています。手習所に通うのもオランダ語を教わるのもそうだし、身のまわりのことを自分でやるのもそうです。今だけだからこそ、何でも自分でやってみたいんです。お願いします」

瑞之助も援護した。

「駒千代さんもこう言っていることですし、やらせてあげては？　私自身、まったくできないのと、できるけれど立場上やらないのと、できることはすべて自分でやるのと、いろんな場面を経験しました。それで、できないよりは、やり方を知っているほうがいいと感じています」

岩慶に連れられて多摩《たま》まで短い旅に出たときに、洗濯の仕方を身につけておいてよかった、と思った。下男の仕事が暮らしの中心だった頃、洗濯も掃除もちょっとした炊事も、女中たちから厳しく叩き込まれたのだ。

おとらはまだ少し渋い顔をしていた。

「それはそれ、これはこれなんですけれどねえ。本当に埃が立つんですから」

「口と鼻を布で覆ったらどうでしょう？」

流行《はや》り病の患者の世話をするときは、髪をすっかり頭巾《ずきん》に収め、鼻と口も布で覆って、病を運ぶ穢《けが》れを避ける。駒千代にとって、埃は発作を起こす原因となるのだから、病の穢れと似たようなものだ。できる限り断ち切る工夫をすればよいのではないか。

結局、瑞之助と駒千代の言い分が通った。駒千代はおとらの手伝いとして、衣替えをすることを許された。鼻と口をしっかり布で覆ってのことである。

ひとたびやると決めたからには、おとらもそれ以上は理屈をこねず、てきぱきと仕事をした。

子供の衣替えは、長持《ながもち》の中の着物を入れ替えるだけではない。季節ごとに背丈が伸びるので、着物の裄《ゆき》や丈を整える必要がある。おとらは、初夏に着る袷《あわせ》の小袖を駒千代の背中に当てて、嬉しそうに声を弾ませた。

「背が伸びたのですねえ。目方も増えたから、着丈がずいぶん変わったのだわ。寸法をすっかり直さなくてはいけませんね。腕が鳴るわ」

針仕事といえば、蘭方医術の外科手術が得意な登志蔵は、裁縫がうまい。当人いわく「布のほうがはるかに縫いやすい」のだという。

そんな話を思い出したのか、駒千代は針仕事も手伝いたがった。おとらも了承し、古い糸を解くところまでは、駒千代も難なく仕事ができた。

ところが、その先はあきらめざるをえなくなった。くしゃみが止まらなくなったのだ。

「まずいきざしだ。今日はここまでだよ」

瑞之助の言葉に、くしゃみをしながら、駒千代もしぶしぶうなずいた。

衣替えの部屋はさほど埃が立っているようにも思えなかったが、駒千代の鼻や喉は敏感だ。同じようなことは、玉石から借りたオランダ語の童話の古い本を眺めていたときや、青文寺の庵の掃除をやったときにも起こった。

真樹次郎の言葉を借りるなら「桶の水があふれ出すように」、一定の境を超えると駒千代の具合が悪くなる。

埃を吸い込んでしまううちに、まずくしゃみが出る。次いで、水のようにさらさらとした洟《はな》がひどく出て、だんだんと鼻が詰まってくる。これによって鼻の通りが悪くなれば、口で息をするようになる。

そうすると、口や喉が乾いてくるし、じかに埃を吸い込みやすくもなる。その刺激が、もともと弱い喉や肺に新たな炎症を起こしてしまう。

炎症のために喉が腫《は》れると、息の通り道が狭まる。このときは、息を吸うよりも吐くほうが長くかかるという、独特の喘鳴が聞き分けられる。そしてとうとう発作が起こってしまう。

発作に至るまでの仕組みや流れがわかってきたので、このところ、駒千代の体調がずいぶん御しやすくなっている。くしゃみが何度も出るのが一つの目安で、これをほったらかしにすると、急激に具合が悪くなるのだ。

発作のきざしがあるときは、玉石がくれた船来の薬草茶が功を奏する。薬草茶は、去痰《きょたん》と鎮咳《ちんがい》の作用を持つ甘草《かんぞう》や、喉の腫れと痛みを抑える薄荷《はっか》が含まれたものだ。漢方医術で用いる薬よりも味や香りがまろやかで飲みやすい。他の薬との兼ね合いも悪くない。

　くしゃみによって仕事の中断を余儀なくされて、駒千代はしょんぼりしていた。薬草茶の湯気を顎に当てながら、ため息をつく。

「私はいつもこんなふうだ。針仕事の様子も見てみたかったのに」

「鼻詰まりが落ち着いたら、おとらさんにもう一度、針仕事を教えてくれないか頼んでみよう。登志蔵さんにも口添えを頼もうか。裁縫は蘭方医術の外科手術にも通じる技だ、と言ってもらおう」

　瑞之助の提案に、駒千代はぱっと顔を輝かせた後、照れ隠しのしかめっ面でうなずいた。


　衣替えのことで改めて確かめたように、駒千代は自分の体とうまく付き合えるようになってきた。発作を過度に恐れることもなくなってきている。

　毎朝の剣術稽古も、素振りの数を増やしている。実は手習所では境内を駆けることもあると言うので、広い蛇杖院の敷地をぐるりと一緒に走ってみた。ぴょこぴょこと弾む足取りが不格好で、あまり速くはないのだが、確かに走れた。

「すごい。初めてここに来たときより、うんと体が強くなったね」

瑞之助は手放しで誉めた。息を切らした駒千代は、得意そうに胸を張った。

すべての調子が上向きだと感じ始めた、四月の半ばのことだった。

からりと心地よい昼下がり、おうたが青文寺の若僧《にゃくそう》とともに飛んできた。

「瑞之助さん、大変！　駒千代さんが発作を起こしちゃったの！　咳が止まらなくて、息ができなくて、お昼のお弁当も吐《は》いちゃった！」

瑞之助は青ざめるのを感じた。だが、慌てはしなかった。

「今すぐ行く」

「うたも戻る！」

「それじゃあ、この薬草茶を淹れて、水筒で持ってきてくれるかな？　私は一足先に行っておくから」

いつもの薬草茶を託すと、おうたは力強くうなずいた。

おうたちゃんも元気になった、と瑞之助は思った。幼いながらもしっかり者のおうたが、ひとまわり大きくなって戻ってきてくれた。

青文寺の若僧は、護身に使えそうな錫杖《しゃくじょう》を手にしている。おうたを一人で蛇杖院まで向かわせなかったのは、一二三の配慮だろう。瑞之助は若僧におうたのことを託し、刀を腰に差し、青文寺までの短い道のりを駆けた。

手習所に着いてみれば、筆子たちは騒然としていた。一二三が筆子たちをどうにか落ち着け、青文寺の老僧が駒千代についてやっている。

駒千代はひどい喘鳴をさせて、青白い顔で四つん這いになっている。咳き込んでは震え、体を引きつらせながら、必死で息を吸う。苦しさのあまりこぼれる涙が、床の上にぼたぼたと落ちる。洟もよだれも拭う余裕がない。

駆けつけた瑞之助に、一二三は目礼した。十くらいの男の子の背中をさすってやっている。男の子が吐いた形跡もある。急な病か。それとも、駒千代が吐いたのにつられてしまったのだろうか。

瑞之助は駒千代の傍《かたわ》らに膝をついた。

「駒千代さん、私が来たよ。つらいね」

背中に手を添え、撫でさする。瑞之助は思わず眉根を寄せた。背中の筋の強張りがひどい。近頃なかったほどに固まっている。首や肩にも異様な力がこもっている。額や首筋ににじんでいるのは脂汗《あぶらあせ》だ。

駒千代は、瑞之助にすがるような目を向けた。わななく唇では、ろくに言葉を紡《つむ》げない。

がくん、と駒千代の腕から力が抜ける。床に倒れ込んでしまったのを、瑞之助は膝に抱き上げた。駒千代は瑞之助の胸に背を預け、ひゅうひゅう、ぜいぜいと音を立て、体を引きつらせて呼吸を続けている。目の焦点が合っていない。

瑞之助は駒千代の顔を拭ってやり、発作が落ち着くのをただ待った。

存外すぐに、おうたが薬草茶の水筒を持って戻ってきた。竹筒の蓋を開け、いつもの薬草茶の湯気を駒千代の口元に近づける。馴染んだ匂いを感じ取って、駒千代は少し目を細めてみせた。

「まだ飲めない？」

瑞之助の問いに、まだ、と唇が動いた。

おうたが凜々《りり》しく宣言した。

「うた、掃除をするわ！　和尚《おしよう》さん、雑巾《ぞうきん》をください！」

駒千代やもう一人の筆子が吐いたものを、おうたが片づけるというのだ。老僧が若僧に目配せをし、若僧がおうたを連れて庵を出ていく。井戸がどうとかいう、おうたのきびきびした声が聞こえた。

はっとした顔で、女の子が二人、声を上げた。

「あ、あたしも、おうたちゃんを手伝う！」

「そうよ。掃除しなきゃ！」

瑞之助は、駆けだそうとする二人に告げた。

「掃除のとき、汚れが髪や口元につかないように気をつけて。吐いたものに含まれる穢れのために、病を得てしまうこともあるから」

一二三が付け加えた。

「病による嘔吐ではなかったように見えましたよ。駒千代は激しく咳き込んだために吐き、大吉《だいきち》はそれを目にし、においを嗅いだために、つられてしまっただけです」

「ありがとうございます。だったら、そこまで恐れなくてもいいはず。おうたちゃんなら、掃除の仕方を知っています」

素早く戻ってきたおうたは、すでに手ぬぐいを姉さんかぶりにして髪を覆っていた。

「みんな、どいて。うたがすぐきれいにするから心配しないでね、大ちゃん」

大ちゃん、と呼びかけた相手は、一二三に背中をさすられている男の子だ。おうたが教えてくれる手習所の話に、毎日出てくる。ちょっとしたいじめっ子かもしれないと感じたこともあったが、おうたも決して負けてはいないようだ。

おうたと一緒に掃除をすると名乗り出た女の子たちも、手ぬぐいを姉さんかぶりにした。雑巾を絞る手つきを見れば、慣れているのがうかがえる。掃除のほうは任せておいて大丈夫だろう。

瑞之助は駒千代の発作が鎮まるのを、辛抱強く待った。おうたたちが床をすっかりきれいにする頃には、ほかの筆子たちも落ち着きを取り戻していた。めちゃくちゃになっていた天神机を並べ直したり、散らかったものを片づけたりする。

駒千代はやがて、血混じりの痰のかたまりをどうにか吐き出すと、薬草茶を少しずつ口に含めるようになった。痰に混じった血は、激しく咳き込んだことで喉が傷ついてしまったせいだろう。

「もう、大丈夫」

駒千代が瑞之助の胸を押して宣言し、自力で座ったところで、一二三が今日の手習いのお開きを宣言した。

筆子たちは三々五々、駒千代に見舞いの言葉を掛けて帰っていった。ただ一人、おうたが大ちゃんと呼ぶ男の子だけは、逃げるように本堂のほうへ行ってしまった。

一二三はひと息つくと、駒千代の顔をのぞき込んだ。

「苦しかったな、駒千代。拙者では何の力にもなれず、申し訳なかった。もしもまた駒千代が発作を起こしたときにはどうすればいいか、明日、改めて皆に教えてほしい。そうすれば、皆がこの先、喘病の誰かに出会ったときに、よりよく接することができるだろう」

「はい」

「仲直りもするんだぞ。いいね？」

「……はい」

駒千代はしょげているようだった。何があったのだろうかと瑞之助は気になったが、駒千代が話してくれる様子はない。

たった一度の発作ではあったが、駒千代はすっかり力を奪われており、立っても足がふらついていた。

「何だか目が回る」

「昼に食べたものを吐いたせいかな。蛇杖院まで負ぶっていくよ」

瑞之助の申し出に、駒千代は素直に従った。駒千代の手習い道具は、おうたが代わりに持ってくれた。

「情けないな……」

駒千代は部屋に引っ込むと、くたびれ果てた様子で眠ってしまった。

泰造が駒千代を看ていてくれるというので、瑞之助は真樹次郎とともに診療部屋に詰めていた。過ごしやすい暖かさのおかげか、切羽詰まった病者の訪れはなかった。

西日がまぶしい頃になって、戸の向こうから声が掛かった。

「瑞之助、そこにいるのでしょう?」

高くもなく低くもなく落ち着いた麗しい声は、桜丸のものだ。

瑞之助は、薬研を使う手を止め、立っていって戸を開けた。

黄昏《たそがれ》の淡い光をまとって、桜丸がそこにいた。

長く美しい髪を背に垂らし、緩《ゆる》く一つに結っている。そっけない生成《きな》りの小袖に、赤い縞の柔らかな帯を締めている。手には清潔そうな手ぬぐいが二本。目尻と唇に紅を差しているせいもあり、まるで若い娘のように見える。

「私に何か用事でしょうか？」

「瑞之助を連れ出さねばならぬと風が告げていったので、呼びにまいりました。来なさい」

有無を言わさず、桜丸は瑞之助の腕をつかんで引いた。十九の男とはいえ華奢な桜丸の膂力《りょりょく》など大したことはないが、突拍子もない振る舞いに面食らい、瑞之助は診療部屋から引きずり出されてしまう。

「ちょっと、今、薬を作る途中だったんですが」

「どうせ真樹次郎の手伝いでしょう。真樹次郎にやらせておけばいいのです」

振り返れば、真樹次郎が迷惑そうな顔をして、読みかけの本を机の上に伏せた。行ってこい、と手振りで示す。

「それで、今からどちらへ？」

瑞之助は桜丸に引っ張られるまま、南棟を出て、蛇杖院の門も出た。まだ日は沈んでいないが、看板代わりに掲げた提灯《ちょうちん》には、すでに明かりがともされている。杖に絡みつく蛇、という独特の紋が、蛇腹の面に浮かび上がっている。

桜丸は瑞之助に手ぬぐいを一本放って答えた。

「湯屋です」

「へっ？　湯屋ですか？」

桜丸は、ほかの誰にも見えぬものを映す目を、どこでもない宙へ向けた。

「風が、そうせよと告げていったのです。まあ、役立つ話が湯屋においてもたらされるのは、こういった場合の定石《じょうせき》でしょうから」

四

蛇杖院に居着いて二年余りになるが、桜丸と一緒に湯屋に行くのは初めてだ。桜丸は普段、蛇杖院の内湯を使っている。

湯屋の中には男湯と女湯の仕切りがないところもあると聞く。瑞之助の行きつけのところはきちんと分かれている。ゆえに、と言おうか。瑞之助は桜丸に再三、本当に大丈夫かと問うた。

「男湯に桜丸さんを連れて入って、いいんでしょうか？」

桜丸は呆れている。

「わたくしが女だったことは、生まれてこのかた一度もありませぬが？」

「それはわかっていますよ。でも……」

初めは桜丸のことを女だと勘違いしていた。それくらい桜丸はほっそりとなよやかで美しい。ここまで美しければ男も女もない、と開き直って見惚《みと》れてしまったことも、ないとは言わない。

おかしな輩《やから》に絡まれませんように、と瑞之助は祈った。

湯屋の暖簾《のれん》をくぐると、高座に腰を据えた四十がらみの親父は、突然現れた桜丸に「ええっ」と声を上げた。

「さ、桜丸さま！　どうしてまた、こんなむさくるしいところへおいでになったんです？」

悪名高い蛇杖院において唯一おかしな風評を被《こうむ》っていないのが、桜丸だ。哀れ美貌の拝み屋が悪の巣窟に囚《とら》われている、という噂話になったりはするらしいが、桜丸の人気に陰りはない。桜丸が持つ、穢れを的確に退《しりぞ》ける力や、これから起こることを予知する力は本物なのだ。

瑞之助は、三和土《たたき》に揃えて置かれた履物を見て、ほっとした。

「今、混んでいないようですね」

へい、と親父はうなずいて、高座にしつらえた刀掛けを指し示した。

「男湯のほうに、手習所の侍先生が今しがた入ってこられただけでさあ。女湯は見てのとおり、がらがらでさあね」

侍先生というのは一二三のことだろう。刀掛けに置かれた大小は、ともに柄糸が金茶色。手習所の床の間で毎日あいさつしている、あの刀と脇差《わきざし》に相違ない。

桜丸は、さも当然といった態度で親父に告げた。

「ここに荒谷一二三がいることはわかっておりました。わたくしと瑞之助には、一二三から今、聞くべき大事な話があるはずなのです。ゆえに、わたくしたちが出るまで、ほかの客が来ようとも、ここで足止めしておきなさい。もしも聞き耳を立てる者、わたくしの肌を見ようとする者がいれば、ちょっとした祟《たた》りを被ることになりますよ」

「へ、へい。承知いたしやした」

瑞之助は二人ぶんのお代を親父に支払うと、桜丸に耳打ちした。

「ちょっとした祟りって、何のことです？」

「さて、何にしましょうかねぇ。先日、登志蔵が蛇をつかまえておりましたから、その蛇をけしかけてやるのはいかがでしょう？」

桜丸は赤い唇で嫣然《えんぜん》と微笑みながら、悪童のようなことを瑞之助にささやき返した。

瑞之助と桜丸は、男湯の板の間に赴いた。

親父の言ったとおり、ちょうど一二三が着物を脱いだところだった。鍛えている者の身のこなしだとは思っていたが、実に無駄のない見事な体をしている。

「やはり瑞之助どのでしたか。駒千代の具合は落ち着きましたか？」

「はい、おかげさまで。今はほかの者が看てくれています」

「さようですか。悪くなっていないのなら、よかった」

瑞之助は帯を緩めた。

「子供たちを預かるというのは、大変でしょう？　今日の駒千代さんのように、急に具合が悪くなる子供も少なくないでしょうし」

「まったくです。どれほど場数を重ねても、子供が病に苦しむさまを目《ま》の当たりにするのはつらい。瑞之助どのは、とりわけ幼子を診る医者を目指しておられると聞きましたぞ。心がすり減る仕事やもしれませんな。そのぶん、やり甲斐はありましょうが」

しみじみとした言葉に、瑞之助はうなずいた。

「ところで、一二三先生はいつもこちらの湯屋に？」

「ここに通いだしたのは、ほんの近頃ですよ。手習所が引けた後、妹を蛇杖院に迎えに行く前に汗と埃を落としておくには、この湯屋が最も勝手がよいとわかったもので。二人であばら家に帰った後では、妹を一人残して呑気に湯屋へ行くなど、とてもできませんからな」

桜丸が、まばゆいばかりに白い裸身で湯船のあるほうを指差した。

「立ち話はいい加減になさい。せっかく湯屋に来たのです。湯につかりながら話しましょう」

瑞之助も急いで着物を脱いで棚の竹籠に放り込み、さっさと先を行く桜丸を追いかけた。一二三が殿《しんがり》となる。

立ち込める湯気の中を進むと、奥のほうに、柘榴口《ざくろ》と呼ばれる仕切りが天井から胸の高さのあたりまで設けられている。熱気は冷気より軽く、上へ上へと行きたがる。ゆえに天井から仕切りを設けて熱気を湯船側に閉じ込め、湯を冷めにくくしているのだ。

柘榴口をくぐって、熱い湯に身を沈める。

心地よさにひと息つき、手足を湯の中で伸ばし、それから、瑞之助は一二三に問うた。

「今日、駒千代さんはなぜ発作を起こしたのでしょう？　強く咳き込みすぎて吐いてしまうような発作など、しばらく出ていなかったんですが」

一二三は苦笑した。

「やはり、あの子たちは事情を話しませんでしたか」

「駒千代さんもおうたちゃんも、だんまりです。あの、ひょっとして、あの子たちが何か、一二三先生や手習所の皆にご迷惑をおかけしましたか？」

「いや、大したことはない。手習所に通う年頃の男の子には、よくあることですよ。今日、駒千代は、取っ組み合いの喧嘩《けんか》をしたのです」

ぽかんとしてしまった。

「取っ組み合いの、喧嘩？」

「思ってもみなかった、という顔ですな」

「そ、それは、だって……あの、喧嘩の相手は？」

「本所の松倉町《まつくらちょう》にある料理茶屋の子で、大吉という男の子です。大ちゃんと呼ばれておるのですが」

「おうたちゃんの話によく出てくる子ですね。確か十歳で、おうたちゃんをよくからかっているみたいで。ああ、そういえば、今日吐いてしまった子ですよね」

「はい」

「大吉さんにけがはなかったのですか？」

「すり傷くらいはあるでしょうが、大事ありません。大吉は、自分のせいで駒千代が発作を起こしたのだと気に病んで、つい先ほどまで、青文寺の本堂にいらっしゃる不動明王像の前で膝を抱えていました。とうとうおっかさんが迎えに来たので、しぶしぶ帰っていきましたが」

一二三は、頭に載せていた手ぬぐいで額の汗を拭った。

桜丸が口を開いた。

「駒千代を激高させるほどのことを、大吉が口にしたのですね。大吉は何と言ったのです？」

気を悪くしないでほしいと前置きして、一二三は答えた。声をひそめていた。

「大吉は、自分の家である料理茶屋で客が話していた噂をもとに、蛇杖院はひどいところだと言って、おうたをからかっておったのです。それを聞いていた駒千代は、瑞之助どのや登志蔵どのを名指しにされて悪く言われたことで、堪忍袋の緒が切れてしまった」

瑞之助はどきりとした。

「では、駒千代さんは私たちを庇うために、取っ組み合いの喧嘩をしてしまったということですか？」

「聞くに堪えない噂ですからな」

「たとえば、武家育ちで医者の私が立場に乗じて、体の自由が利かない町人の女を手籠《てご》めにしたとか、そういう話でしょう？」

「耳にされましたか」

「じかに耳に入れたわけではありませんが、人づてに」

「しかし、本所のほうでは、そういう嫌な噂がずいぶん広まっておるらしいのです。大吉が言うには、どこぞから流れてきた浪人どもが悪意を持って触れ回っておるようだ、とのことですが」

瑞之助は息を呑んだ。

「蛇杖院に悪意を持った浪人というのは、片葉庵にたむろしていた者たちでしょうか？」

「そやつらとつながっておると見てよいでしょうな。大吉のおっかさんが、蛇杖院のお医者先生がたもお気をつけて、と言っておられましたよ。大吉も反省しておりました。本当は噂など信じたわけではない、とね」

そうですか、と瑞之助は応じた。しかめっ面がもとに戻らない。不安の種が次から次へと芽吹いてしまう。

「大吉さんは、本当に大事ありませんでしたか？　吐いたのが心配だったので、ざっと脈を診て、病ではないと判断しました。しかし、取っ組み合いの喧嘩という事情を知らなかった。診療が十分ではなかったかもしれません。頭や腹を打ってはいませんでしたか？」

「瑞之助どの、そう心配なさるな。その点は拙者が確かめました。頭にこぶもなければ、腹にあざができてもいませんでしたよ。駒千代も、その点でおかしなところはなかったのでしょう？」

「はい。駒千代さんのほうはすべて診ました。肩や腕にあざができていましたが、ひどいものではなかったはずです。あれは喧嘩のせいだったんですね。今晩、夕餉の折にでも駒千代さんから事情を聞いて、大吉さんのところには明日にも謝りにうかがいます」

一二三は相好を崩した。

「今は蛇杖院の皆が親代わりだと、駒千代は言っておりましたが、まさしくそのとおりですな。瑞之助どのはお若いが、実にしっかりと務めておられる」

「いえ、そんなことはまったく。目が届かず、歯痒《はがゆ》いことばかりです」

桜丸が瑞之助の顔をめがけて、ぱしゃりと湯をかけた。

「駒千代の喧嘩については脇に措《お》きしょう。それよりも、知らねばならぬことがございます。蛇杖院の悪評を流す浪人衆とは？　もっと詳しい話があるのでしょう？」

一二三は、桜丸のまなざしを正面から受け止め、つるりと顎を撫でて答えた。

「ちと気になる者を見かけたもので、昔の伝手《つて》を頼って調べました。蛇杖院を付け狙う浪人衆を動かしておるのは、書院番士《しょいんばんし》の坂本家だそうですな。何でも、御嫡男の御子の死産をめぐって、蛇杖院に恨みを抱いているとか」

「はい。その件で産科医の初菜さんが命を狙われています。加えて、坂本家の次男の陣平さんと私が、どうしても折り合いが悪いんです。その陣平さんが浪人衆を率いているのですが」

「にっくき蛇杖院で親戚筋の駒千代が療養することになったとあって、坂本家はおもしろくないわけですな。ゆえに陣平どのの下にかの浪人衆をつけて見張らせ、虎視眈々《こしたんたん》と狙いを定めてきておる、と」

「難癖をつけられたようなものです。とはいえ、駒千代さんの治療がうまくいけば、坂本家が蛇杖院を潰す理由もなくなるはず。陣平さんも、駒千代さんの療養が順調である限りは蛇杖院に手を出さない、と約束してくれています」

一二三は、思いがけないことを口にした。

「陣平どのの命こそ、最も危ういやもしれません」

瑞之助は眉をひそめた。

「どういうことですか？」

「坂本家が雇い、陣平どのの手下として配しておるのは、髭の始末兄弟と呼ばれる浪人どもです。あやつらは、たがが外れております。手下の立場で頭を殺《あや》めることも、雇い主を手に掛けることさえも、平然となしてしまう」

桜丸が鼻で笑った。

「髭の始末兄弟、ですか。野暮《やぼ》ったい通り名ですこと。何者なのです？」

一二三の口元が苦々しく歪められた。

「十五年前に家を取り潰された旗本の子息が、人殺しを生業《なりわい》にしておるのです。宇野田始兵衛と末右衛門と申す兄弟で、人呼んで始末兄弟。二人が取り入る相手は、出世に目がくらんでいる旗本です。昇進の邪魔になる者を始末するゆえ、我らのお家再興にご助力願いたい、と取り引きを持ちかけるのですよ」

「そんな連中を、坂本家が雇い入れた？」

「始末兄弟に付け入られた、と言い表すほうが正しゅうございましょうな。あやつら、とにかく腕は立つ。命じられるがままに、相手が誰であろうと殺してしまうのです。実際、拙者の父のかつての……」

一二三は言い淀《よど》んだ。

天窓こそあるものの、この場は薄暗い。立ち込める湯気のせいもあり、すぐ近くにいる一二三の顔もはっきりとは見えないのだが、瑞之助は感じ取るものがあった。

一二三の目に、ぞっとするほど冷たい怒りが宿っている。

桜丸が歌うような声で言った。

「すべて話しなさい。今その野暮ったい連中に狙われておるのは、わたくしたちなのです。あなたの過ぎし日の葛藤《かっとう》など、こだわっていても、この先につながるものではありますまい」

まことに、と一二三が応じた。

「桜丸どののおっしゃるとおりで。拙者と始末兄弟、浅からぬ縁がありましてな。拙者の父とあやつらの父は、かつて勤めを同じくしておったのです。とある宴席でしくじりを犯したときも、同じ任に就いておりました」

「では、十五年前にお家が取り潰しになったというのは」

「我が荒谷家とあやつらの宇野田家、同じ出来事に端を発しております。宴の席での粗相の責を、我らの父らが負うこととなり、二人とも腹を切ってしまった」

「宴にまつわる粗相で腹を切るとはまた……百年余りも昔、元禄《げんろく》の頃の赤穂《あこう》藩主、浅野内匠頭《あさのたくみのかみ》を思い出してしまいますが。そのような沙汰が、今の世にもあるのですね」

「父らの件は『忠臣蔵《ちゅうしんぐら》』よりしょうもない話です。何とかいう高い酒の手配を父らがしくじったため、父らの上役が、そのまた上役に賂《まいない》を贈りそこねた。上役は父らに激高し、言葉が過ぎて、気づけばとんとん拍子に切腹の手配が整い、すみやかに終わってしまった、と」

「そんな、何と……めちゃくちゃではありませんか。付け届けをしそこねた上役の腹いせで、二人の旗本が命をもって贖《あがな》い、お家を取り潰されてしまったということでしょう？」

皆まで言う前に、一二三が瑞之助の口元に手を伸ばし、声を押し留めるそぶりをした。

「理不尽ですとも。しかし、武家の世とはかようなものですよ。とはいえ、父らの件においては、さすがに腹を切らせたのはやりすぎだという声が上がりましてな。子らの命までは取らぬという温情が下されました」

温情、と言った一二三の口ぶりは独特だった。

「一二三先生もご苦労をなさったのですね」

「いえいえ。拙者には手習いの師匠の道が合っておりますな。上役への賂ひとつに命を懸けねばならぬ役人暮らしなど、とてもとても」

低い笑い声は皮肉めいてもいたし、すがすがしくもあった。とうに割り切ってしまったのだろう。

「私も旗本の子息としての暮らしは、もう飽き飽きでした。ですが、始末兄弟は旗本のお家再興にこだわり続けているのですよね？」

「表向きは、ですな。初めは、義をもって動いておるように見えました。二つの家が取り潰しになった原因の上役と、その周辺の者数人が、相次いで死んだそうです。とある番方《ばんかた》では、勢力ががらりと入れ替わったのだとか」

「その上役たちを害したのが始末兄弟だったのですか？」

「おそらくは。しかしながら、宇野田家の再興はなされなかった。以来、十五年もの間、始末兄弟は神出鬼没に暗躍しておるようです。取り入る相手を替えながら、人を殺し続けている。あやつらが今も真にお家再興を願っておるのか、拙者にはわかりませぬ」

始末兄弟。一二三の話しぶりからは、妖怪か何か、人ではない不気味なもののように思われた。

先月、本所のうらぶれた蕎麦屋で相対した陣平の姿を思い出す。髭面の男が陣平を焚きつけるような一幕があった。陣平がそれをはねつけたとき、浪人衆の中に暗い敵意が渦巻くのが見て取れた。

やはり陣平は手練《てだ》れ揃いの敵中に一人、取り残されているのか。蛇杖院を守る手立てを講じると同時に、陣平を救う道も探ったほうがよいのだろうか。

と、湯の熱さにそろそろ耐えかねたらしく、桜丸が瑞之助の腕をつかんだ。

「瑞之助、背中を流しなさい」

「え、私がですか？」

「前にわたくしが瑞之助の背中を流してやったことがあるでしょう」

「いつのことです？」

「まさか忘れたと言うのですか。何と恩知らずな。では、わたくしが世話を焼いてやったことを忘れた罰です。背中を流しなさい」

桜丸はつんとしてみせると、勢いよく立ち上がった。瑞之助は口応えせず、桜丸に腕を引かれるまま柘榴口をくぐる。桜丸は、板張りの流し場に片膝を立てて座った。つやつやと美しい髪を、手ぬぐいを使ってざっと結い上げる。

「ほら、瑞之助。早くなさい」

わがままそうな口ぶりでねだる桜丸に、瑞之助は苦笑した。わかりましたよ、と応じて桜丸の背後に腰を下ろす。一二三は、そんな二人をおもしろがる目をしながら、毛切り石を使って下の毛の処理を始めた。

桜丸の白い背中はきめが細かく、荒っぽい手つきで扱えば、たちまち傷つけてしまいそうに見えた。おっかなびっくりな手つきで背中を流し始めると、桜丸はくすぐったがって身をよじり、声を立てて笑いだす。

「ちょっと、桜丸さん、逃げないでくださいよ」

「瑞之助が下手なのが悪いのです。くすぐったいばかりで、心地よくない！」

一二三はとうとう噴き出した。

「まるで仲の良い兄弟のようですな」

「私と桜丸さんがですか？」

「さよう。色の白さ以外、背格好は似ておられぬが、かように仲の良い姿を見せられると、兄弟と言われれば、すんなりと納得してしまいますよ」

瑞之助は驚いたが、もっと驚いていたのは桜丸だった。こぼれ落ちそうなくらいに目を見張っている。

「兄弟？　わたくしのように人並外れた者と、この瑞之助が兄弟のようだと？　まことに？」

「ええ、まことに」

一二三は、瑞之助と桜丸の様子を交互に見やっては、愉快そうに笑っていた。

五

日本橋に二丁町と呼ばれる界隈《かいわい》がある。堺町《さかいちょう》と葺屋町《ふきやちょう》をまとめてそう呼びならわしているのだ。

二丁町は芝居町だ。堺町に中村座《なかむらざ》、葺屋町に市村座《いちむらざ》の芝居小屋があり、周囲には大小の芝居茶屋やみやげ物屋、見世物小屋が建ち並んでいる。

雨の降り続く五月初めに、瑞之助は芝居見物に出掛けることになった。姉の和恵と姪の喜美から誘われたのだ。

喜美はまた、おふうも誘っていた。駒千代は誘わなかったらしい。互いに会うのは蛇杖院での療養が明けてから、という取り決めのためだ。

芝居は日の出の頃に幕を開ける。その見物のためには、まだ明けやらぬうちから支度をして出掛けなければならない。

小梅村から早朝に発《た》つのは大変だろうということで、瑞之助とおふうは、前日のうちから玉石に連れられて、日本橋の瀬戸物町にある烏丸屋に泊まった。

瑞之助もおふうも、蛇杖院のお使いで烏丸屋の店先に顔を出すことはある。だが、奥に上がるのは初めてだ。見事な庭があることも、客を泊めるための離れがあることも、初めて知った。

客としてのもてなしを受けながら、瑞之助は何度もおふうにこぼした。

「羽振りのいい商家というのは、本当にすごいものだね」

一応は格式のある旗本の子息で、決して貧しくない暮らしぶりだった瑞之助でさえ、そう感じるのだ。

長屋育ちのおふうは、なおのこと、切れ長の目を真ん丸に見開いてばかりだった。小さな唇をつぐんで黙っている姿はまさに、借りてきた猫といった様子。しかも、なかなかに愛らしい猫だ。小僧や若い手代がちらちら気にしていたのを、おふう自身は察していたかどうか。

困惑だらけの瑞之助たちと裏腹に、張り切っていたのが玉石である。

娘の頃のものだという小袖や帯、簪などを出してきては、次から次へとおふうに身につけさせて、じっくりと吟味を繰り返していた。手を掛ければ掛けるだけ粋《いき》な美人に変化していくおふうの様子を楽しんでいるらしかった。

「そうだ、三味線も習わせよう。おふう、興味があるだろう？　おうたも一緒に習わせようか。芸事の一つや二つ、身につけておいて損はないぞ」

「で、でも、玉石さま」

「おふう、これくらいはさせてくれ。泰造にはオランダ語を学ばせている。それに代わるような何かを、おふうとおうたにも習わせてやりたいと思っていたんだ。去年、おふうは瑞之助の三味線を聴いて、弾けるのがうらやましいと言っていたじゃないか」

こうと決めたら、玉石は早い。あっという間に、おふうとおうたのための三味線が手配された。三味線は湿気に弱いから、天気のよい日を選んで蛇杖院に運ぶという。

　玉石はまた、瑞之助の着物も抜かりなく用意していた。

「明日はこれを着なさい。広げてみて。覚えがあるだろう？」

　言われたとおりに、上等そうにしっとりとした生地の小袖を広げてみる。途端、息を呑んだ。

　銀鼠《ぎんねず》色の地の小袖には、袖や裾のあたりに、青みがかった銀糸で羽根の模様が刺繡《ししゅう》されている。雨の降る昼下がりの屋内ではさほど目立たないが、日の光の下にあれば白鷺《しらさぎ》の羽毛のように輝くはずだ。

　瑞之助のまならうらに、慕わしい人がこの小袖をまとっていた姿がありありと浮かぶ。

「でも、これ、女物でしょう？」

「男物に仕立て直した。あの子が言っていたんだ。二度と誰も袖を通さないまま朽《く》ちるのは惜しい、誰かに譲ってやってくれ、と。初菜や女中たちに相談したら、皆が口を揃えて、瑞之助に似合いそうだと言うのでね。寸法は合っているはずだよ」

　黒地に雪の模様の帯も、幅の狭い男物に作り替えられている。余った生地でこしらえた紙入れと巾着も添えてある。

何と応じてよいかわからず黙り込む瑞之助に、玉石はひらりと手を振った。

「桟敷《さじき》席での芝居見物なら、男もそれなりのお洒落《しやれ》をするものだぞ」

受け取ってしまった小袖を手に、瑞之助は離れの客間に引っ込んだ。後ろ手に戸を閉め、一人きりになる。

銀鼠色に顔をうずめた。

一度糸を解いて仕立て直された小袖からは、もう会えない人の懐かしい匂いなど、香るはずもなかった。

おふうの体調は、いっときよりは落ち着いたものの、朝方から昼前にかけてはやはり、めまいや頭痛を起こしがちだ。果たして、芝居見物の当日である。明け六つ（午前六時頃）前、支度を終えた様子を見るに、今日は大丈夫そうだ。

瑞之助は感心して、ほうと息をついた。

「おふうちゃん、華やかな格好も似合うね。大人びて見えるよ。美人さんだ」

「お化粧のせいでしょ」

「えっ、化粧してる？」

「瑞之助さん、わからないの？」

おふうはぎゅっと眉を寄せた。おふうの支度を手伝った烏丸屋の女中が苦笑している。

女の化粧や髪のことはさっぱりだが、おふうに渋い紫色の振袖が似合っているのは、瑞之助にもわかった。振袖は波千鳥の模様で、矢の字結びにした帯は栗皮色の地に花唐草。襟や裾にのぞかせる襦袢《じゅばん》の朱色がまた鮮やかだ。

「本当に似合ってるからね、おふうちゃん。私はうまく誉めることができないけれど」

おふうは、ちょっとむくれた顔をぷいと背けた。

「はいはい、ありがとうございます。瑞之助さんも、とっても男前だよ」

しとしとと降る雨の中、瑞之助とおふうは、烏丸屋の手代に付き添われて、二丁町へ向かった。芝居小屋のはす向かいに建つ、翡翠《ひすい》亭という芝居茶屋が待ち合わせの場だ。暖簾をくぐり、相馬家の奥方の連れだと告げると、すぐに座敷に案内された。

和恵と喜美はすでに着いていた。二人とも、瑞之助の出で立ちに目を丸くした。その驚きがどういう意味合いなのか、尋ねるのも妙に照れくさい。瑞之助は、背中に隠れているおふうを前へ押し出した。

「おふうお嬢さんをお連れしましたよ」

少しおどけてみせれば、おふうは照れた顔で瑞之助を睨《にら》む。

喜美が飛んできて、おふうに抱き着いた。

「おふうちゃん！　久しぶりに顔を見ることができてよかったわ。ああ、でも、やつれたんじゃない？」

「平気よ。あたし、今日のことを楽しみにしてたんだから。お招き、本当にありがとう。こんな贅沢をさせてもらえるなんて、夢みたい」

「夢なんかじゃないわ。わたしも楽しみにしていたの。けれど、もしも具合が悪くなったら、お芝居の途中でも、ちゃんと言ってね。茶屋のお部屋でゆっくり休めるから」

喜美はおふうから身を離すと、改めて今日の装いを見て、瑞之助にはとても真似できないほど豊かな言葉で誉めちぎった。おふうのほうも、頬を赤く染めながら、喜美の武家娘らしい装いに目を輝かせている。

喜美は、稚児髷《ちごまげ》を結った髪に、あじさいを模した簪《かんざし》を挿《さ》している。紋付の振袖は墨色で、裾にかけてのみ水色に染めてあって金魚の模様が描かれている。緋《ひ》色《いろ》の帯は、仏具の独鈷《とっこ》をあしらったものだ。

和恵の装いも喜美と似ており、帯はお揃いだ。むろん袖はすっきり短く、水色の裾に咲くのは深い色をした菖蒲《しょうぶ》の花の模様である。

　ほどなくして、茶屋の手代が呼びに来て、芝居小屋へ案内された。

　雨のそぼ降る下、役者の名が書かれたのぼりがずらりと立てられている。小屋の屋根には、ご公儀に認められての興行であることを示す櫓《やぐら》。まだ薄暗い通りに、芝居見物にしけ込む人波が提灯の明かりとともに押し寄せている。

　芝居小屋に足を踏み入れるや、その広さに、瑞之助は目を見張った。幅も奥行もあり、天井も高い。舞台に向かって左手には、花道が延びている。

　客席は、枡《ます》形に仕切られた席を土間、土間の最前列で仕切りがなく早い者勝ちの鮨詰めになる席を切り落としと呼ぶらしい。

　瑞之助たちが案内されたのは、土間や切り落としをぐるりと取り巻いて一段高くなった桟敷だった。木枠で仕切られた一つひとつは、六、七人が座れそうな広さだ。こちらは一階だが、二階にも同じような桟敷がしつらえられている。

　案内の手代は、手すりにさっと緋毛氈《ひもうせん》を掛けると、あらかじめ用意されていた茶道具で温かい煎茶を淹れた。朝餉《あさげ》もすぐお持ちしますと言って、にこやかに桟敷を離れていく。

「ねえ、おふうちゃん。これ見て」

「うわあ、素敵！」

　喜美とおふうが一緒にのぞき込んでいるのは、芝居番付というもので、役者の名と姿絵が載せられている。二人はひそひそと内緒話を交わし始めた。どの役者の顔が好みだとか衣装がいいとか、そういう話をしているらしい。

あまり待たずして、朝餉が運ばれてきた。軟らかく炊き上げた茶粥に、香の物が数種、品よく盛りつけられている。

その朝餉に舌鼓《したつづみ》を打っているうちに、芝居が始まった。

演目は『夏祭浪花鑑《なつまつりなにわかがみ》』だ。題に浪花とあるとおり、上方《かみがた》言葉の芝居である。大坂長町裏《おおさかながまちうら》で起こった殺しをもとに作られた世話物で、俠客《きようかく》たちの人間模様が描かれている。夏に定番の演目だという。

物語の芯である団七九郎兵衛《だんしちくろべえ》を筆頭に、潔く気持ちのよい人物が舞台の上で生き生きと動き回っている。

瑞之助は、見も知らぬ浪花の地に自分も立っているかのように、芝居に引き込まれた。

芝居の幕間《まくあい》には、茶屋に場を移して、茶を飲んだり昼餉を食べたりする。

瑞之助はちょっと拍子抜けしていた。

「芝居の客には武家の者も多いんですね。昔、母や手習いの師匠から『武士たる男子が芝居見物などに興じるものではない』と言われたので、今まで芝居には近づけなかったのですが」

和恵は呆れて笑った。

「瑞之助は相変わらず堅苦しいこと」

「一度覚えてしまったことは、忘れられないんです」

「芝居というものは、確かに遊びです。寝食を禁じられれば人は死んでしまうけれど、芝居見物を禁じられても命を失いはしません。でも、芝居や唄や草双紙《くさぞうし》が禁じられたら、わたくしは心が死んでしまうわ。楽しむ心に武士も町人もないでしょう。遊びは人生に必要ですよ」

ああ、と瑞之助は納得した。羽根の模様が刺繍された袖口に目を落とす。

この小袖を遺《のこ》した人は、芝居も唄も草双紙も三味線も古い時代の詩歌も、何でも好んでいた。いっとう好きだと言っていた唄が『鷺娘《さぎむすめ》』だ。その唄をあしらった小袖に目を輝かせていたのを、今でも鮮やかに思い出せる。

幕間の終わり際、桟敷に戻った喜美とおふうは、くっついてこそこそとしゃべっている。しかし時折、興奮して声が高くなったり、きゃっと声を上げて笑いだしたりするので、内緒話の中身は瑞之助にも大体わかった。

「駒千代さんは大丈夫。喜美ちゃんの……だと思う」

「本当？　あのね、手紙でね、……なんですって！」

「心配ないよ。ほら、……だから、男の子は……」

「……でも、おふうちゃんは……泰造さんって人？」

「わ、わかんない。あいつ、最近おかしいんだもの」

「それはおふうちゃんが……でしょ？　だから……」

泰造がおふうを妙に気にしているようだ、と瑞之助も気づいていたし、登志蔵もにやにやしながら泰造を冷やかしていた。おふう自身、察するところがあるようだ。

瑞之助は聞き耳を立てていたが、その耳を和恵につままれた。

「こら。乙女の内緒話を盗み聞きするんじゃありません」

「面目ありません。気になってしまうもので、つい」

「あら、驚いた。瑞之助が色恋に興味を示すだなんて。あなた、幼い頃から、父上さま似のたいそうな美男子だと評判だったのに、浮いた話が一つもなかったでしょう。わたくし、かわいい末っ子がどんな浮名を流してくれるかと楽しみにしていたのですよ」

「ありませんよ、そんな、浮名を流すだなんて。自分の色恋への興味は、もう失せました」

「お堅いわねえ。父上さまもそういうおかただったけれど。この髪のおかげもあって、瑞之助はますます父上さまに似てきましたね」

瑞之助の髪は、最近では髷にも白いところが増えてきた。たまさか鏡が目に入ったりなどすると、ぎょっとしてしまう。はたから見れば、さぞかし不格好、あるいは不吉な色の髪なのではないか。

だが、和恵は今、何と言った？

「姉上、この髪、父上に似ているんですか？」

和恵は慈しむように瑞之助の髪に触れた。

「ええ、似ていますとも。父上さまも、若いうちから白髪が多くていらっしゃったの。わたしが七つ八つの頃にはそういう御髪《おぐし》だったから、三十の手前ですね。三姉兄弟《さんきょうだい》の中では、歳の離れた末っ子のあなただけが父上さま似なのよ」

瑞之助は、十の頃に亡くなった父のことをよく覚えていない。父は、多忙の末に突然倒れてそのまま逝《い》ってしまった。

「思い出した。父上を年寄りのように感じていたのは、髪の色のせいだったんだ」

「いい色ですよ。わたくしは好きだわ。黒と白が入り交じった、鋼《はがね》のような色。めったにない色ですもの。遠くからでも、すぐに見つけられるでしょう」

和恵の言うとおりだ。

父の後ろ姿を、かすかに覚えている。ぴんと伸びた背筋と、日の光の下で銀色に輝く不思議な色合いの髪が、その徴《しるし》だった。父上と呼びかけて駆け寄ってみたこともある気がする。振り向いてもらったかどうかは思い出せなかった。

芝居『夏祭浪花鑑』の佳境は、泥場《どろば》と呼ばれる名場面だ。団七による義父殺しの凄惨な一幕である。

舞台の上では本物の泥が使われる。祭囃子《まつりばやし》が近づいてくる中、揉み合う団七と義父は、次第に泥に汚れていく。

やがて義父殺しを成し遂げた団七は、手ぬぐいで顔を隠し、祭囃子の男衆にまぎれて立ち去るのだ。

余韻。

客の嘆息が聞こえるほどの静けさが、いっとき、芝居小屋を満たした。

しばらくの間、瑞之助は放心していた。おふうと喜美は番付を見ながら、あの役者がどうだった、この場面はどうだったと、話に花を咲かせている。

和恵が瑞之助の肩をとんとんと叩いた。

「作り話とわかっていても、なかなかすごかったでしょう？」

「まだ心ノ臓がどきどきしていますよ。おもしろかった。でも、怖かった。剝《む》き出しの喜怒哀楽がこちらへ迫ってくるみたいで」

和恵は、よかった、と幾度も繰り返した後、瑞之助にだけ聞こえる声でささやいた。

「瑞之助がそんなふうに言えるのだとわかって、安心しました」

「安心とは？」

「去年は蛇杖院をめぐる疫病の噂や疫病神強盗の大捕物、それに、大切な人を喪ってしまったことが瓦版にまで書き立てられて、瑞之助の心がどこか壊れてしまってもおかしくないと恐れていたのです」

瑞之助は笑ってみせた。ほかにどんな顔をすればいいかわからないとき、どうしても笑ってしまう。

「ご心配ありがとうございます。あの頃も今も、それなりにやっていますよ」

「仇討ちを遂げた勇敢な娘さんがその直後に病で亡くなったと聞いたとき、わたくしはぞっとしたのです。夫も喜美も、母上さまも、あなたの兄上さまもですよ。あなたがその娘さんの後を追ってしまうのではないか、と思ったの」

どきりとした。

そういうことだったのか、と腑《ふ》に落ちた。二月の初めに倒れたとき、自分自身の体など、どうでもよかった。壊してみたいという衝動さえ起こっていた。

瑞之助はかぶりを振った。銀糸の刺繡の袖を、和恵の前に広げてみせる。

「この小袖と帯は形見なんです。私が身につけられるよう、玉石さんが仕立て直してくれました」

「よく似合っていますよ。せっかくですもの、その着物をまとって、あちこちお出掛けをしたらいいわ」

不意に思いついたことがあった。

「墓参りに行ってみようかな」

今まで一度も行けずにいたが、もしもこの装いを見せることができるのなら、誉めてくれるだろうか。美しい言葉をたくさん知っている人だったから。

和恵が、羽根の刺繡に触れながら、遠慮がちに問うてきた。

「勇敢な娘さんのお名前、本当は何というのですか？　瓦版にはいろんなことが書かれていて、わからなかったのです」

瑞之助は、一つ深い呼吸をして、答えた。

「おそよさんです。そよ風の、そよ」

その名を声に出して呼んだのは久しぶりだった。

ただ一度呼んでみただけで、目頭がじんと熱くなった。瑞之助は目を閉じて、涙の気配が去るのを待った。

六

白い繊手《せんしゅ》が翻り、己の顔に迫ってくるのを、宇野田始兵衛は目を開けたまま待ち受けていた。

左の頬に軽やかな痛みが弾ける。

途端、懐かしさと慕わしさが甘い痺《しび》れとなって体の芯を揺さぶった。思わず、ああ、と嘆息する。

母上、と呼んでしまいそうになった。

違う。この女は母ではない。十五年前、始兵衛と末右衛門を激しく打擲《ちょうちゃく》しながら「必ずや父の敵《かたき》を討ちなさい」と振り絞るように告げて自害した、美しくも烈しく厳しかった母ではないのだ。

青ざめた顔をしているのは、坂本家の若奥方の香寿である。三月余り前、子授けの祈禱に赴いたものの、こたびは懐妊しなかった。その悲運がいっそう、香寿の中の憎しみを燃え立たせているのだろう。

土間に平伏した始兵衛と末右衛門は、香寿のまなざしの先にありはしても、真の意味ではその目に映ってなどいない。長いまつげの下でぎらぎらと光る二つのまなこは、ここにはいない仇敵《きゅうてき》をひたすら睨みつけている。

外は五月雨《さみだれ》が降りしきっている。真っ昼間にもかかわらず、ひどく暗い。

密談にはふさわしい日だ。

「して、陣平はいずこじゃ？」

香寿の問いに、始兵衛は平伏したまま答えた。

「お声掛けしましたが、我らとともに参ろうとはなさらず」

「あやつがわたくしを蔑《ないがし》ろにしたというのか！」

「恐れながら」

嘘だ。

香寿からの呼び出しがあったことを、始兵衛は陣平に告げていない。あの小生意気な若造を切り捨てるに、こたびは潮時だった。

案の定、香寿は激高した。

「何たること！　わたくしがあれほど目を掛けてやったのに、何と忌々《いまいま》しい！　ああ……！」

香寿は呻いて天井を睨んだ。紅を刷《は》いた目尻から、つ、と激情が涙となって流れる。

始兵衛が思い描いていたよりも、香寿は陣平をかわいがっていたのかもしれない。尻尾を丸めて耳を伏せた、臆病で忠実な犬として。

やがて、香寿は始兵衛と末右衛門に向き直った。

「そなたらを本所へ遣わして五月目《いつつき》になる。であるというのに、何をぐずぐずしておるのだ。そなたらの腕は、頭は、何のためについておる！」

香寿は、陣平のことなど初めから勘定に入っていなかったかのように、もはや始兵衛と末右衛門だけをまっすぐになじってくる。

「わたくしが何を望んでおるか、とくと言うて聞かせたはずぞ。それが、かくも無駄なる時を費やすことになろうとは！　この役立たずどもが！」

美しい声に罵られれば罵られるほどに、始兵衛の乾いた心は満たされていく。

この十五年の間、幾人もの主に雇われてきた。金で剣の腕を買われてのことだが、仕える主は入念に選んだ。

弟の末右衛門にしか明かしていない、主を見極める際の条件がある。

始兵衛は、母に似た人を求めている。決して手を触れてはならぬ立場の女が、かつての母のように激しく始兵衛を打ち据え叱責してくれるなら、それだけでよい。金には代えられぬ値打ちだ。母に似た人に望まれれば、いかなる罪も、主君殺しも厭《いと》わない。

坂本家の噂を仕入れてきたのは、鼻のよい末右衛門だった。調べてみたところ、坂本家はかつて宇野田家と付き合いがあったらしいこともわかった。これは付け入りやすそうだと踏んで、坂本家に近づいた。

当主は取りつく島もない男だが、奥方は烈女と評判だった。出世欲を剝き出しにして、打てる手は何でも打つ。それも、次男を始末屋として使うほどの徹底ぶりである。嫡男は今ひとつ人柄がつかみづらいものの、両親の手駒に過ぎぬことは確かだ。

始兵衛が歓喜したのは、嫡男の妻、香寿にすり寄ったときだった。香寿は、むさくるしい髭面の始兵衛を恐れることもなく、冷たく笑って言ったのだ。

「ほう、このわたくしに売り込みに参るとは、不遜《ふそん》な浪人もいたものよ。そなたら風情が、わたくしにとって何の役に立つというのか？」

香寿は、ぞっとするほど、亡き母に似ていた。

始兵衛は平伏して香寿の前で誓った。

「我ら兄弟になしうることは、敵を始末することのみ。もし若奥さまにお仕えすることをお許しいただけるのであれば、必ずや、若奥さまを煩わせる憎き敵を亡き者にしてご覧に入れましょう」

美しい声が降ってきた。

「蛇杖院の藪《やぶ》医者どもは、我が夫の従弟を人質に取って悪事をなさんと企てている。いや、わたくしの赤子を殺した罪を贖いもせず、のうのうと生きているだけでも害悪だ。もう何でもよい。そなたら、好き放題に暴れてしまえ」

始兵衛と末右衛門は、にたりと笑い合った。末右衛門が、あとひと押しの言質《げんち》を取るべく、濁声《だみごえ》を上げる。

「しかし、恐れながら、若奥さま。義弟どのが邪魔立てするやもしれませんぞ。義弟どのは、蛇杖院の藪医者どもの中でも、とりわけ船津初菜とよしみを通じておるように見受けられますゆえ」

香寿の顔から、炎のような激高が抜け落ちた。凍った目をして、香寿は許しを出した。

「わたくしの望みを邪魔するならば、もういらぬ」

「と、おっしゃいますと？　義弟どのを無事な体ではお返しできませぬが、よろしいので？」

「くどい。そなたらの好きなように、八つ裂きにでも何でもしてしまえ」

末右衛門は、舌なめずりをせんばかりに、にいっと笑った。

香寿が始兵衛たちに背を向ける。

「六月の末日までに蛇杖院を潰してしまえ。ぐずぐずと動かなんだら、そなたらを先に潰すぞ」

「かしこまりました、若奥さま」

「さっさと下がりゃ」

放り捨てるように告げて、香寿は自室のほうへと引き揚げていった。

その気配がすっかりなくなるまで、始兵衛は冷たい土間に平伏していた。

「兄者」

末右衛門に声を掛けられ、ようやく面を上げる。

「殺してよいそうだ、弟よ。何もかも滅してしまってよいそうだぞ」

「おう、兄者。浪人衆が喜ぶであろうな」

「むろんだとも」

始兵衛と末右衛門は忍び笑いを交わすと、巨軀に似合わぬひそやかな身のこなしで、素早く坂本家の屋敷を辞した。

五月雨《さみだれ》はなおも激しく降り続いている。折しも風が強くなってきた。

第四話　一夜合戦

一

霖雨《りんう》の降りしきる梅雨も、六月に入ってすっかり明けたようだ。蛇杖院の中庭では、八重《やえ》咲きの紅い庚申薔薇《こうしんばら》が次々と花開いて、すっきりと甘い香りを漂わせている。

八日の朝は、からりと心地よく晴れた。

登志蔵の活力に満ちた声が響く。

「蛇杖院のまわりを、今日は三周だ！　駒千代は軽く息が弾む速さで、瑞之助と行ってこい」

「はい！」

「泰造は俺と一緒に来い。俺を出し抜くつもりで、本気で走れ！」

瑞之助が駒千代とともに朝露を踏んで走りだしたところを、泰造と登志蔵が凄《すさ》まじい勢いで追い抜いていく。

「やってやらあ！」

「まだしばらくは、登志蔵さんのほうが速そうだね」

隣を走る駒千代に声を掛ける。駒千代は息を弾ませながらうなずいた。

「登志蔵先生のほうが、余裕があるもの」

泰造は全力を振り絞っているが、登志蔵はすぐ後ろを追いかけながら、陽気な大声を上げ続けている。

「どうしたどうした、勢いが落ちてきたぞ。もっと太ももを上げて、前へ前へ大きく踏み出せ！」

「うるせえ！　くそ、化け物！　若くもねえくせに！」

「おうよ、二十九の男盛りと言え」

駒千代は、蛇杖院に来た頃よりずいぶん目方が増え、顔色もよくなった。背も伸びた。発作も、四月半ばの喧嘩騒動以来、起こっていない。

走り終えた後、首筋の脈を按じるときだけは、かすかな喘鳴《ぜんめい》が指先に伝わってくる。

脈の速さは平時の倍ほど。これがあまりに速くなるようなら、体に負担がかかりすぎる。走った後にも喘鳴がなくなれば、もっと速く走ってみることもできるが、今はここまでだ。

脈が落ち着いてきたのを見計らって、駒千代と泰造は竹刀《しない》を使っての稽古に入る。素振りをしながら気息を整えたら、型稽古だ。瑞之助と登志蔵がやってみせるとおりに真似て動く。

竹刀を扱うことに慣れてきたためか、ある頃から急に、駒千代も泰造も型稽古がさまになってきた。

駒千代はやはり、ものを正確に見ることに長けていて、一つひとつの型を真似るのがうまい。しかし、一つの型から次の型へとつなげるときの動き方は、まだまだぎこちない。

泰造はその逆で、いきなり体を動かしてしまうほうがよいようだ。当然、初めは下手くそだが、ここを直せと指摘を受ければ、すぐにそれを呑み込んで形にできる。

それぞれ異なる才を持つ駒千代と泰造を教えているので、瑞之助も毎日、驚きがあっておもしろい。

朝餉《あさげ》の前に、四人揃って井戸端で肌脱ぎになって汗を流していると、登志蔵がほっとした顔で言った。

「駒千代は見違えたな。この様子でいけば、ひとまず半年間の療養はうまくいったってことで、相馬家への婿入りがかなうだろう。御徒組頭《おかちぐみがしら》の勤めの見習いも、じきに始まるわけだ」

「でも、まずは手習いの遅れを取り戻すところからです。それに、できることなら、オランダ語も学び続けたいし、蘭学の、ええと、草木の分類の学というものも教わってみたいです」

「駒千代の絵の才は、新しい図譜を作るのに役立つだろう。元服して勤めに出るようになるまででもいいから、オランダ語と蘭学を続けてほしいと、俺も思うよ」

瑞之助は提案した。

「そのあたりのことは、手紙に記して、姉に言づけておきます。旗本の奥方のわりに頭の軟らかい人なんです。私が蛇杖院に留まれたのも、姉が母や兄を説得してくれたからでした。駒千代さんの今後についても、よいように取り計らってくれるでしょう」

駒千代とおうたを手習所まで送り届けると、取って返してきた瑞之助は、出掛ける支度を整えた。

銀鼠《ぎんねず》色の小袖と黒地に雪模様の帯を身につける。夏場に雪とは季節外れもいいところだが、別の帯を選ぶ気が起こらない。鋼《はがね》のような色と姉に言われた髪を、日除けも兼ねて手ぬぐいで覆う。

刀を差し、束ねた庚申薔薇と日傘を手にして長屋の戸を開けたところで、朝助とりえに出会った。瑞之助は先に声を掛けた。

「りえさん、おはようございます。朝助さん、今日はこれから出掛けるので、仕事のほうはお願いしますね。手習いがお開きになる頃には戻るつもりですが」

りえは小首をかしげた。

「あら、瑞之助さん。どちらへ行かれるのです？　お一人ですか？」

「深川に、ちょっと……墓参りに。月命日なんですよ。ちょうど半年にあたるので、行ってこようかと」

おそよが亡くなったのは、十二月八日の夜更けだった。疫病神強盗を罠にかけて一網打尽にした、おそよにとって一世一代の大舞台を繰り広げた日のことだ。

あれから半年。まだ半年しか経っていないようにも、もう半年経ってしまったようにも感じられる。

朝助が優しい声で告げた。

「急いで戻ってこずとも大丈夫ですよ。駒千代さんとおうたちゃんのお迎えは、手前もできますから」

「ありがとうございます。でも、朝助さんも危ないことがないように気をつけてくださいね。りえさんも」

りえは目を閉じたまま、くすりと笑った。

「うまくやっておりますから、ご心配なく。片葉庵の浪人たちは、わたくしのことを盲目の女按摩《あんま》と侮《あなど》るばかりで、顔もろくに覚えておらぬようです」

りえは、始末兄弟が蛇杖院を狙っていると知ったとき、ならば相手の出方を探りましょう、と大胆にも片葉庵に飛び込んだ。片葉庵に通い療治《りょうじ》をしていた老按摩師を突き止め、仕事を代わってほしいと話をつけたのだ。嫌われ者の浪人衆の巣窟《そうくつ》に日を決めて通い、そのたびに新たな事柄を探り当ててくる。

むろん一人で行かせはしない。朝助が近くで見張っていることが多い。

朝助は今まで顔のあざを気にするあまり、明るい刻限に出歩くことが少なかった。おかげで存外、顔が割れていない。笠を目深《まぶか》にかぶるなどすれば、蛇杖院の下男と気づかれない。

瑞之助は二人に会釈して、門の外へ向かった。

今日の墓参りは、瑞之助ひとりではない。春彦が同行することになった。なぜと問うても、さしたる理由はないという。

春彦は先に門を出ていた。白地に藍染めの大柄が華やかな浴衣を着ている。染め抜かれているのは夏の花だ。手にした日傘も、色味が浴衣と揃っている。

「Goedemorgen《フッデモルヘン》, Miznoskij《ミズノスケ》. Hoe《フ》 gaat het《ハッテット》 ?」

オランダ語のあいさつである。「おはよう、瑞之助。元気ですか?」といった意味合いだ。

「Het《ヘット》 gaat《ハート》 goed《フットウ》.」

習ったとおり「元気です」と応じる。

しかし、春彦はからかうような顔をして、さらに言葉を重ねた。

「Echt《エフト》 waar《ワア》 ?」

本当にそうなのか、と問う言葉だ。瑞之助は早々に降参した。

「仮に元気ではなかったとしても、それを言い表せるほどの力はありませんよ」

「いじめてしまったかな。オランダ語を学ぶにおいても、素読と同じやり方をするのが手っ取り早いだろうね。師匠の後について、そっくりそのまま繰り返す。音を体に叩き込んでいくうちに、おのずと意味も取れるようになるものだ」

「そういうものですか」

そういうものだよ、と応じると、春彦は品定めをするように瑞之助のまわりをぐるりと歩いた。

「今日はずいぶん洒落た格好をしているね。この小袖と帯が、噂の人の形見かい。色男はどんなものを着ても似合うな」

「誉めても何も出ませんよ」

「憎まれ口が出たじゃないか。たくましくなったものだね」

春彦はにやりと笑った。

深川でも南のほうの西永町《にしながちょう》にある光鱗寺《こうりんじ》まで、猪牙舟《ちょきぶね》を雇った。業平橋のところに迎えに来ていた舟に乗り込み、川風を浴びながら、すいすいと水の上を進んでいく。

半年前のあの日も、今日と同じく舟を使った。弾ける水しぶきも川風も、凍《い》てつくように冷たかった。

あの日と同じ景色を両岸に眺める。いや、同じ景色のはずだが、よく覚えていない。あの日の思い出は、強烈に鮮やかなところと曖昧《あいまい》にぼやけたところが、入り交じってまだらになっている。

黙ってしまった瑞之助に、春彦も若い船頭も話しかけてはこなかった。

深川は縦横に堀が巡らされており、人や荷物を運ぶのに舟が使われる。岸辺に見えるのは蔵であったり、寺社の庭であったり、盛り場であったりする。材木置き場では、屈強な男たちが声を掛け合いながら忙しく働いている。

もうすぐ着きやすぜ、と船頭が告げた。

その言葉に偽りはなかった。小さな橋を一つくぐると、目的の場所が行く手に現れた。

「ここは、よく覚えている……」

舟が岸辺に寄せられて、瑞之助は光鱗寺の門前に降り立った。

続いて降りてきた春彦が、そっと瑞之助の背中を叩いた。

「大丈夫かい？」

「ええ。行きましょう」

質素な山門をくぐり、こぢんまりとした境内《けいだい》を進む。

何度か顔を合わせた覚えのある住職が、瑞之助を認めて、丁寧に一礼した。どうぞ、と墓場のほうを示すだけで何も言ってこない。光鱗寺の僧は皆がそんなふうだ。静かな気配りがありがたい。

日当たりのよい墓場は、広々としている。瑞之助と春彦のほかには誰もいなかった。蟬《せみ》の声が聞こえている。線香のにおいがする。

墓場のいちばん奥に無縁墓がある。苔《こけ》むした大きな自然岩が墓石の代わりだ。その隣に小さな板碑《いたび》が建てられている。真新しいその墓の下に、おそよが眠っているらしい。

瑞之助は日傘を畳み、小さな墓の前にひざまずいた。墓参りの作法をろくに知らないことに、今さらながら気づいた。ただ花だけを持ってきたのだ。

「この八重咲きの庚申薔薇はきっと珍しがってもらえるだろう、と思ったので」

言い訳のようなことを口にする。

「花の好きな人だったの？」

「何でも好きな人でした。花も、三味線や唄も、芝居も、書物を読むことも、働くことも」

「好きなものが多いってのはいいね。素敵な人だ」

瑞之助は振り向いて、立ったままの春彦を仰いだ。曖昧に笑ってしまう自分の頰を一つ打って、言った。

「ここに来てみても、まだ駄目みたいです。あの人がこの世のどこにもいないことが、まだよくわからない。だから、どんな気持ちで墓参りをすればいいのか、自分が今どんな気持ちなのか、それすらわかりません」

春彦は膝を折って、瑞之助と目の高さを揃えた。

「大事な人を亡くすっていうのは、そういうものみたいだよ。どんなに頭のいい人でも、死というものの前では、ものわかりが悪くなってしまう。姉さんのときもね、ずいぶんかかったなあ」

　春彦が長い腕を伸ばし、瑞之助が供えた庚申薔薇の姿を整えた。その手つきを見るともなしに眺めながら、瑞之助は春彦に言った。

「もうすぐ長崎に戻られるんですよね」

「数日のうちに発つよ。毎年七月には、二隻のオランダ船が長崎に入港する。私は稽古通詞《つうじ》見習いとして出島の使いっ走りを務める身だから、オランダ船の出迎えには必ず参じなければならない」

「寂しくなります」

「本気で言っているのかい？　私はあなたにずいぶんひどい言葉をぶつけてしまったよ。初めて顔を合わせた日に」

「いいえ、あの日のことよりも、オランダ語を教えていただいたり、駒千代さんを励ましていただいたりしたことのほうが、私の中ではずっと強く印象づいています。本当に、いろいろお世話になりました」

　紅い庚申薔薇に触れていた春彦の手が、ぽんぽんと瑞之助の頭を優しく叩いた。いい子だね、と言わんばかりだ。春彦の間合いが極めて近いのにも、すっかり馴染んでしまった。

「ねえ、瑞之助さん。これからもオランダ語を学び続けて、ゆくゆくは蘭学もかじってみるのはどうだろう？　オランダ渡りの医書で、瑞之助さんに紹介したいものがあるんだ」

「どういった本ですか？」

「まだ和語に訳されていない、幼子の体や病について説かれた本だ。蘭方医術といえば、外科や目や歯の手術が派手で有名だが、当然のことながら、内科も優れている。幼子の内科の医書が、長崎に入ってきているんだ」

瑞之助は思わず身を乗り出した。

「そんな貴重な本が長崎に？　和語に訳されていないということは、日ノ本の医者はまだ誰もその本を読んだことがないのですか？」

「しっかり読んだことのある人はいないだろうね。瑞之助さん、あなたがその医書を読む最初の人になることも、今ならできる。和語に訳して出版することだって、いずれできるかもしれない」

「それはすごい。蘭方の医書の精細さは、登志蔵さんや玉石さんからもたびたび教わっています。幼子の内科の本は、ぜひとも読んでみたい」

春彦は満足そうに微笑んだ。

「いい顔だ。墓参りをすれば故人に顔を見せられるというなら、あなたの大切な人はきっと、今の様子にほくほくしているんじゃないかな。そうやって前のめりになって学ぼうとする姿こそあなただと、私は思うよ」

自分はどんな顔をしていたのだろうか。頬に触れてみるが、わかるはずもない。

「長崎には、江戸にいては知りえないものがたくさんあるんですね」

「私が長崎まで連れていこうか？」

瑞之助は息を呑んだ。胸が躍るのがわかった。心の奥底でいつしか望んでいた言葉を掛けてもらったのだと、じわじわと染み入るように理解する。

おかしなものだ。春彦が同じ言葉を玉石に向けて放ったのを聞いたとき、あれほど恐ろしく感じていたのに。

逸《はや》る心を抑えながら、瑞之助は答えた。

「長崎で学ぶことへの憧れはあります。今はまだ蛇杖院でなすべきこと、真樹次郎さんのもとで学ぶべきことがたくさんあって、すぐには離れられません。でも、できることなら、いつか長崎に行きたい。異国と結ばれた海をこの目で見てみたいと思っています」

春彦は、にっと笑った。

「私は一度長崎に帰るが、また近いうちに蛇杖院に戻ってくる。そのときに瑞之助さんの旅支度が整っていたら、次は一緒に長崎へ行こう」

楽しみにしています、と瑞之助は言った。そして、傍《かたわ》らに置いていた日傘を手に取った。

「さて、そろそろ帰りますか」

「いいのかい？　もうしばらく、ここで思い出を嚙み締めていてもいいんだよ。瑞之助さんが好いていたというその人の話、もっと聞かせてほしいな」

瑞之助はかぶりを振って立ち上がった。

「また日を改めます」

「そう。それじゃ、帰りにちょいと深川の小間物屋をのぞいていこう。みやげをいくつか頼まれていてね。瑞之助さん、一緒に選んでおくれよ」

春彦は裾を払って立ち上がると、きびすを返して歩きだした。

瑞之助は空を仰いだ。おそよによく似合っていた青色が、空いっぱいに広がっている。

「あなたの生まれた日の頃に、また来てみますので」

つぶやいて、瑞之助は春彦の後を追いかけた。

二

りえがようやく置行《おいてけ》長屋に戻ってきたので、初菜はほっと息をついた。

「約束の刻限よりも遅くなったから、心配していたんですよ」

「酔っぱらいの長話に付き合ってあげていたのです。おかしなことはされていませんから、心配しないでくださいまし」

りえに付き添っていた太一が、手ぬぐいを頭からむしり取った。

「おっかさんは度胸がよすぎるよ。ああ、ひやひやした」

太一だって、兄の大沢振十郎の手先として深川のごろつきとも付き合うような、たいそう度胸のいい若者である。その太一を唸らせるのだから、りえは凄まじい。

初菜は、お湯で湿らせた手ぬぐいをりえに渡した。りえは手ぬぐいを顔に押し当てる。手ぬぐいはたちまち土色に汚れた。

りえの品のよい顔立ちが老けて見えるよう、わざと汚してあったのだ。おかげで、三十一のりえに向かって十六の太一が「おっかさん」と呼んでも、片葉庵を根城にする浪人たちはちっとも怪しんでいない。

老け顔を装う化粧には、毒にも薬にも詳しい玉石が作った土色の塗り薬を使っている。塗り薬を落とした後は肌の調子がしっとりと整うので、りえは気に入っているらしい。どんな薬種が配されているのか気になるが、玉石は「秘密だ」といたずらっぽく笑っていた。

「薬は落ちましたかしら？」

「ええ、もう大丈夫です」

太一は油断なく、壁の穴に顔を寄せた。ぬかるんだ路地を隔てて、片葉庵の勝手口が見える。大沢の指図を受けた太一が置行長屋の一室を借り、大沢の手下とともに、ここを拠点にして始末兄弟を見張っている。

「あいつら、本当に動くつもりなんだって」

太一の言葉に、初菜は身を硬くした。

「動くというのは……」

りえはきりりと声を引き締めた。

「蛇杖院への襲撃です。坂本家の若奥方から命を受け、今月のうちに蛇杖院への襲撃をおこなうことと決まったようです」

「やはり、坂本家の若奥さまなのですね。わたしや蛇杖院を特に激しく憎んでおられるのは」

「どうしようもない逆恨みです。初菜さんが気に病むことはありません」

「ええ。わかっているつもりです」

「こたびの蛇杖院襲撃の筋書きは、蛇杖院が駒千代さんを人質にとって沖野家から金品をゆすり取っていたから成敗し、駒千代さんを救い出した、ということにするようです」

　太一が眉《まゆ》をひそめている。

「めちゃくちゃな筋書きだけど、あいつらにはできるんだよ。武士として剣術を身につけてきた上に、喧嘩剣法にも馴染んでるんだから、本当にたちが悪い。人の道から外れたやつばっかりなんだ。強盗や火付けのお尋ね者も交じってる」

　初菜は髪に挿した南天の簪《かんざし》に触れた。心を落ち着けるためのまじないだ。深呼吸をして腹に力を込め、太一に向き直る。

「蛇杖院襲撃の日付がはっきりとわかれば、太一さんのお兄さまも来てくださるんでしょう？」

「うん。兄貴が蛇杖院の玉石さんと取り引きをしてるのは奉行所でも知られたことだから、確かな知らせなら、本所を縄張りにしてる同心にも話を通しやすい。手柄を譲るから出張《でば》らせてくれって頼むつもりでいるみたい」

「心強いことです。太一さんのお兄さまには助けていただいてばかりですね。次にお会いしたとき、どんなお礼をすればいいかしら」

太一は大人びた笑みを浮かべた。

「面と向かってありがとうと言って、ねぎらってやればいいんじゃないかな。それとね、初菜姉さん。俺の兄貴のことは、わざわざ太一さんのお兄さまなんて呼ばずに、振十郎さまって呼んでいいんだよ」

「振十郎さま、ですか？　お名前で呼ぶだなんて、失礼ではないかしら？　わたし、お会いするたびに怒鳴られてしまうんですよ」

太一は笑ったまま、馬鹿兄貴とつぶやいて、額に手を当てた。

「怒鳴られても気にしないで。あのね、あれは本気で怒ってるんじゃないんだ。兄貴は、照れると怒鳴るから」

「そうなんですか。ちょっと気難しいかたですよね」

りえは、初菜と太一のやり取りにくすくす笑っていたのだが、ひと区切りしたところで口を開いた。

「襲撃に怯《おび》えて過ごすより、いっそ日取りを決めさせてしまいましょう」

「そんなことができるのですか？」

「始末兄弟が成したいのは、蛇杖院を破壊することと、駒千代さんを無傷でかどわかすことです。駒千代さんが蛇杖院にいる限り、それは両立しづらいでしょう」

「ええ。確かに」

「であれば、駒千代さんが一昼夜、蛇杖院を離れて過ごす日があることを知らせれば、始末兄弟は飛びつくのではないでしょうか。泰造さんからうかがいましたが、駒千代さんの体が十分によくなったあかつきには、岩慶さまと一緒に野草を摘みに出掛ける約束だそうですね」

初菜は、ああ、と声を上げた。

「そうだわ。岩慶さんの案内で野の散策をして、その晩は猟師の小屋に泊まるのはどうかという話になっていましたね」

太一も膝を打った。

「そいつは使えるね。やつらとしても、蛇杖院を離れた野や林で駒千代さんを確保すれば、人さらいから助けた、という名目が立つわけだ。日付を決めて罠を張るほうが、こっちも動きやすいしね。りえさん、それでいこう！」

りえは、すべすべした頬に手を当てた。

「敵陣営への工作ですが、まずは陣平さまと始末兄弟の分断を図るのがよいでしょう。陣平さまもかなりの手練れだとうかがっています。万が一、始末兄弟とともに動くようなことがあれば厄介です」

「そうだよね。始末兄弟と手を組まない場合でも、用済みだってことで陣平さんが斬られちゃったら、俺たちも気分が悪いし」

「駒千代さんの心情を思えば、やはり陣平さまをお救いしたほうがよいでしょう。駒千代さんからの手紙を受け取ったら、陣平さまは素直に応じてくださるでしょうか？」

「いけるんじゃないかな」

「では、この件は駒千代さんにお願いしましょう。それから、なるたけ早く、残りの浪人衆が隠れている根城を捜し当てなければ。向島《むこうじま》か押上《おしあげ》村の、おそらく荒れ寺だとは思うのですが、これ以上は絞り込めませんでした」

りえは実に手際よく策を講じていく。その鮮やかさに、初菜は嘆息した。

「浪人衆の正体がわからなくて、春からずっと不安だったのに、りえさんが探索を始めた途端にいろんなことがわかってきました。本当に頼りになります。りえさんは軍師だわ」

りえは、あかんべえをするような格好で、閉ざした右目を指し示した。

「合戦は得意なのです。何しろ、この右目は伊達政宗公とお揃いですもの」

「まあ、素敵。それはお強いはずですね」

「軍談もたくさん諳《そら》んじているのですよ。『平家物語』から大坂の陣まで、いつの頃の合戦のお話も大好きで。女だてらに勇ましいものだと、兄にはからかわれますが、わたくしの軍略がお役に立てるのでしたら光栄ですね」

　太一はぺろりと上唇を舐めた。

「このことは一度持って帰って兄貴と策を練るよ。明日の朝には答えを出す。浪人衆の根城を探るのは、俺に任せといて。合戦を仕掛けるとなると、これまで以上に危ういのは間違いないから、初菜姉さんもりえさんも気をつけてね」

　三白眼を静かに光らせるさまは、切れ者で鳴らす兄とそっくりだった。

三

　むせ返るような草いきれの中を歩いている。

　雑木林は、木の葉も草の葉も生い茂っている。道を見失いそうだ。

　多少暑くとも手甲《てっこう》と脚絆《きゃはん》をしっかりつけるよう岩慶が言ったのも道理だった。張り出した枝に頰を打たれたり、地を這う蔓草に足を取られたりする。瑞之助は、茅《かや》の葉にうっかり触れてしまい、左手の小指に切り傷をこしらえた。

　先頭を行く岩慶は、しばしば足を止める。珍しい花や草木、茸《きのこ》や木の実があることを、駒千代に教えるためだ。こたびは杖で足下を指し示し、降り注ぐ蟬の声に負けぬ声で言った。

「駒千代どの、柿蘭《かきらん》の花が咲いておる。登志蔵どのの友の手記にあったろう。人里離れた山に咲く花だが、このあたりでも見られぬわけではないのだな」

肩で息をしていた駒千代だが、ぱっと顔を上げると、弾む足取りで岩慶のところへ飛んでいく。しゃがみ込んで柿蘭の花に顔を近づけ、わぁ、と嬉しそうに笑って手を打った。泰造も駒千代のそばに屈んで、へえ、と感心している。

柿蘭の草丈は二尺（約六一センチメートル）ほど。細長い葉が互い違いについており、てっぺん近くに小さな花が十個ほど咲いている。すっくと伸びた姿は凜々《りり》しいが、さして目立つ花ではない。

登志蔵の友の手記にはこの花の絵が描かれ、「柿蘭。安永《あんえい》（一七七二～一七八一年）の頃、長崎出島に滞在したる医師ツュンベルクが後にヨーロッパに知らしめたる由《よし》、オランダ通詞より伝え聞く」と添えてあった。それで興味を惹かれたので、駒千代はここ数日、ずっと柿蘭を探していたのだ。

「かわいい花だなあ。岩慶さん、見つけてくれてありがとうございます」

「うむ。この柿蘭は紫色をしておるが、黄色の花をつけるものもあるぞ」

「それも見てみたい！　泰造、一緒に探そうよ」

「合点承知！　任せとけよ。今度は俺が真っ先に見つけてやる」

瑞之助は、小さな花を囲んで楽しそうな三人の様子に頬を緩めた。それから、殿《しんがり》の陣平を振り向いた。

陣平が急いで不機嫌そうな顔をつくるのがわかった。駒千代の様子を微笑ましく見守っていたのに、わざわざ瑞之助を迎え撃つかのようにしかめっ面《つら》をするのがおかしい。陣平は舌打ちをした。

「何なんだ、まったく。いちいち笑いやがって」

「気に障《さわ》ったかな？」

「目の前におまえがいるだけで気に障る」

「今日と明日、野で過ごす間は、そういうのはなしという約束だろう。私だって、まさか陣平さんと仲良く出掛けることになるとは、思ってもいなかった」

「仲良くしてやるのは、おまえのためなんかじゃねえ。駒千代のためだ。勘違いするなよ」

吐き捨てるような言い方をする陣平だが、口調はとげとげしさを欠いていた。

数日前のことだ。

東の野へ様子を確かめに行った岩慶が、駒千代に報告した。

「梅雨の間に増水しておった江戸川《えどがわ》やその支流も、それなりに落ち着いたようだ。今の時季なら、朝晩が冷え込むこともない。駒千代どの、まことに、野歩きの旅に出てみるか？」

以前から目標に掲げていたことだった。玉石や相馬家の許しも得てある。

満を持して、駒千代は答えた。

「行きたいです！」

駒千代の小さな旅において、案内人は岩慶だ。駒千代に付き添うのは、瑞之助と泰造である。

むろん登志蔵も誘ったが、応じてはくれなかった。

「捕物だよ、捕物」

登志蔵は短くそう言った。初菜や太一、りえが探ってくれていた始末兄弟や浪人衆の件である。

代わりにと言おうか。妙な風の吹き回しで、陣平が一緒に来ることになってしまった。

瑞之助のみならず、陣平も大いに困惑していた。

陣平は、駒千代が荒れた字で書いた「何としても今すぐ蛇杖院に来てほしい」という手紙を受け取った。それが出立前日、十二日の暮れ六つ（午後六時頃）の出来事である。

ところが、陣平が慌てて駆けつけてみれば、駒千代はけろりとした様子だった。背が伸び、顔色もよく、蛇杖院の広い庭を自分の足で歩き回っているのだ。

「どういうことだ、駒千代？　ずいぶん、その、元気そうだが」

突然現れた陣平に、瑞之助は身構えた。蛇杖院にいる間は帯刀していない。そのことにぞっとしながらも、陣平と対峙しようとした。

が、実のところ、陣平が来ることを知らなかったのは瑞之助だけだったらしい。何せ、陣平のぶんまで夕餉の膳の支度が整っていたのだ。

瑞之助と駒千代と泰造と、そこに陣平が加わっての夕餉は、何とも言えない居心地の悪さだった。瑞之助と陣平は睨み合っているのに、駒千代も泰造も平然として、無邪気な声音《こわね》でしゃべりかけてくる。

さらに、食べ終えたところへ、夕のお勤めを終えた岩慶が合流した。

「おお、揃っておるな。では、皆で湯屋に行こうぞ」

「湯屋だって？」

瑞之助と陣平が異口同音に問い返したときには、岩慶の左右の腕で肩を抱かれていた。身の丈六尺五寸（約一九七センチメートル）で怪力無双の岩慶の腕からは、多少力を込めたくらいでは抜け出せない。空いた側は駒千代と泰造に抱きつかれ、二人は湯屋に連行された。

「待ってください、岩慶さん。この人は敵の頭ともいえる立場にあるんですよ」

「おお、瑞之助どの。そのことは拙僧も存じておるぞ。ま、よいではないか。細かいことは気にするでない。ほれ、着物を脱がれよ。裸の付き合いをしようぞ」

岩慶は呵々《かか》と笑って、明王像のごとく見事な裸身をあらわにした。勝てねえ、と陣平がつぶやくのが聞こえた。

陣平の胸から腹にかけて、赤い花の彫物がある。牡丹《ぼたん》の花だというのを初めてこの目で確かめた。彫物に紛《まぎ》れて、傷痕の凹凸《おうとつ》がうかがえる。おそらく、ひどく目立つ傷痕を隠すために彫ったのだ。

湯上がりにひと休みしながら、駒千代が陣平に打ち明けた。

「明日は野に出て歩き回って、一晩泊まるんだ。岩慶さんの友達の猟師さんに小屋を借りて、そこで眠るんだよ。陣平さんにも一緒に来てほしくて呼び出したの。いいでしょう?」

「いいでしょうって、よくねえよ」

「どうして? 一緒に来てほしいな。楽しいと思うよ。ね?」

駒千代はかわいらしいお願いを繰り返したが、陣平はうなずかなかった。しかし、「夜が更けたので」という理由で蛇杖院に引き留められ、駒千代の部屋に布団を敷かれて泊まらされ、そのまま朝が来てしまった。

手甲に脚絆、日除けの笠に虫除けの薄荷油《はっかゆ》といった旅の支度は、陣平のぶんまで整えられていた。陣平は唖然としていた。とにかく、初めからすべて仕組まれていたのだ。

陣平の説得にあたったのは初菜だった。

「これは陣平さんの命を守るためなんです。始末兄弟は、陣平さんを屠《ほふ》って、坂本家御用達《ごようたし》の始末屋稼業を乗っ取ろうとしています。陣平さん、あなたはもう片葉庵に戻ってはいけません。囲まれて殺されます」

陣平は、ああ、と呻いた。その顔に驚きはなかった。陣平も手下の裏切りは予測していたのだろう。

岩慶は豪快かつ朗らかに笑って、己の胸を叩いた。

「なに、拙僧らが陣平どのを守って進ぜよう。安心せられよ」

駒千代と泰造も、わくわくした顔でうなずいている。

瑞之助はだんだん気まずくなってきた。陣平を受け入れまいとして意地を張り続ける自分が子供のように感じられてきたのだ。

「こたびは駒千代さんのための旅ですからね。駒千代さんが楽しければ、私は何でもかまいませんよ」

降参するしかなくなって、投げやりに言ったら、駒千代にたいそう喜ばれてしまった。

薄荷の匂いを嫌う虫は多いらしい。ゆえに一行は、岩慶が作った薄荷油を念入りに肌に塗ってある。旅装には、女衆が薄荷のお香を焚《た》き染めておいてくれた。しかし、汗をかけば、その爽やかな香りも流れ落ちてしまう。

昼餉の弁当を食べる木陰に、虻《あぶ》がぶんぶんと羽音を立てて寄ってきた。

岩慶は薄荷の葉を噛んで匂いを出し、水を口いっぱいに含むと、ぶぅっと虻に吹きつけた。薄荷の匂いが霧のように広がる。虻は恐れをなしたように逃げていった。

駒千代と泰造はおもしろがって手を叩いた。

「すごい! 私もやってみたい!」

岩慶は、つるりとした頭を掻いた。

「ついつい常の一人旅のごとく振る舞ってしもうた。行儀のよいことではないゆえ、蛇杖院のおなごたちの前でやると、叱られてしまうぞ」

「じゃあ、女衆がいない今ならいいじゃねえか!」

岩慶が駒千代と泰造に霧の吹き方を教えるのを、瑞之助は少し離れて眺めていた。陣平もまた、力の抜けた様子で座り込んで、駒千代たちの様子を見ている。

陣平がぼそりと言った。

「駒千代は本当に元気になったな。歩いたり、はしゃいだり、それどころか、十二の子供らしく、風のように走れるようになるとは」

「ここまで、すんなりと来たわけではないよ。初めの二月《ふたつき》くらいは、なかなか思いが嚙み合わなくてね」

「家出騒ぎを起こしたほどだからな」

「あの頃は、私もどうしていいかわからなかったんだ」

陣平はふと立ち上がると、数歩先に落ちていた棒を拾った。誰かが杖にして突いてきたのかもしれない。そういう長さの太い枝が二本だ。陣平は一本ずつ手応えを確かめるように、びゅっと振った。瑞之助を振り向く。

「手合わせ、どうだ？」

瑞之助は、腰の刀を鞘ごと抜いて、腰掛けていた倒木に立てかけた。それを了承と見て、陣平も愛刀を瑞之助の刀の隣に置いた。瑞之助に、拾った枝の一方を手渡す。

「本気で受けろよ。手加減なしで行くぞ」

言うが早いか、陣平は打ちかかってきた。

そう来るだろうと踏んでいた。瑞之助はすかさず合わせる。

ゴッ、と二本の枝がぶつかり合って鈍い音を立てる。削られ磨かれた木刀とは、手ざわりも太さも握り心地も、長さや反りや重心の位置、何もかもが違う。こちらへ逃がそうと思い描いたのとは違うほうへ、陣平の攻撃の勢いが逃げた。踏ん張りそこねて、小さく足踏みをする。

「おっと」

雑木林のでこぼこした地面に踊らされながら、瑞之助は体勢を立て直す。陣平がその隙に追撃しようとしたものの、そうもいかなかった。瑞之助同様、枝と荒れた地面に振り回されている。

「ああ、ちくしょう」

悪態をつきながら、無茶な格好から打ってくる。斜めに切り上げる一撃。瑞之助は退いて避け、反撃に出る。陣平が受ける。

五合、十合と打ち合ううちに、枝の扱いが手に馴染んでくる。足運びから迷いが消える。

自在に動き始めると、瑞之助と陣平の呼吸はぴたりと揃った。

話を合わせていたわけでもないのに、まるで約束稽古だ。互いの手癖を知り尽くしている。次の手を読むまでもなく、ぱっと閃《ひらめ》いたとおりに動くだけで正解だ。攻守を目まぐるしく入れ替えながら、心地よい速さで剣技の応酬が続く。

汗が噴き出す。手にした枝が汗で滑る。間近にぶつかり合えば、互いの汗が降りかかる。

目の端に、駒千代と泰造と岩慶がこちらを見物しているのが映った。

いつまで続けようか、と一瞬思った。その一瞬、わずかながら気が緩んだのだろう。

「あっ」

振り切った枝が瑞之助の手からすっぽ抜けた。

時をほぼ同じくして、陣平が足下の木の根にかかとを引っかけた。

「うわっ」

後ろざまに倒れかけた陣平の腕を、瑞之助はとっさにつかんだ。ぐいと引き寄せる。

岩慶が手を打った。

「そこまで！　引き分けであるな」

瑞之助と陣平は間近に顔を見合わせた。陣平が腕を振り、瑞之助の手から逃《のが》れた。

「勝負をしていたわけでもねえが」

駒千代が目をきらきらさせている。

「二人とも強い！」

陣平がむずがゆそうな顔をした。

そろそろ休憩はしまいだ。目指すべき猟師小屋まで、あと一里（約四キロメートル）ほど。日が暮れないうちに夕餉の支度《したく》をしなければならないし、獣除けの香を焚いたり小屋に蚊帳《かや》を吊ったりと、やるべきことはいろいろある。

瑞之助と陣平は腰に刀を差し直した。

一行は再び、雑木林のでこぼこ道を歩きだした。

四

早朝、胸を躍らせた駒千代とともに、瑞之助と岩慶、泰造、陣平が発った。

それと入れ替わりに、蛇杖院には、ものものしい出で立ちの男たちが続々と集まってきた。

「初菜姉さぁん！」

太一の懐っこい声に呼ばれて、初菜は振り向いた。

「あら、兄弟お揃いで」

太一に腕を引かれて、北町奉行所の定町廻り同心、大沢振十郎が仏頂面《ぶっちょうづら》で歩いてくる。いかにも鋭そうな印象の三白眼や薄い唇がそっくりだと思っていたが、こうして並んだところを見ると、やはり太一の顔立ちはまだ幼い。

うきうきしている太一とはあべこべに、大沢は冷静そのものだった。

「苦労をかけていたようだな。大事ないか？」

「ええ、おかげさまで」

「おまえたちが調べ上げた浪人衆は、このところ、本所でゆすりだ何だと罪を重ねていた。武士として裁くべきかと議論になって、目付《めつけ》も追っていたようだが、すでに武士の体《てい》をなしていない浪人ばかりだ。奉行所で畳んじまっていいと話がついたんで、遠慮なくやらせてもらう」

太一が続ける。

「今、北町奉行所の捕り方が、始末兄弟の真の根城を囲い込むための策を練ってる。結局、押上村の荒れ寺だったんだよね。青文寺の和尚さんが、荒れ寺から馬のいななきが聞こえるって教えてくれたんで、突き止められたんだ」

「やつら、荒れ寺にいったん集まって決起して、それから蛇杖院を攻めるうちに算段らしい。手の内がすでにわかってるんでな。決起の酒をかっ食らっているうちに叩く。こっちにゃ一兵も近寄らせねえ。だから……」

大沢が少し言いよどんだ。太一が兄の脇腹を肘でつつく。

初菜が小首をかしげると、大沢は小さく息をついて、ささやくように言った。

「だから、安心しろ。おまえの命、必ず守る」

胸に温かいものが広がっていく。初菜は頭を下げた。

「はい。本当にありがとうございます。頼りにしています、振十郎さま」

「な、何だ急に……うっ」

いきなり大沢が声を詰まらせて咳き込み始めたので、初菜はびっくりした。

「振十郎さま？　どうなさいました？」

唾でも喉に引っかけたのだろうか。体が疲れすぎているときは、嚥下《えんげ》がうまくいかなくなったりする。ひょっとすると、気が胸や頭のほうへ上がってしまい、血や水の巡りをも妨げているのでは？

しかし、大沢は真っ赤な顔をして咳き込みながら、寄るな、と手を振った。

「振十郎さま、無理はいけませんよ。ちょっと、脈を診ますから逃げないでください！　もう！」

兄が苦しんでいるというのに、太一はにやにやして見守るばかりだ。

登志蔵にとって、こたびの大捕物に瑞之助と岩慶を欠いているというのは、頭の痛いことだった。外向きの増援は調達できても、蛇杖院の中を任せるとなると、人選が難しい。

しかし、荒谷一二三が手習所を休みにして、りえとともに蛇杖院へ来てくれた。これで事情が一転した。

おうたは、遊び相手の瑞之助たちが揃って出掛けてしまったので膨《ふく》れっ面だったが、一二三の姿を見て、ころりと上機嫌になった。

「一二三先生！　うた、九九を覚えたから聞いて！」

今日は一二三を独り占めできるとあって張り切っている。おふうが「失礼でしょう」と叱るのも聞かず、一二三にまとわりついてばかりだ。

登志蔵は胸を撫でおろした。

「瑞之助がいないんで不安だったが、蛇杖院の守りと、何よりおうたのことを、一二三先生に任せていいかい？」

「心得ました。筆子を導くのが師匠の務めですからな。おうたと、おふうさんのことも、拙者が必ず守りましょう」

「助かるぜ。蛇杖院の中にまで奴さんどもの侵入を許すつもりは毛頭ないが、万一ってこともあるからな。そのとき浪人衆と渡り合えるのは、ここに残る中じゃあ、先生と巴だけだ」

「うむ。りえもああ見えて体術が使えるので、素手同士なら戦えますが、刀が相手ではあまりに分が悪い。いざというときは、拙者が腹を括るとしますかな」

りえは日頃と変わらない様子で、てきぱきと台所仕事を手伝っていた。奉行所の捕り方たちに弁当や飲み物を届けねばならないので、台所はてんてこ舞いだ。

朝助は内外の届け物や伝言をする役目を担っていた。それがひと区切りしたところで、りえと一緒に休憩をとることになったようだ。庭の隅で、並んで座って握り飯を口に運んでいた。

「りえさんは本当に肝が据わってまさあね。蛇杖院のおなごは皆強いが、りえさんも飛びっきりでさあ」

穏やかに微笑む朝助が、ふと、りえの頰に手を伸ばした。米粒がついていたのを取ってやったのだ。その米粒の行方を慌てて尋ねたりえは、朝助が食べたと聞くや、真っ赤になって顔を覆ってしまった。

「おやまあ。稀代《きたい》の軍師さまが、朝助の前じゃあ、すっかり乙女の顔だ。朝助もやるじゃねえか」

登志蔵は、ごちそうさんとつぶやいて、口笛交じりに立ち去った。

巴は玉石の指図を受け、西棟の廊下に敷かれた絨毯を剝がして裏庭に運び、日に干した。

玉石は実のところ、以前から廊下の絨毯を不用心だと感じていたらしい。

「絨毯が足音を呑み込んでしまうからね。実際、去年の春には盗人に入られた。これを機に、取り払ってしまおう」

板張りの床では、まったくの無音で歩くのが難しくなる。どれほど足音を忍ばせていても、思わぬところが軋《きし》んで、キィと音が鳴るのだ。その廊下を、巴は端から丁寧に雑巾がけした。

始末兄弟および浪人衆を残らず捕らえてしまうまで、蛇杖院に残る者は、閉め切った西棟で過ごすことに決まった。扉も窓も鍵をかけられるし、ガラス越しに外を見張ることもできる。敵が無理に侵入を企てれば、鍵を壊す音やガラスの割れる音が派手に鳴り響く。

「時は限られてるわ。あたしはあたしのなすべきことを、しっかりやり遂げなくちゃ」

襲撃は夜間だと想定される。眠れぬ夜になるかもしれない。だから、できることなら、順繰りに仮眠をとりたい。そのための支度を、玉石がみずから担っている。桜丸がその手伝いで、てきぱきと働いている。

ふと、真樹次郎が西棟に姿を見せた。

「玉石さん、半夏瀉心湯《はんげしゃしんとう》をもらいたい。手習所で駒千代と仲がいいという男の子が来ていてな。本所の茶屋の子だそうだが、親父が腹を下したと言ってるんだ。酒のあてに食った刺身が腐ってるのを、酔ってたんで気づかなかったんだろう、とな」

「薬を届けに行くの？　あたしもついていこうか？」

巴が名乗りを上げると、真樹次郎は額の汗を拭《ぬぐ》ってうなずいた。

「登志が忙しそうなんで、巴に来てもらえると助かる。まったく、こういうときに瑞之助がいれば、お使いを任せられて便利なんだが」

「そんなこと言ってちゃ始まらないでしょ。さあ、ぐずぐずせず、明るいうちにちゃっちゃと用事を済ませちまうよ！」

蛇杖院の妙な動きについては、むろん、宇野田始兵衛もつかんでいた。今宵の夜襲に備えているらしいというのだ。

「駒千代が蛇杖院を離れるその日こそが好機と見たが、どうも誘い込まれたようだな」

「いかがする、兄者？」

「今さら後には引けまい。浪人衆の士気は、今宵に向けて高まるよう導いてあるのだ。策のとおり動くまでよ」

「心得た。ときに、坂本陣平は、やはり駒千代らとともに発ったようだ」

「手始めに陣平の首を挙げてから野に打って出る心づもりだったが、致し方ない。出陣に向けた支度の手間が省けたと思えばよかろう」

「野にて殺すか。兄者、儂《わし》がやってもよいか？」

「おう、好きにしてよいと、若奥方の許しは得ておる。成り行きにもよるが、できる限り生かしたまま、おまえに託そう」

末右衛門の髭面が愉悦に染まった。

「楽しみだ。あの若造はどんな声で泣いてくれるか。いたぶって辱《はずかし》め、切り刻んでしゃぶりつくしてくれようぞ」

荒れ寺に集った浪人衆は、今までになく活気づいていた。

表から興奮した馬のいななきが聞こえてくる。始兵衛と末右衛門が使うための馬だ。なるたけ気性の荒い馬を、と手配しておいた。両方とも白馬で、見事なまでの巨体である。

浪人衆を見渡せば、時代がかった出で立ちの者も少なくない。質入れしていた家宝の刀や鎧を請け出してきて、仰々しく身につけているのだ。

始末兄弟もまた二枚胴に身を包み、家宝の逸品を得物《えもの》として携えている。

兄が腰に佩《は》いた太刀《たち》拵の脇差《わきざし》は、濃州関《のうしゅうせき》の孫六兼元《まごろくかねもと》。身幅が広く、重ねも厚く、ずしりと持ち重りのする脇差である。これを右手に構え、左手で二尺四寸（約七三センチメートル）もの長大な太刀を操る二刀流が、始兵衛の奥の手である。

弟が手にするは、兄と同じく、関の孫六兼元による槍だ。笹の葉のように膨らみのある穂先は二尺（約六一センチメートル）に及び、突くも斬るも自在である。全長は七尺（約二・一メートル）ほどと、槍としては短いが、刀など話にならぬほど間合いが広い。

浪人衆の手には盃《さかずき》がある。末右衛門の采配で徳利が回され、やがてすべての盃に酒が満たされた。

始兵衛が盃を掲げる。

「義は、勝利した者の手にこそある！　我らはただ勝てばよい！」

盃を呷《あお》ると、浪人衆がそれに倣《なら》った。ごくりと酒を干す、わずかな沈黙。次いで、野太い雄叫《おたけ》びを上げた。

始兵衛と末右衛門は東へ向かって駒千代をさらい、浪人衆は日が落ちてから蛇杖院を襲撃する手筈《てはず》だ。

日はまだ高い。だが、そろそろ発たねばなるまい。連中に追いついたら、さて、どうしてくれようか。

「参るか、末右衛門」

「承知した、兄者」

荒れ寺を出た二人は、馬上の人となった。古風な具足の重みが心地よい。尻に一打をくれると、馬は勢いよく駆けだした。

橙《だいだい》色の西日の差す頃、荒れ寺にたむろする浪人衆は、景気づけの宴の最中だった。

中の様子を伝え聞いた登志蔵は舌打ちした。

「始末兄弟はすでにいなかっただって？　ちくしょう、全部囲い込んだんじゃなかったのかよ」

その傍らで大沢が鼻を鳴らした。

「みすみす手柄を逃すとはな。やはり俺が陣頭に出張るべきだった」

五十人からの捕り方が荒れ寺を取り囲んでいる。対する浪人衆は十五人。最も腕が立つ始末兄弟が中にいないのは、速やかに捕物を終える上では、運のよいことではあるが。

登志蔵は口の中でつぶやいた。

「瑞之助、岩慶。まずいのがそっちに行っちまった。勝って、無事に帰ってきてくれよ」

とにかく、今は目の前の捕物に集中すべきだ。登志蔵は気息を整える。

太一が三白眼をきらりと鋭く輝かせた。

「さあ。いつでもいいよ」

荒れ寺を挟んでちょうど逆のほうに、本所の吉岡町の一帯を縄張りにする捕り方衆が控えている。あちらから出撃の合図があれば、登志蔵たちも息を合わせて荒れ寺に攻め入る手筈だ。

と。

ひゅるひゅる、と笛を鳴らすような音が空から降ってきた。

ぱっと天を仰いだ登志蔵が、弧《こ》を描いて飛ぶ鏑矢《かぶらや》を指差す。

「合図だ」

これを受けて、大沢が怒号を発する。

「攻め入る！　続け！」

おおおおっ、と鬨《とき》の声が上がった。

五

岩慶が小屋と呼ぶ建物は、思い描いていたよりもしっかりした造りだった。

屋根は板葺《ぶ》きで、ひと間だが、広さはゆうに十帖を超えている。土間も十分に広く、大八車を運び込んだ轍《わだち》がある。土間の隅に竈《かまど》が、部屋の真ん中に囲炉裏《いろり》がある。

岩慶が瑞之助に問うた。

「去年の春、野草を摘みに出掛けた折に、仙吉《せんきち》どのという猟師に出会うたことを覚えておるか？」

「ええ。手負いの猪を仕留めたとき、岩慶さんと息を合わせて捌《さば》いてくれましたよね」

「この小屋は、仙吉どのの村の男衆が狩りや商いで遠出をする際、拠《よ》り所として使うておるのだ。こたび、拙僧らが使うにあたって許しを得ておいた」

「ありがたいことですね。何かお礼をしないと」

岩慶は重々しくうなずいた。

「うむ、まさしく、礼をせねばならぬ。今から掃除と薪拾《たきぎ》いをするぞ。駒千代どのは、泰造どのとともに薪を集めてきておくれ。泰造どの、薪拾いはできるであろう？」

「もちろん！　昔住んでた村では、江戸みたいに炭が買えなかったからさ、薪拾いは子供の仕事だったんだ」

荷を置くや否や、駒千代と泰造が外に飛び出していったので、瑞之助は慌てて後を追った。

「私も一緒に行くよ！　岩慶さん、後はよろしくお願いします」

「任された。さて、陣平どの。まずは板の間の拭き掃除だ。手伝うてくれ」

岩慶に肩を抱かれた陣平は、うんざりした顔で「掃除の仕方などわからん」とぼそぼそつぶやいた。

泰造はほんの数歩、雑木林に分け入ると、たちまち薪にほどよい枝を見つけてしまった。

「このへんで薪拾いをする人は、日頃はいないんだろうな。いくらでも落ちてらあ。駒千代、よく乾いた枝だけ拾うんだぞ。生乾きのは駄目だ。水気の多い枝や草を火にくべたら、煙たくってしょうがないんだ」

泰造はひょいひょいと枝を拾いながら、ついでに、真っ赤な笠を持つ茸を見つけて採った。泰造の村では卵茸《たまごたけ》と呼んでいたものだという。ここに来るまでの道中でも、泰造は三種の茸を見つけ、岩慶のお墨つきも得て、採ってきている。

「やっぱり泰造はすごいね！」

駒千代に誉められても、泰造は存外そっけない。

「大したことねえよ。食えるものを見分ける力は、いつの間にか身についてたんだ。知恵と呼べるほどでもない。あ、そのへんの草も食えるぞ。灰汁《あく》抜きもいらないやつだ。摘んでいこう」

三人がかりで拾った薪を抱えて小屋に戻ると、掃除はすでに終わっていた。もともと仙吉がきれいにしてくれていたようだ。

岩慶が、持ってきた米や雑穀を羽釜《はがま》で研いでいた。その様子を、陣平はじっと眺めていた。

拾ってきた薪を、大きさ別に分けて、土間に積み上げる。瑞之助たちが使うぶんはもちろん、さらに何日ぶんもありそうだ。

「さて、一段落したようであるな。駒千代どの、疲れてはおらぬか？」

岩慶の問いに、駒千代は正直に答えた。

「脚がすっかりくたびれています。でも、喉や胸は平気です。少しおなかがすきました」

「腹が減ったか。では、茱萸《ぐみ》や木苺《きいちご》をつまみに行こうぞ。それから、川で夕餉の魚を捕るとしよう」
岩慶が土間の隅の木箱を開けると、魚捕りの道具が出てきた。駒千代と泰造が喜んで跳び上がった。瑞之助と陣平も、おお、と小さな歓声を上げてしまった。

小梅村から東へ出たあたり一帯は、街道も野も雑木林もほとんど平坦だ。しかし、水辺はいくらか地形が違う。

江戸川のほとりに出るには、少し上らねばならなかった。川辺に至ってみれば、切り立った崖だ。蛇行する流れが岸辺の土を削って、この崖を築いたらしい。川向かいは、大きく丸い石の転がる川原だ。

西に傾き始めた日差しが川面に弾けて、きらきらしている。

岩慶が杖の先で示した。

「江戸川は暴れ川よ。梅雨の頃より引いたとはいえ、やはり水嵩《みずかさ》が高く流れも速い。崖に近寄ってはならぬぞ。足下が崩れやすいのでな。拙僧らが魚を捕るのは別の川である。さあ、行こうぞ」

そうやって連れていかれた先は、江戸川の支流で、幅二十間（約三六メートル）ほどの川だった。丸い石がそこいらじゅうに転がっている。全体に浅く、いちばん深いところでも腰までは達しない。

川の魚を捕るのは、駒千代はもちろん、瑞之助も陣平も初めてのことだった。刀を岸辺の草むらに隠して、おっかなびっくり川に入る。

澄んだ水だ。多摩の日野《ひの》でも、小川に入って水浴びをしたことがある。川底から湧き出ている雪解け水は、残暑の折にも冷たかった。

「ここの水は、案外ぬくいな」

じっと立っていると、瑞之助の両足の間を、丸々と肥えた魚がするりと泳いで去っていく。

あ、と声を漏らして魚の行方を見送ったら、泰造が銛《もり》を手に待ち構えていた。

「えい！」

気合い一閃《いっせん》、泰造は銛を水面に突き込む。ばしゃん、と、しぶきが飛んだ。銛を引き上げれば、見事に魚を捕らえている。

「泰造、すごい！　それ、何ていう魚？」

駒千代が泰造に近づいた。泰造は、捕らえた魚の大きさを、手を広げて測っている。

「七寸（約二一センチメートル）ってとこか。まあまあの大きさだな。この魚、村ではハヤって呼んでたぜ」

「食べられるの？」

「もちろん。はらわたを取って、串に刺して、塩を振って、焼いて食うんだ」

「私も料理できるかな？」

「魚のはらわたが平気なら、できるぞ」

「平気だよ。やってみたい。まずはハヤをつかまえないといけないな」

泰造は駒千代に魚籠《びく》を差し出した。

「駒千代はきっと、こっちのが得意だよ。川の中をよく見てみな。水の流れは、どこも一緒ってわけじゃあない。魚がよく通るところと、そうじゃないところがある。魚の通り道にうまいこと罠を仕掛けたら、大漁間違いなしだぜ」

「やってみる！」

駒千代は目をきらきらさせて、水面を見つめ始めた。泰造は、腰に括りつけた魚籠にハヤを入れると、銛を手に、また別の獲物を探しに行く。岩慶は岸に仁王立ちして二人から目を離さずにいる。

瑞之助は駒千代と並んで、川の流れに目を凝らしてみた。駒千代は次々と魚の姿を見つける。しかし、瑞之助は指差して教えてもらっても、水面のまばゆさに妨げられて、すぐに見失ってしまう。

「私は向いていないみたいだな」

苦笑する瑞之助を置き去りにして、駒千代は泰造に教わりながら、筌《うけ》と呼ばれる籠の罠を水中に仕掛けた。

不意に、少し離れたところから短い悲鳴が聞こえた。

「うわっ！」

慌てて振り向くと、陣平が川の中で尻もちをつき、足をばたばたさせている。尋常な様子ではない。顔は引きつり、一声上げたきり叫びもせず、ただ手足を振り回している。

泰造が素早く駆け寄った。

「どうした？　どっか痛むのか？」

陣平はなおも立ち上がれず、ばしゃばしゃと水しぶきを飛ばして暴れている。

と、何かに気づいた泰造が陣平の右脚に飛びつき、紐《ひも》をほどいて脚絆を剝がした。途端、細長いものがにゅるんと飛び出すのを、すかさずつかまえる。

「でっかい鰻《うなぎ》だ！　陣平さん、すげえ！」

陣平は息も絶え絶えである。

「い、いきなり脚に、まとわりついてきやがって……」

「もしかして、鰻は苦手？」

泰造は、動き続ける鰻を上手につかんでいる。確か鰻は肌がぬめるはずなのに、器用なものだ。

鰻を近づけられた陣平は、尻もちをついたまま後ずさった。

「寄るな！　な、長くてぐにゃぐにゃしたものは嫌いなんだよ！」

泰造はにんまりと笑ったが、駒千代が割って入った。泰造に魚籠を差し出しながら、鰻の姿が陣平の目に映らないよう立ち回る。

「いじめちゃ駄目だよ。鰻も焼いて食べられるかな？」

「俺は捌いたことがないな。岩慶さん、できる？」

岩慶はざぶざぶと近寄っていって、鰻を入れた魚籠をのぞき込んだ。

「おお、実に立派な鰻であるな。幾日か泥を吐かせてから食うほうが美味ではあるが、はらわたを破らぬように捌けば、呑んだ泥のにおいが身に移らぬはずだ。今日の夕餉にしてみるか」

「食べてみたい！」

駒千代が元気よく言った。泰造も舌なめずりをする。

瑞之助は陣平に手を差し伸べた。

「立てるか？」

陣平は黙って瑞之助の手をつかんだ。瑞之助は、引き寄せるようにして立たせてやる。ふと思い出したことがあった。

「昔、蚯蚓《みみず》や蛇がどうしても駄目だと言ってたっけ」

「うるせえ」

いじけたような横顔に、幼い頃の面影を見た。

六

駒千代が罠で捕らえ、泰造が銛で突いた川魚は、皆で手分けして捌いた。刃物も使わずに、はらわたも中骨も、うまいこと取れるものだ。岩慶が持ってきた塩を振り、ちぎった大葉を腹に詰めて、囲炉裏で串焼きにした。陣平に悲鳴を上げさせた鰻は、岩慶が手際よく下ごしらえをした。採ってきた野草とともに味噌汁にすると、白い身はふんわりと軟らかでうまかった。

思いがけないことに、陣平は、鰻の身が入った味噌汁を食べた。しかも、ぽつりと素直な言葉を漏らしたのだ。

「うまいな」

「あんなに嫌っていたのに、食べるのは平気なのか」

瑞之助が言うと、陣平はむっとした顔になった。

「嫌いなのは、あの不気味な姿だけだ」

竈で炊いた飯は、八割方が稗《ひえ》や粟《あわ》、麦などの雑穀だった。ぷちぷちとした歯ざわりの飯は、江戸育ちの瑞之助と駒千代と陣平には馴染みのないものだ。

泰造だけは微妙な顔をした。

「米ばっかりの白い飯なんて、蛇杖院に住み着くまで、見たこともなかった。俺がそれまで食ってたのは、稗や粟に、出来損ないの大根や芋《いも》、そのへんの野草の根っこや、拾ってきた零余子《むかご》を混ぜたやつだ。この飯は米もちょっと入ってるから上等なほうだよ」

それから、瑞之助たちが黙ってしまったのに気づいた様子で、泰造は、にっと歯を見せて笑った。

「だけど、今日の夕餉は特別だから、全部うまいな。稗や粟の飯もうまい」

夕餉の後、まだうっすらと明るいうちに、蛍を探しに行ってみた。

梅雨明けから幾日も経っておるゆえ、もうおらぬかもしれぬ。岩慶はそう言ったが、魚を捕った川のあたりまで出てみれば、ちらほらと、明滅する淡い光を見分けることができた。

空を仰ぐと、星がいつもより多いような気がした。

「星、きれいだな。家々の屋根や明かりに邪魔をされないからか、よく見える」

瑞之助のつぶやきに、陣平が自嘲交じりで静かに笑った。

「空なんぞ見上げねえな。いつもの俺は、足下ばかり見ている」

「私もそうかもしれない。夜、何となく目が覚めることはあっても、星を見た覚えがない」

駒千代が夜空に北辰《ほくしん》を探していた。岩慶がしゃがんで駒千代に顔を寄せ、まず北斗七星の位置を教えた。柄杓《ひしゃく》の形を頼りに、北の空で一晩じゅう動かない星、北辰を見出す。

岩慶が北辰のほうを指したまま、低く静かな声で告げた。

「あちらの方角へまっすぐ行った先の、雪深い山奥の村が、拙僧の故郷よ。もう誰ひとり住んではおらぬし、村へ続いておった道も絶えたろう。拙僧も、とんと帰っておらぬゆえ、行き方を忘れてしもうた」

流行《はや》り病に襲われた村で、岩慶だけが生き延びたらしい。医者のいない村だったそうだ。

独力で医術を身につけた岩慶は、しばしば江戸を離れて旅をして、かつての故郷のような村を訪ね歩いている。医者を求める声に応えることが、岩慶が生涯を懸けて果たすべき大願なのだ。

小屋に戻ると、早々に蚊帳を吊った。布団はないが、肌寒いということはなさそうだ。

蚊帳の中でくすぐり合っていた駒千代と泰造が、不意におとなしくなった。見れば、寄り添い合って寝入っていた。

「張り切っていたぶん、疲れたんでしょうね。夜は肝試しをするとか、百物語をやってみたいとか、そういうことも言っていたのですが」

「ほう、百物語か。拙僧は得意であるぞ。旅先で世話になる寺には大抵、何らかのあやかし話が伝わっておるゆえに」

「よしてください」

瑞之助が岩慶を止めるのと、陣平が盛大に顔をしかめるのと、同時だった。岩慶は、眠っている二人をはばかって、声を忍ばせて笑った。

横になると、瑞之助もたちまち眠りに落ちた。質のよい眠りだった。

だからこそ、奇妙な音を聞きつけるや否や、おのずと目が覚めた。

岩慶はすでに目を覚ましていた。座禅を組んだ格好で息をひそめ、見開いた目を小屋の中の暗がりへ、じっと向けている。

瑞之助は身を起こして刀を手に取った。

その奇妙な音は次第に近づいてくる。何の音なのか、とっさにはわからなかった。だが、今まで生きてきた中で幾度かは確かに聞いたことがある。

「馬の足音?」

つぶやくと、岩慶がうなずいた。

同時に陣平が跳ね起きた。

「馬だと？　まさか追ってきやがったのか？」

「追ってきたというのは……」

「始末兄弟だ」

む、と岩慶が唸った。

「妙に明るい。火を携《たずさ》えておるな」

陣平が駒千代と泰造を揺さぶった。

「起きろ！　やつら、火付けでも何でもしやがるぞ！」

駒千代も泰造も寝ぼけたりなどしなかった。怪訝《けげん》そうな顔をしたのはほんのわずかな間だけで、すぐさま、板壁越しに聞こえる馬蹄《ばてい》の意味を察したらしい。

「やっぱり来たんだね」

静かな駒千代の言葉に、むしろ陣平が眉をひそめた。

「わかってたのか、駒千代？」

「蛇杖院の大人たちが調べて、動いてくれていたの。今日の夕方には、北町奉行所の捕り方を呼んで、浪人衆を相手に大捕物をする手筈だった。始末兄弟もあっちでどうにかすると言っていたけれど、きっと取り逃がしてしまったんだ」

話ができたのはそこまでだった。

板壁が凄まじい音とともに揺れた。壁も屋根も揺れる。ぱらぱらと埃《ほこり》が降ってきた。

泰造が頭を庇いながら呻いた。

「あいつら、馬に壁を蹴らせてやがるんだ！」

壁越しの蹄《ひづめ》の音を聞き分け、岩慶が言った。

「敵は寡兵である。馬は二頭。始末兄弟のほかにはおらぬようだな」

戸口の外から濁声《だみごえ》が聞こえた。

「兄者、ここだ！　こちらに戸がある！　蹴破ってくれようぞ！」

次の瞬間、戸口がどすん、と大きな衝撃を受ける。めきめきと、木材の割れる嫌な音がした。

再びの衝撃。

間口の広い戸が、木枠と閂《かんぬき》ごと、こちら向きに歪み始める。

「窓から逃げよう！」

泰造が蚊帳を引きちぎるように取り去りながら、戸口と逆のほうを指差す。つっかえ棒を使って持ち上げる形の窓は、瑞之助の胸の高さにある。

まず瑞之助が窓に飛びつき、外を確かめた。

「いない。出られる」

刀を抱いて足から外へ飛び出す。陣平が駒千代を抱え、窓の外へ放り投げた。駒千代は尻もちをつくも、素早く立ち上がる。泰造が、陣平が続く。

戸口のほうから岩慶の声がした。

「こちらは拙僧が引き受けようぞ！」

この窓は、岩慶がくぐるには狭すぎる。

直後、戸口がとうとう破られる音が聞こえた。始末兄弟の弟のほうが小屋に踏み入ったらしい。濁声が岩慶を坊主呼ばわりする。岩慶の朗々たる声が冷静に応じる。

馬蹄の響きが一つ、横合いから回り込んできた。

「こちらから外に出おったか、小童《こわっぱ》ども！」

松明《たいまつ》に照らされた人馬の姿は、さながら武者絵のようだった。高ぶった馬は目をぎょろりと剝き、荒い鼻息を吐き、白い体から湯気さえ発している。

陣平が半歩、前に出た。

「宇野田始兵衛、ついに本性を現したか。俺を裏切りやがって！」

「ほざけ、手下に裏切られる能無しが！　儂がおぬしの代わりに若奥方の無聊《ぶりょう》を慰《なぐさ》め、坂本将之進の出世を支えてやるゆえ、安心しておれ。楽に殺してはやれんぞ、坂本陣平。弟がおぬしをかわいがると言っておったからな！」

始兵衛が馬の尻をはたいた。馬は吠えるようにいななくと、まっすぐ突進してくる。

瑞之助と泰造が同時に動いた。泰造が抱えてきた蚊帳を、二人で息を合わせ、馬の足下に投じる。ぱっと広がった蚊帳が、馬の脚をからめとった。

始兵衛が馬ごと転倒する。松明が転がる。小屋に火の粉が飛ぶ。

陣平が松明を拾い上げ、蚊帳に絡まってもがく人馬へと投げつけた。始兵衛が怒号を発する。

「小賢《こざか》しいわ！」

立ち上がった始兵衛は、刀を抜いて振り回す。燃える蚊帳が断ち切られる。

瑞之助と陣平は目配せを交わした。駒千代と泰造を庇って戦えるか？　陣平が小さくかぶりを振り、駒千代の手をつかんだ。

「逃げるぞ！」

駆けだした陣平と駒千代を先頭に、泰造が続き、瑞之助が殿《しんがり》を守る。

馬が悲鳴を上げていた。肩越しに振り返れば、小屋に火が移っていた。始兵衛は炎を背に、すでにこちらへ向き直っている。

「まずい、追ってくる！」

ぞっとしながら告げる。くそ、と陣平が吐き捨てた。

煙がうっすら漂い出している。きなくさい夜気を吸って、とにかく走る。

若い者たちが窓から飛び出していくのを確かめながら、岩慶は、杖に仕込んだ大太刀を抜き放った。刃長三尺（約九一センチメートル）を超える愛刀の鋼の重みが、しっかりと手に馴染《なじ》む。

「荒事は好かぬが、致し方あるまい」

戸口がついに破られた。

松明を手にした騎馬武者の姿が、夜空を背にして現れた。むくつけき髭面で、大柄な身には古風ゆかしい二枚胴などまとっている。手綱《たづな》とひとまとめにつかんだ得物は、馬上から振るうにはいささか小振りな笹穂《ささほ》槍である。

騎馬武者は小屋を見回した。岩慶ひとりであることを知るや、濁声で唸る。

「坊主か？　名乗れ」

「人に名を問うならば、まず自分から名乗られるがよかろう」

「我こそは、三河以来の直参《じきさん》、宇野田家が次男の末右衛門である！　今宵は兄、始兵衛と轡《くつわ》を並べての出陣よ！」

「ほう、兄弟二騎のみで、かような場所まで参られたのか？」

「さよう。我らが配下の猛者《もさ》たちとて、馬の扱いに長けた者はほかにおらぬゆえに。して、坊主。おぬしは何者だ？」

岩慶の耳に、外に逃れた四人と始兵衛のやり取りが飛び込んできた。始兵衛の馬が悲鳴を上げた。四人とも機転が利く。逃げるぞ、と芯《しん》のある声で叫んだのは陣平か。

伏兵はおらず、敵は二騎のみ。しかも、どうやら相手はこちらを侮《あなど》っている。

勝機はあると見てよいだろう。命懸けには相違ないが。

「恨むなよ」

岩慶はつぶやいた。興奮しきって棹《さお》立ちそうな馬に向けての言葉である。ぶん、と大太刀を横薙《な》ぎにし、馬の前脚を峰打ちで払う。馬ががくりとつんのめり、悲痛ないななきを上げた。

「うおっ！」

末右衛門は鞍上《あんじょう》から投げ出された。土間に転がるも、すかさず跳ね起きる。

「ほう、頑丈であるな」

「坊主、おぬし、礼儀というものがないのか！　こちらが名乗ってやったのだ。おぬしも疾《と》く名乗れ！」

「拙僧など、名無しでかまわぬ。教えたところで、すぐに今生《こんじょう》の別れとなるであろうからな」

大太刀を構え直す。

放り出された松明に、見慣れた穏やかな湾《のた》れ刃が赤く輝いている。

末右衛門は槍をしごいた。

「今生の別れか。ならば望みどおり、すぐに地獄へ送ってやろう。腐れ坊主め、表に出ろ！」

駒千代は懸命に駆けている。だが、限界が近い。呼吸はひどく速く喘鳴を伴い、足取りも乱れがちだ。薬は懐に入れているはずだが、このままでは発作が起こる。

「いつまでも逃げ回っているわけにはいかないぞ！」

瑞之助が陣平に言ったのが合図になった。

陣平は足を止めた。

「迎え撃つ」

瑞之助もそこに留まる。

いくらか先まで駆けていた駒千代が、立ち止まろうとしてふらつき、膝をついた。先頭を走っていた泰造が、駒千代のもとに駆け戻る。

小屋が炎に包まれつつあるようだ。夜が不気味に照らされている。

「岩慶さん……」

一人残してきてしまった。無事を祈るよりほか、できることがない。

始兵衛が追いついてきた。炎の明かりを背にして立つ姿は、刀の間合いよりはるかに遠い。それでも巨漢であることがわかる。

「腹を括ったか、小童ども」

髭面がにやりと歪んだ。

身の丈六尺（約一八二センチメートル）の分厚い体軀に、古風な具足をまとっている。重たげな出で立ちだが、ここまで走ってきた疲労はうかがえない。無造作な足取りで一歩、また一歩と迫ってくる。

「手強いようだな」

瑞之助がささやくと、陣平は舌打ちしながらうなずいた。

呼吸を合わせたわけではない。が、瑞之助が同田貫《どうだぬき》を、陣平が相州広光《そうしゅうひろみつ》を、抜き放って構えるのは同時だった。

「おい、瑞之助。やつが狙っているのは俺だ。手を出すな」

「断る。初めに狙われているのは陣平さんでも、次は私と泰造さんだ」

「……邪魔だけはするな」

「心得ているよ」

始兵衛は長寸の太刀を抜いた。それを左手に持ち替えると、右手だけでさらに脇差も抜いた。

「二刀流？　しかも、左が主だと？」

陣平が訝《いぶか》しげにつぶやいた。半年近くも始兵衛を手下に置いていながら、見たことがなかったというのか。

始兵衛の足がようやく止まった。腰を落として身構える。左手の太刀を上段に振りかぶり、右手の脇差を低くした、見たこともない構えだ。草鞋《わらじ》が土を踏み、じゃりじゃりと音を立てる。滑るように動いてくる。

「どうした、小童ども？　儂の奥の手に怯《ひる》みおったか？」

にぃ、と笑う始兵衛が挑発したその瞬間。

陣平が仕掛けた。ばねのように飛びだす。勢いをのせた刺突《しとつ》。一撃で仕留める心づもりだ。

だが、止められた。

始兵衛は右手の脇差一本で、陣平の刺突を防いだ。からめとるように刺突の向きを変え、鍔《つば》迫《ぜ》り合いに持ち込む。陣平は両腕で刀に力をかける。始兵衛は片腕だ。びくともしない。

格が違う。

悟った瞬間、瑞之助は始兵衛に斬りかかっていた。

「ャアッ!」

がむしゃらに繰り出した刀が、始兵衛の太刀とかち合う。夜闇に火花が散る。

陣平を袈裟《けさ》懸《が》けに襲うはずだった太刀筋がそれた。

「ほう。小癪《こしゃく》な」

にやりと笑った顔が近い。息がかかるほどに。

背筋に怖気《おぞけ》が走る。

考えるよりも目で確かめるよりも先に、体が動いた。振り下ろしていた刀を引き寄せながら打ち上げる。死角から突き出される始兵衛の脇差を、それで防いだ。

そう、脇差だ。今の今まで、陣平がその脇差によって抑え込まれていたはずなのに。

では陣平は?

だが、確かめる暇もない。唸りを上げて太刀が襲ってくる。ぎりぎりで合わせる。勢いをそらし、一歩下がる。

次いで、再び脇差の切っ先が迫る。分厚い体の向こうから突き出されてくるせいで剣筋が読めない。ぎりぎりで避ける。さらに、左利きの太刀による斬撃。どうにか受け流す。

躱《かわ》す、下がる、躱す、下がる。

下がるが、足りない。大柄な始兵衛の一歩、一振りは、瑞之助が思うより大きい。しかも左利きの二刀流など、初めて相手にする。脇差が太ももをかすめる。太刀の一撃を受け止めかねて、足運びが乱れる。

踏ん張り切れない。

ぐらりと体が傾くまでの一瞬が、妙に間延びして感じられた。

次の瞬間、横合いから体当たりを食らった。勢いよく吹っ飛ばされて転がる。顔を上げれば、陣平がもろともに地に転がっている。瑞之助を庇って飛び込んできたのだ。

「くそ」

陣平が吐き捨てる。血のにおいがする。

「どこをやられた?」

「左腕だ。大したことねえ。まだつながってる」

始兵衛が月を背負ってこちらを見下ろす。両刀がぎらぎらと光っている。陣平が体当たりで稼いでくれた間合いもわずかなもの。二、三歩踏み込まれれば、瑞之助にも陣平にも刃が届いてしまう。

いきなり。

「やめろ!」

少年の澄んだ声が響いた。駒千代が飛び込んできて、瑞之助と陣平を背に庇ったのだ。

誰もが、始兵衛でさえもが、驚いて動きを止めた。

その隙に駒千代が、手にしていたものを始兵衛の顔めがけて投げつけた。

「えい!」

外しようのない近さだ。ぱっと粉が散った。両手が刀でふさがっている始兵衛は、それを顔に浴びた。

「ぐわっ!」

始兵衛が呻く。

薬だ。鼻の通りをよくする小青龍湯だろう。

駒千代の投げた薬が目潰しになって、始兵衛にさらなる隙をつくらせた。

軽快な足音が駆け寄ってくる。泰造だ。

「どりゃぁあっ!」

拳ほどの大きさの石を、投げた。狙いは違わず、始兵衛の頭をがつんと石が直撃する。

「うッ……！」

始兵衛は、押し殺した唸り声を上げつつも、両の刀は手放さない。ぎらぎらとした目をどうにか開けて、泰造を振り向いて睨んだ。

そのときにはもう、瑞之助と陣平は跳ね起きていた。駒千代の左右から飛びだし、始兵衛の両側から斬りかかる。

瑞之助は刀を峰に返し、始兵衛の右の前腕に叩きつけた。籠手越しの痛烈な一撃。受け方次第で前腕の骨などすぐに折れる、と登志蔵に諭《さと》されたのは幾月前か。

手応えがあった。

「折った」

脇差が始兵衛の右手から落ちる。

陣平は愛刀の切っ先を、始兵衛の左の肩口、具足の継ぎ目に突き入れた。体ごと飛び込んでいく、捨て身の刺突だ。傷痕のある陣平の額が、始兵衛の胸にぶつかった。

顔を上げ、陣平は敵の髭面を睨む。

「落ち武者め。とっととくたばれ！」

刀を始兵衛の肩口から引き抜くや、顎の下から斬り上げた。

返り血を浴びながら数歩退いた陣平は、肩で息をしてへたり込んだ。

仰向けに倒れた始兵衛は動かない。泰造が駆け寄って始兵衛の首に触れて確かめ、ガラス玉のような目をして皆に告げた。

「死んでるよ」

瑞之助は刀を納め、陣平の傍らに膝をついた。

「腕、けがをしているだろう。診せてくれ」

左の肘のあたりだ。この暗がりでは傷の具合がはっきりとは見えないが、とりあえず傷口を手ぬぐいできつく縛る。まずは血を止めねばならない。

陣平はうなだれたままだ。

駒千代が息を切らしながら歩み寄ってきた。陣平の顔をのぞき込み、その名を呼んで、はっきりと言った。

「陣平さん。戦ってくれて、いちばん苦しい役目を引き受けてくれて、ありがとう。おかげでみんな命拾いをしたよ」

まったくだな、と泰造が落ち着いた声で応じた。その口調が登志蔵にそっくりで、瑞之助は少し驚いた。

駒千代は、帯に挟んでいた手ぬぐいを取り出して、陣平の刀のそばにしゃがみ込んだ。

「血がついてる。このままでは刀が錆《さ》びるでしょう？　ねえ、陣平さん。刀、手ぬぐいで拭いてあげていい？」

おそるおそるといった様子で顔を上げた陣平の目に、星月の光が映り込んでいる。瑞之助には陣平の胸中の声が聞こえる気がした。駒千代、おまえは人殺しの俺が怖くないのか、と。

黙ったままの陣平の代わりに、瑞之助が駒千代に答えた。

「刀はひとまず手ぬぐいできれいにしてあげてほしい。傷みやすいからね。江戸に戻ったら、なるたけ早いうちに、きちんとした手入れをしないといけない。駒千代さんと泰造さんは、陣平さんを頼む。私は岩慶さんのほうへ行ってくる」

返事を待たずに立ち上がる。

向かうべき場所はわかっていた。刃物を打ち交わす音が聞こえてくるのだ。

瑞之助は走った。目はすでに夜闇に慣れ、草の上にできた道を迷いなくたどることができる。

夏の夜風のしっとりと湿った草のにおいに、小屋の焼ける煙が混じっている。

虫の鳴く声と静かな川音ばかりだった夜を、荒々しい戦いの音が不穏に染め上げている。

躍動する二つの大きな影が見えてくる。

身の丈を超える長さの槍を、岩慶が大太刀で迎え撃つ。敵の技は実に多彩だ。ぶんと唸りを上げて弧を描き、斬り上げ、薙ぎ払い、打ち下ろす。かと思えば、電光石火の刺突が放たれる。

岩慶はすべての攻撃をただ防ぎ続けている。自分からは仕掛けない。だが、足捌きは確かで、追い詰められているようには見えない。

狙い目を探っているのだろう。確実に敵を打ち負かす一手を。

ならば、瑞之助が場に飛び込んで攻守の均衡に揺さぶりをかけたらどうなるか。

逡巡は一瞬。

瑞之助は声を張り上げた。

「岩慶さん、助太刀します！」

その声に敵が驚愕したのがわかった。まさか始兵衛が小童どもに敗れるなどと思ってもいなかったのだろう。あまりに大きな隙が生まれた。

岩慶が攻め手に転じた。大太刀を峰に返し、横薙ぎにぶん回す。

「破ッ！」

具足を着込んだ敵の胴を、半月型の弧を描いた大太刀が、したたかに打ち据えた。

髭面の鎧武者が吹っ飛ばされ、地に転がる。すかさず槍にすがって上体を起こしたのは天晴《あつぱれ》だが、嫌な咳をしたと思うと、血を吐いた。夜闇の星明かりに、血はぬらぬらと照り映える。

岩慶はしなやかな仕草で大太刀を構え直した。切っ先を敵に向ける。

「具足越しに臓腑《ぞうふ》を破る技がある。兜越しに頭蓋を割る技もある。人の体の造りを知る医者なればこその技だ。今の打撃は肝ノ臓の左葉と脾《ひ》ノ臓を破り、左の腎ノ臓をも傷つけたであろう。おぬし、もう長くはないぞ。介錯《かいしやく》が入り用か？」

愕然としていた髭面は、二度、三度と血を吐くと、悟ったように笑った。

「腐れ坊主の介錯など、いらぬわ」

槍を杖にして立ち上がる。一歩一歩、崖に向かって足を出す。引きずるように歩いていく。

瑞之助は岩慶の傍らに立った。岩慶は、どこからともなく取り出した数珠を左手に掛けた。

槍武者がわずかな道のりを歩き切り、崖の突端に至った。

「南無三」

濁声で呻くや、槍もろとも、崖から身を投じた。

水音。

岩慶が、沈んだ声でつぶやいた。

「すさんだ心は流行り病のごとく、人から人へうつってしまうものよ。かような夜は、いかんな」

背後から駒千代の声が聞こえた。

「瑞之助さん！　岩慶さん！」

駒千代と泰造が、陣平を両側から支えるようにして、こちらへ歩んでくる。

岩慶が、水から上がった犬のように、ぶるっと頭を振った。まとわりついていた悪いものを振り飛ばしたかに見えた。岩慶は、いつものごとく微笑んで、大きく手を振った。

七

風そよぐ　ならの小川の　夕暮れは　みそぎぞ夏の　しるしなりける

藤原家隆《ふじわらのいえたか》、あるいは従二位《じゅにい》家隆として知られる歌人が六百年ほど前に詠《よ》んだとされる一首だ。歌に表された情景は、盛夏六月の三十日、無病息災を願って茅《ち》の大輪をくぐる夏越《なごし》の祓《はらえ》のありさまである。

瑞之助は、まさにその六月三十日に、深川西永町の光鱗寺へ足を運んだ。夏の日差しの注ぐ墓場はからりと乾き、隅々まで掃き清められている。

あちこちの墓前に供えられた花は、さすがにこの暑さに参って、しおしおと首を垂れていた。

「それでも、夏の花は色鮮やかでいいですね、おそよさん」

瑞之助は目を閉じ、小さな墓石に日傘の影を投げかけながら、ここにはいない人に向けてつぶやいた。

紫色の朝顔、薄紅色の百合、黄色の向日葵《ひまわり》、白い夕顔、青い桔梗《ききょう》。まだ薔薇や紫陽花《あじさい》が残っているところもあるし、いくぶん気の早い菊が咲き始めていたりもする。

「今日は歩いてきたんです。深川は寺社が多いので、夏越の祓のために詣《もう》でる人でにぎわっていますよ。私もくぐってきたほうがいいかな。正月から今日までの半年の間に身にたまった穢《けが》れを、茅の大輪をくぐることで、お祓いできるんだそうですね」

前におそよの墓に参ったのは今月の八日だった。それから二十日余りの間に、いろんなことが起こった。

そういうあれこれを話すために墓へ行くといい、と勧めてくれたのは岩慶だった。死の受け入れ方がわからない瑞之助のために、では受け入れずともよいと言ってくれた。まだ話をしたければ話しかけに行くのがよかろう、目印はあの墓石だ、と。

「江戸川のほとりまで旅に出た日の夜、そういう打ち明け話を、日の出の頃まで交わしたんですよ。小屋が燃えたので、横になるのもままならなかったし。大変だったのが、蚊帳を失ったことです。蚊遣りの蓬《よもぎ》を夜通し焚き続けたから、においがすっかり体に染みつきました」

しかし、あれほど朦々《もうもう》とした煙のそばにい続けても、駒千代はついぞ発作を起こさなかった。

そのことに、陣平は驚いていた。駒千代が川に入って魚を捕ったことも、たらふく夕餉を食べたことも、勇敢に戦ったことも、一つひとつに感心させられたそうだ。明け方近くのうっすらと白い星空の下で、訥々《とつとつ》と語ってくれた。

「小屋を燃やしてしまったことについては、私と岩慶さんで、仙吉さんたちの村へ謝りに行ってきました。玉石さんがお詫びの品や銭を十分持たせてくれたおかげで、あまり怒られずに済んだんですが、さすがに申し訳なかったな」

押上村の捕物も盛大だったそうだ。捕り方衆にもけが人は出たが、登志蔵がその場で次々と手当てをしてやったので、大事に至った者はいなかった。ちなみに、蛇杖院はまったく無事だったらしい。

「本当に、皆に危害が及ばなくてよかった。命を狙われていた陣平さんも、左腕のけがで済みましたし」

陣平のけがは出血が多かったものの、幸いにして動きに障りは出なかった。傷が膿《う》まずに済んだのは、駒千代が桜丸から「傷口を覆って穢れを絶つための膏《こう》薬《やく》」を、泰造が登志蔵から「裂傷を早くふさぐための晒の巻き方」を、それぞれ託されていたためだ。

「駒千代さんは三日前に療養を終えて、相馬家に迎えられました。来月からは十日おきに蛇杖院に顔を出してくれる約束です。喘病《ぜんびょう》の診療と、オランダ語の学びのために。新たな立場で、馴染みのない屋敷で暮らすことになるので、やはり少し心配ですが」

今のところ問題は起こっていないと、姉からの手紙を受け取っている。喜美とも仲良くやっているそうだ。

昨日の夕刻、いつもの湯屋に行ったら陣平が待ち構えていた。駒千代は元気だぞ、と陣平はまず告げた。それから少し気まずそうに、俺も兄たちも相変わらずだ、と告げて帰っていった。

坂本家が駒千代の件で蛇杖院に無体な真似をしようとしたことは、始末兄弟が闇に消えた今となっては証がない。黒幕の坂本家は蜥蜴《とかげ》のように尻尾を切って、それっきりだ。

瑞之助は一つかぶりを振った。明るい話をしたい。

「今度、祝い事があるんですよ。朝助さんが、りえさんと二人で暮らし始めるんです。新しい家はすぐ近所で、玉石さんの持ち家だそうです。前の住人が引っ越したので、朝助さんとりえさんが祝言《しゅうげん》を挙げて二人で住んで、そこから蛇杖院に通ってくればいいという話になって」

めでたい話に反対する者は一人もいなかった。何より、朝助自身も反対しなかったのだ。そのことが瑞之助には嬉しかった。

「前に、朝助さんの名を朝顔の朝に由来するのか、と言ってしまったことがあるんです。庭に赤紫の朝顔が咲いていて、朝助さんの顔のあざも、似た色をしていたから。ひどい言葉だったかもしれないのに、朝助さんは笑ってくれました。花の色にたとえられたのは初めてだ、と」

あざ助、と蔑《さげす》まれていた頃が、朝助の人生の大半を占めているという。玉石がその働きぶりを買って蛇杖院の下男として雇ったとき、あざ助ではなく朝助と、新しい名をつけたのだ。

そんな経緯を知らず、瑞之助は、朝顔の朝と言ってしまった。あざの色が目に飛び込んできて、少し驚いたのは事実だった。以来、ずっと胸にちくちくと棘《とげ》が刺さっているように感じていた。

「朝助さんは、朝顔の朝のことを、りえさんにも話したらしいんですよ。そしたら、りえさんが嬉しそうに、朝顔が好きだったと言ったそうです。幼い頃に目が見えなくなったから、ものの色や形はあまり覚えていないけれど、赤紫の朝顔の花は大好きだったから忘れていない、と」

うつむきがちに話してくれる朝助は、耳を赤くしていた。

生まれ持った朝助のあざのことや、病によって不便になったりえの目のことに、瑞之助はどう触れていいのかわからない。だが、このときは、どんなふうに応じたら朝助の心にかなうのか、はっきりとわかった。

「すごい惚気《のろけ》を聞かせてくれるものですね、ごちそうさまです、と冷やかしました。朝助さんって、酒を飲んでも赤くならないのに、照れたら真っ赤になるんですよ。本当に幸せそうで、私まで嬉しくなるんです」

瑞之助はようやくまぶたを開いた。日傘の下とはいえ、夏のまばゆさに、目の前が少しちらちらちらする。

おそよがそこにいるつもりで話をしてみた。だが、やはり、ここには小さな墓石が一つ立っているだけだ。

日傘を頭上から外し、輝かんばかりの青い空を仰ぐ。

「近頃はだんだん、よく眠れるようになってきましたよ」

まばたきをした弾みで、目尻にたまった涙が一筋、頰を伝って落ちた。その頰を、そよ風がさらりと撫でていった。

瑞之助は日傘を差し直すと、墓に一礼し、背を向けて歩きだした。

一〇〇字書評

風

切り取り線

購買動機（新聞、雑誌名を記入するか、あるいは○をつけてください）	
□（　　　　　　　　　　　　）の広告を見て	
□（　　　　　　　　　　　　）の書評を見て	
□ 知人のすすめで	□ タイトルに惹かれて
□ カバーが良かったから	□ 内容が面白そうだから
□ 好きな作家だから	□ 好きな分野の本だから

・最近、最も感銘を受けた作品名をお書き下さい

・あなたのお好きな作家名をお書き下さい

・その他、ご要望がありましたらお書き下さい

住所	〒				
氏名		職業		年齢	
Eメール	※携帯には配信できません	新刊情報等のメール配信を 希望する・しない			

この本の感想を、編集部までお寄せいただけたらありがたく存じます。今後の企画の参考にさせていただきます。Eメールでも結構です。

いただいた「一〇〇字書評」は、新聞・雑誌等に紹介させていただくことがあります。その場合はお礼として特製図書カードを差し上げます。

前ページの原稿用紙に書評をお書きの上、切り取り、左記までお送り下さい。宛先の住所は不要です。

なお、ご記入いただいたお名前、ご住所等は、書評紹介の事前了解、謝礼のお届けのためだけに利用し、そのほかの目的のために利用することはありません。

〒一〇一－八七〇一
祥伝社文庫編集長　清水寿明
電話　〇三（三二六五）二〇八〇

祥伝社ホームページの「ブックレビュー」からも、書き込めます。
www.shodensha.co.jp/
bookreview

祥伝社文庫

風《かぜ》　蛇杖院《じゃじょういん》かけだし診療録

令和 6 年 2 月 20 日　初版第 1 刷発行

著　者　馳月基矢《はせつきもとや》
発行者　辻　浩明
発行所　祥伝社《しょうでんしゃ》
東京都千代田区神田神保町 3-3
〒 101-8701
電話　03（3265）2081（販売部）
電話　03（3265）2080（編集部）
電話　03（3265）3622（業務部）
www.shodensha.co.jp
印刷所　堀内印刷
製本所　積信堂
カバーフォーマットデザイン　中原達治

Printed in Japan ©2024, Motoya Hasetsuki ISBN978-4-396-35036-9 C0193

祥伝社文庫の好評既刊

馳月基矢
伏竜《ふくりよう》 蛇杖院《じやじよういん》かけだし診療録
「あきらめるな、治してやる」力強い言葉が、若者の運命を変える。パンデミックと戦う医師達が与える希望とは。

馳月基矢
萌《もゆる》 蛇杖院《じやじよういん》かけだし診療録
因習や迷信に振り回され、命がけとなるお産に寄り添う産科医・船津初菜の思いと、初菜を支える蛇杖院の面々。

馳月基矢
友 蛇杖院《じやじよういん》かけだし診療録
蘭方医の登志蔵は、「毒売り薬師」と濡れ衣を着せられ姿を隠す。亡き者にと二重三重に罠を仕掛けたのは？

馳月基矢
儚《はかな》き君と 蛇杖院《じやじよういん》かけだし診療録
見習い医師瑞之助の葛藤と、悲惨な境遇を乗り越えて死地へと向かう患者の決断とは⁉ 涙を誘う時代医療小説！

五十嵐佳子
女房は式神《しきがみ》遣い！ あらやま神社妖異録
町屋で起こる不可思議な事件。立ち向かうは女陰陽師とイケメン神主の新婚夫婦。笑って泣ける人情あやかし譚。

澤見　彰
走れ走れ走れ 鬼千世先生と子どもたち
算術大会に出たい。亀三の夢を応援する仲間の想いが空回りして……。筆子たちの熱い友情と、見守る師匠の物語。

祥伝社文庫の好評既刊